Le Disciple du Mal

Juliette Manet

Le Disciple du Mal

ROMAN

Albin Michel

COLLECTION « SPÉCIAL SUSPENSE »

« Dans chaque homme se cache le démon de la perversité réchauffé par le cri des victimes torturées, le démon du désordre et de l'anarchie libérée de ses chaînes. »

DOSTOÏEVSKI

1

Los Angeles, de nos jours

I

VINCENT CONNELY se retira de la bouche sensuelle de l'autre qui lui léchait le sexe. Il gagna le lavabo, et se lava les mains une fois, deux fois, trois fois.

Il s'admira d'avoir tout si bien organisé. C'était la préparation des moindres détails qui avait fait de lui ce qu'il était. Il pensa à Senda. Il allait emmener Senda en balade. Et à la fin de la balade, elle saurait combien les ténèbres sont profondes. Ses ténèbres à lui. Il lui ferait payer ce qu'elle lui avait infligé.

Il se regarda dans le miroir. Sa blondeur naturelle avait été rehaussée par un pro du balayage, et son visage était plutôt séduisant. Style prof de sciences sociales, le genre qui par principe ne couche pas avec ses étudiantes, mais qui pourrait facilement s'il en avait envie.

Il s'examina encore une fois dans la glace, et admira le travail du chirurgien.

Il se retourna.

Le jeune homme était allongé sur le ventre, les jambes écartées, les fesses levées, comme une offrande. Vincent sentit monter l'érection.

– Suce-la, dit-il d'une voix saccadée.

L'autre ne se fit pas prier. Il la prit dans sa bouche, l'agaçant par de petits coups de langue, pour mieux la reprendre, faisant mine de l'avaler. Vincent sentit le plaisir l'envahir, et au dernier moment, il le renversa sur le lit pour le baiser bien à fond. Vu sous cet angle, l'autre ressemblait à un adolescent. Il hurla de plaisir, avant de retomber sur le corps de son amant. Celui-ci se dégagea pour sniffer une pointe de *special k* sur la table de nuit. C'était à son tour maintenant de le prendre. Il mit de la coke dans l'intimité de Vincent, pour le lécher, et le conduire à un nouvel orgasme. Vincent adorerait ça, et ne manquerait pas de lui dire qu'il était le coup du siècle. À mille dollars la passe, il était n'importe quoi pour n'importe qui !

Mais Vincent se leva brusquement.

– J'ai un rendez-vous important. Tu ne bouges surtout pas. Toi et moi, on vient juste de commencer. En attendant, fais joujou avec ça, dit-il en lui envoyant un gode au milieu des draps.

Le jeune homme esquissa un mouvement qui pouvait passer pour une invite plus qu'une approbation.

Le corps de Vincent se remit à trembler. Il avait une envie folle de le baiser encore et encore, de le défoncer à mort, sentir l'autre s'ouvrir et crier comme une chienne obéissante qu'il était.

Mais Vincent se rappela son rendez-vous, et ce souvenir le calma immédiatement.

II

Le greffier prit le papier des mains du juré n° 1 et le tendit au juge qui l'ouvrit avec une certaine raideur.

– Que l'accusé se lève, demanda le juge.

Judith Graham cherchait sur son visage un signe qui ne vint pas. Les jurés aussi semblaient ailleurs ; aucun d'entre eux ne regardait dans sa direction.

Des visages anonymes, puisés dans un réservoir de volontaires pour ce devoir de citoyen à cinq dollars par jour. Des gens ordinaires : une employée des postes, volumineuse et sombre ; un mécanicien aux mains nerveuses et plissées ; un bureaucrate austère à la retraite ; une femme de ménage aux cheveux gris, vêtue d'une robe à fleurs, etc.

Jugé par ses pairs.

L'avocate sentit la main du jeune homme lui serrer le bras. Un geste d'angoisse, une pression désespérée, un appel au secours. Elle l'entendait respirer lourdement, comme s'il étouffait. Un corps aux épaules frêles, assis quelques instants plus tôt à ses côtés, et qui, le bras droit encore en écharpe, les genoux incertains, avait du mal à se tenir debout.

Il était accusé de viol par sa femme. Ils vivaient séparés depuis quatre mois, quand un soir, au cours d'une visite, il s'était jeté sur elle. Se sentant menacée, elle avait tiré, appuyant sur la détente dans un mouvement mécanique qu'elle ne contrôla pas. Elle ne l'avait atteint qu'une fois. C'était sa version à elle. Les tests du laboratoire, eux, n'étaient pas concluants. Aucune contusion autour du vagin et de l'anus ; absence de sperme, de lubrifiant ou de gelée ; pas de cellules épithéliales appartenant au mari sous les ongles. En revanche, l'accusation avait cherché à tirer parti des bleus à l'intérieur des cuisses, et des meurtrissures sur les seins, mais la plaignante avait très bien pu se les infliger elle-même, et ce n'aurait pas été le premier cas, avait soutenu Judith.

Elle regarda les jurés. Huit femmes et quatre hommes. Elle espérait la répartition favorable à la défense. Son client avait l'air égaré, fragile, et si jeune.

Le greffier s'était mis à lire. Sa voix rebondissait sur les murs. Judith aurait voulu ralentir cette lecture ; elle aurait voulu se donner le temps de réfléchir davantage, d'analyser de possibles erreurs de stratégie, de supposer encore.

– « Nous, le Jury, dûment réuni et assermenté, déclarons l'accusé Mark Swain... non coupable. »

À cette annonce, Mark s'effondra sur son siège. Il se tenait le visage à deux mains. Il était secoué de sanglots. Judith lui tendit un verre d'eau. Elle sentait des larmes mouiller ses propres joues. Elle était sincère.

Elle ramassa ses papiers, ses notes ; son univers depuis plusieurs semaines. Elle leva les yeux. Jim Nash, l'assistant du district attorney, regardait dans sa direction. Elle croisa son regard. Il lui sourit discrètement. Il avait perdu. Il n'y avait rien de personnel là-dedans. C'était la règle du jeu.

Les journalistes et la famille se pressaient autour de Mark. Judith Graham, dans sa stricte robe noire, se fraya un passage jusqu'à la sortie, serrant son cartable sur sa poitrine, refusant d'un signe de tête de répondre aux questions.

III

Machinalement, Vincent alluma la radio. Toujours les mêmes conneries, songea-t-il. Les Américains voyaient des terroristes partout, et une nouvelle tempête était annoncée.

La circulation était fluide sur l'autoroute. Connely roulait au-dessous de la vitesse minimum. Il se souvenait de l'appel qu'il avait reçu la veille.

– Monsieur Connely, disait la voix, cette conversation est enregistrée. Une gravure ancienne avec deux personnages... Ça vous dit quelque chose ?

– Pas nécessairement, répondit-il.

Un bref instant, il revit un ciel noir sans étoiles.

– J'ai capté votre attention, hein ?

Connely se mit à rire.

– Allez vous faire foutre !

– Faites pas le malin. Demain dix-huit heures au bar du Viper, et il raccrocha.

Connely resta immobile, l'écouteur encore à l'oreille, jusqu'à ce que la tonalité « Occupée » se fasse entendre, et calmement, il reposa son portable.

Vincent continua à tirer sur son cigare, et regarda vers le nord. Le soleil étincelait par endroits, malgré un ciel plombé. Après tout ce temps, il n'avait pas chassé ces souvenirs de sa mémoire ; il les avait mis en hibernation. Une voix inconnue cherchait à les réveiller.

Le Viper semblait vide et obscur. L'endroit était passé de mode. Il regarda autour de lui, laissant ses yeux s'habituer à la pénombre.

Il sentit une présence. Une femme lui fit signe de la main. Il s'approcha. À en juger par son assiette pleine de ketchup, elle avait fini de dîner. Il n'arrivait pas à distinguer, en raison de la faible lueur, ce qui se dissimulait dans son regard. Vincent préféra rester debout.

– Combien ? dit-il d'une voix glacée.

La femme fit une grimace. Être assise en face de Connely n'était pas une position enviable.

– OK, droit au but, hein ? J'étais à Paris à l'époque. J'ai vu les journaux, les reportages, les photos. Je vous ai reconnu. J'ai un article. Vous voulez y jeter un coup d'œil ?

Elle fit le geste de fouiller dans son sac. Connely l'arrêta.

– Ne vous donnez pas cette peine, c'est de l'histoire ancienne.

La femme sourit. Curieusement, ses dents étaient blanches et bien alignées.

– Vous croyez ça, Connely ? Vous vous trompez ! Je suis au courant. Cette gravure ignoble avec un gosse en train de se faire mettre, que quelqu'un s'amuse à laisser dans les environs, ça vous fait penser à quoi ? Quand les journaux commenceront à en parler ici, le public sera ravi d'apprendre qui, dans le temps, les distribuait à Paris.

– Combien ? répéta-t-il.

– Cinq cent mille dollars. Je pense être raisonnable.

Il la regarda un long moment, l'air incrédule.

– Vous n'avez pas peur que je vous tue ?

La femme éclata de rire. Vincent remarqua qu'elle avait une énorme boule de graisse sur la lèvre supérieure.

– Je n'ai qu'un mot à dire, et vous êtes fini, jeté, bon pour la piquouze. Moi j'ai besoin de votre fric. Je vous donne huit jours. Ça vous pose un problème ?

Connely cracha par terre et lui tourna le dos.

– Pas de problème, dit-il sans se retourner. Ça me va tout à fait.

2

I

L'IMMEUBLE du Los Angeles Police Department dégageait quelque chose de pathétique avec son béton lépreux, ses parkings sinistres, et ses loupiotes qui tentaient de percer la tornade balayant la ville.

Tony Perez contempla la photo qu'il venait de déchirer. Il avait reconstitué un puzzle avec les morceaux, mais il en manquait un. Il avait fouillé dans sa corbeille à papier sans le retrouver.

C'était terminé avec cette fille. Il était toujours amoureux, mais elle en avait eu marre et elle s'était barrée. Le café était froid, la climatisation marchait mal, et la vie de Tony Perez se trouvait là, dans ce nez et ce sourire qui manquaient. Il en était à sa troisième romance, et elles se terminaient toutes de la même manière. Le latin lover du service battait les records de déceptions amoureuses.

Perez avait cinq détectives sous ses ordres et le grade de sergent. L'année précédente il avait obtenu le meilleur taux de réussite du département : soixante-treize pour cent des crimes et homicides affectés à son équipe avaient été élucidés.

Les derniers mois, ce taux avait chuté de façon dramatique. Perez ferma les yeux.

II

Sur l'Interstate 1 les voitures roulaient au pas. Ashley Madoone regarda sa montre. Elle était en retard sur son horaire. Elle espérait que Sarah ne s'inquiéterait pas. Elle avait traîné au supermarché, et maintenant cet orage. Elle avait hâte d'arriver pour lui annoncer la bonne nouvelle. Elle avait finalement eu gain de cause, après plusieurs mois, à coups d'heures supplémentaires et de week-ends gâchés.

Sa demande était acceptée. Dès la semaine prochaine, elle prendrait en charge le département Groupes, au Normandy, le plus bel hôtel du groupe Connely en Californie. Il le lui avait confirmé ce matin, en personne. L'immense bureau avec sa moquette prune l'avait impressionnée. L'homme aussi. L'entrevue n'avait duré que quelques minutes. C'était la première fois qu'elle le rencontrait.

Il était conforme à ce qu'on lui en avait dit, distant, précis. Il était certain d'avoir bien choisi, mais elle n'aurait pas de seconde chance, lui avait-il dit, en mettant fin à l'entretien.

Elle arrivait. La pluie avait cessé. La chambre de Sarah était allumée. Elles habitaient un petit pavillon à La Brea, à une quinzaine de miles au nord de Los Angeles.

En pénétrant chez elle, elle fut surprise par le silence. Cela lui parut bizarre, elle était habituée aux vibrations sourdes de la musique d'Eminem que sa fille mettait à fond.

« Sarah », appela-t-elle pour la seconde fois. Il n'y eut aucune réponse. Peut-être était-elle allée chez un voisin après l'école. Elle se décida à préparer le dîner. Raviolis à la crème, et un Boston Cream Cake. Elle ouvrit une bouteille de cabernet et s'en versa un verre.

Elle en but la moitié. Elle remarqua alors une enveloppe blanche sur le parquet. On avait dû la glisser sous la porte. Un mot de sa fille certainement. Elle l'ouvrit. À l'intérieur, il y avait une espèce de gravure ancienne avec deux personnages : une photocopie ou une reproduction.

Ashley la plaça sous la lampe. Elle mit quelques secondes à réaliser que la gravure représentait un homme, le sexe en érection, sodomisant un enfant.

III

Le téléphone sonna sur le bureau de Perez. Il fit signe à l'un des hommes qui se trouvaient dans la pièce de décrocher.

– C'est le central...

L'homme maintint le combiné collé contre sa chemise. Perez était dans un mauvais jour, inutile de froisser les susceptibilités.

– Font chier...

– Ils veulent te parler en personne.

Il était près de dix heures du soir. Personne n'attendait plus Tony Perez.

Autant voir lui-même. Il tendit la main.

– Perez. Qu'est-ce qui se passe encore ?

– Vous en avez un autre sur les bras, sergent.

Il comprit tout de suite de quoi il s'agissait. Le dispatcheur radio continua :

– Sarah Madoone, treize ans. La police de La Brea est sur les lieux.

– On a trouvé le corps ?

– Pas de corps. Mais c'est votre gars.

– La même photocopie ?

– Affirmatif.

– Des traces de lutte ?

– Rien. La gosse s'est évaporée, c'est tout.

Perez raccrocha. Il composa un numéro. Il lui fallait avertir le capitaine, lequel préviendrait le chef de la police, qui réveillerait le maire, lequel appellerait peut-être le gouverneur.

Le capitaine répondit à la première sonnerie. Il y eut un moment de silence, après que Perez eut annoncé la nouvelle, puis Pasquini demanda :

– La presse est au courant ?

– Pas de corps, pas d'homicide, donc pas de journalistes. Juste un cas de personne disparue. Nous ne pourrons pas garder le silence longtemps. Les autres familles ne vont pas rester les bras croisés.

– On a quelque chose ?

– Toujours rien.

C'était le quatrième en trois mois.

Les gamins avaient à peu près le même âge, entre douze et quatorze ans. Sexe masculin ou féminin, parents d'un milieu relativement aisé. Aucune connexion entre les familles ou les enfants. Pas de relations apparentes avec une secte.

– Vous feriez bien de nous dégoter rapidement quelque chose. Quand l'histoire va s'ébruiter, le public et la presse vont nous étriper. Ils ne vont pas aimer ça, Perez ; le maire non plus. Démerdez-vous pour le coffrer avant qu'il ne recommence !

Perez raccrocha. Il ferma les yeux, rejeta ses cheveux en arrière et se massa les paupières. L'enveloppe pouvait s'acheter n'importe où. Pas d'empreintes, pas de fibres. Quant à la scène reproduite, c'était toujours la même. Un truc pornographique datant d'une époque ancienne. Le département d'histoire de l'université planchait dessus.

Il était fatigué des tordus, des maniaques, des violeurs ; ils ne savaient plus quoi inventer.

Le chef, le maire, le gouverneur, les familles, la presse... Il allait les avoir sur le dos. Et le gars ne s'arrêterait pas. Il n'y avait aucune raison pour qu'il s'arrête, à moins qu'on ne lui mette la main dessus.

Le culte de Satan ? Une faible éventualité, avait dit le FBI.

Perez se vit sur une plage déserte, lointaine, noyée de soleil, courant à la rencontre d'une fille nue et bronzée qui lui tendait les bras. Il se tourna vers ses détectives.

– Allons-y, dit-il, écœuré.

IV

Judith Graham rassembla les dossiers sur son bureau. Elle regarda sa montre. Elle disposait de deux heures avant de se rendre aux studios de la Sept où se tenait le débat télévisé.

Elle se regarda dans le miroir. Elle était toujours séduisante, à part ces cernes sous les yeux. Ils disparaîtraient avec le maquillage.

Elle travaillait trop. Après son divorce, c'est ce qui lui restait de mieux à faire, juste après s'occuper de Jim, son fils de huit ans.

L'interphone grésilla. C'était sa secrétaire.

– C'est Sol Bernstein, de chez Bernstein et Meyer. Il dit que c'est important.

C'était l'une des plus grosses firmes privées de LA. Des avocats d'affaires.

– Passez-le-moi.

– Il est ici, Judith. Il demande si vous pouvez le recevoir.

Leurs bureaux étaient de l'autre côté de l'avenue. Qu'est-ce qui pouvait justifier qu'un avocat aussi connu et important que Bernstein se déplace ?

Étonnée, elle sortit dans l'antichambre pour l'accueillir. Ils s'étaient rencontrés deux ou trois fois au cours de soirées.

– Je suis désolé de m'annoncer à l'improviste, dit Bernstein en s'asseyant.

Il était vêtu avec recherche mais sans fantaisie. Quelque chose de très classique ; plutôt anglais qu'italien, songea-t-elle. Les clients de Bernstein et Meyer devaient aimer le style Nouvelle-Angleterre.

Il s'adossa au fauteuil et jeta un regard circulaire. Le bureau était minuscule, avec du mobilier de location. Judith toussota. Bernstein n'avait certainement pas traversé la rue pour apprécier la décoration.

– Il est sûrement plus petit que vos toilettes pour hommes, dit-elle avec un sourire.

– Vous avez le sens de l'humour, Judith. Il en faut quand on est avocat criminel. Je l'ai moi-même été, il y a longtemps. J'étais encore stagiaire...

Il eut un petit geste vague et poursuivit :

– L'un de nos clients souhaite que nous lui trouvions un avocat susceptible de le représenter dans une éventuelle affaire.

Judith jugea la démarche curieuse.

– Un conflit d'intérêts avec votre firme ? demanda-t-elle.

Bernstein secoua la tête.

– Alors, dans ce cas, pourquoi ne pas vous en occuper vous-même ?

Bernstein décroisa les jambes et rajusta le pli de son pantalon.

– Disons que mon client est un peu spécial, et son cas serait davantage...

– Je ne m'occupe que de droit criminel, monsieur Bernstein, l'interrompit Judith. Je doute de pouvoir être d'une utilité quelconque à votre client.

– Eh bien, disons que c'est justement le cas.

– Fait-il l'objet d'une enquête criminelle ? demanda Judith.

– Pas à ma connaissance, mais je ne suis pas habilité à discuter de cela avec vous. Il se réserve ce privilège.

Bernstein prit une enveloppe dans la poche intérieure de sa veste et la tendit à Judith.

– Il y a là un chèque de cinq mille dollars, à titre de provision. Il est tiré sur un trust qui appartient à votre futur client.

Judith ouvrit l'enveloppe et y jeta un bref regard. Elle s'efforça de paraître indifférente à la somme.

– Il ne s'agit que d'une avance ; elle vous restera acquise même s'il ne fait pas appel à vous. Dans le cas contraire, vous discuterez directement le montant de vos honoraires avec lui.

– Monsieur Bernstein, il existe d'autres avocats criminels dans cette ville. Pourquoi moi ?

– Disons qu'il s'agit d'une recommandation de notre client, et nous partageons son avis. Naturellement vous serez libre de refuser le cas.

Elle hocha la tête, apparemment acquise à cet argument. Elle ne perdait rien à accepter. Si elle s'apercevait que son engagement contrevenait à ses principes, ou heurtait sa conscience, elle se désengagerait. Les bases étaient claires, et elle avait besoin de cet argent. Elle mit de côté ses réticences.

– J'accepte, dit-elle à Bernstein.

– Bien. Je vous adresserai dès demain un contrat pour retenir vos services.

Il se leva, mettant un terme à l'entretien.

– Je ne doute pas de votre prestation télévisée de ce soir, Judith. Vous serez formidable.

Elle eut un léger sourire.

– Monsieur Bernstein...

– Sol, dit-il, après tout je ne suis pas si vieux que ça.

– Vous ne m'avez toujours pas donné le nom de ce client, Sol.

Juste avant de sortir du bureau, sans se retourner, il lança :

– Vincent Connely.

3

I

À des milliers de miles de là, un vendredi à cinq heures de l'après-midi, Senda Barhi, commissaire en chef à la criminelle du 36, quai des Orfèvres, passait en revue les messages de la journée.

Le dernier lui sauta au visage. Il s'agissait d'un télex adressé par le FBI à Interpol à la demande du NCEMC, le National Center for Exploited and Missing Children.

Il lui fallait partir immédiatement pour éviter les embouteillages à la sortie de Paris. Senda demanda une voiture de service et un chauffeur, signa le formulaire et quitta l'immeuble.

Il faisait beau. Elle prit la direction de Deauville. Elle savait qu'elle le trouverait chez lui. Elle l'avait appelé deux jours avant pour le féliciter. Il venait de recevoir la Légion d'honneur.

– Je suis à la campagne jusqu'à dimanche soir. Venez, si vous ne savez trop quoi faire durant ce week-end, avait-il dit.

Charles devait avoir un don de prémonition, pensa-t-elle.

Dès qu'elle approcha de Deauville, elle ouvrit la vitre. L'air de la mer se chargeait, en ce début d'automne, d'une foule de senteurs incomparables. Senda se détendit et se laissa aller à un bref moment de quiétude.

Charles la reçut presque immédiatement. Il était touché qu'elle se soit déplacée pour sa nomination. Ils s'assirent dans le bureau. La cheminée n'était pas encore allumée. Charles lui offrit à boire. Elle but une gorgée de son verre ; c'était velouté et tiède, et elle sentit la chaleur du malt irradier son estomac.

– Il a fait surface, monsieur, dit-elle en reposant son verre.

Il se laissa aller dans son fauteuil, posa sa cigarette et demanda :

– Où ?

Son visage ne trahissait ni curiosité ni émotion. Il avait dirigé la police de Paris durant plusieurs années.

– En Californie, à Los Angeles.

– Vous en êtes certaine ?

Elle prit dans son sac le document du FBI et le lui tendit, avec un magazine vieux de deux ans qu'elle conservait. Il hocha la tête après avoir examiné l'ensemble.

– Je pense que vous avez raison. Pourquoi recommence-t-il ?

– Je ne sais pas. Ce qui me surprend, c'est qu'il se soit contenu si longtemps.

– Que comptez-vous faire, monsieur ?

Charles prit le temps de réfléchir.

– Les Américains ne vont pas aimer ce que nous allons essayer de ne pas leur dire. Il faut tenir le Premier ministre en dehors de ça, les élections approchent. Si cette affaire arrive au grand jour, l'opposition s'en servira contre lui.

– Qu'attendez-vous de moi ? demanda Senda.

– Ils auront certainement besoin de vous. Vous en savez sur lui plus que n'importe lequel d'entre nous. Je vais faire prendre toutes les dispositions. Soyez prête à partir.

Il la raccompagna jusqu'à sa voiture.

– Un mot encore. Là-bas, vous n'aurez aucun pouvoir de police. Ne prenez pas de risques inutiles.

Senda ne fit pas attention à cette dernière recommandation.

II

Le vol de Paris-Los Angeles avait du retard et Tony Perez s'impatientait. William Ingham en personne, le chef de la police, lui avait demandé de coopérer.

– C'est un flic, comme vous, avait-il précisé.

Tout en buvant son troisième café cubain, sucré et très serré, Perez se demanda quel type de renseignements cette Française était susceptible de lui fournir.

Finalement, avec plus d'une heure de retard, le vol d'Air France s'afficha au tableau. Il sortit son badge, l'accrocha au revers de sa veste, et se dirigea vers la porte de débarquement.

Il scrutait les passagers, essayant de deviner quelle allure pouvait avoir cette Senda Barhi. Un nom de terroriste, pensa-t-il.

Il opta un instant pour une femme aux cheveux courts, vêtue d'un strict tailleur sombre et d'un chemisier bleu pâle, mais elle semblait ne chercher personne, et fila directement vers les parkings. Il la suivit un instant du regard.

Quand il se retourna, une femme grande et mince posait son sac à dos devant lui. Elle avait des lunettes de soleil.

– Sergent Perez ?

Il acquiesça. Elle lui tendit la main. Son accent français était assez bandant.

– Senda Barhi.

Après lui avoir montré son badge, elle reprit son sac et, d'un mouvement du menton, lui indiqua la sortie.

– On y va ?

Joli profil, nota Perez. Il ne s'attendait pas du tout à un flic de cette sorte. Ils prirent le freeway.

– On vous a mise au Marriott. Ce n'est pas trop loin de chez nous, dit-il pour être aimable.

Elle le remercia d'un sourire. Elle baissa la vitre à moitié et sortit un paquet de cigarettes de son sac.

– Je peux ?

– J'allais vous poser la même question, dit Tony.

Derrière eux, les immeubles du centre-ville se teintaient de rouge au soleil couchant. Senda demeurait silencieuse.

– En quoi pouvons-nous vous aider ? demanda-t-il.

Elle rejeta la fumée et se tourna vers lui.

– Une gravure du XVe siècle, ça vous dit quelque chose ?

Tony Perez leva un instant le pied de l'accélérateur. Senda sentit son cœur rater un battement. Elle ne s'était pas déplacée pour rien.

– C'est une information confidentielle, dit-il. Comment êtes-vous au courant ?

Elle se força à demeurer calme.

– Je suis au courant de beaucoup de choses, sergent. Je sais ce que cette image veut dire. Je sais aussi qui a enlevé ces enfants.

Ils arrivaient à l'hôtel. Elle lui demanda de la suivre dans sa chambre.

Elle doit avoir au plus trente-huit ans, se dit Perez. Il s'assit sur un fauteuil pendant qu'elle s'enfermait dans la salle de bains. Il entendit la douche couler.

La blancheur du peignoir accentuait la pâleur de son visage classique aux traits fins ; ses cheveux blond-roux plaqués en arrière soulignaient ses pommettes saillantes.

Il vit pour la première fois son regard : un regard d'ambre, glacé, intense mais impénétrable.

Avec ses yeux en amande, la jeune femme lui semblait tout à la fois triste, et habitée par un secret.

– Vous n'avez pas affaire à un banal kidnappeur ; vous

avez affaire à un monstre. Quelqu'un de dangereux, de prévoyant, et de remarquablement habile. Il a plusieurs longueurs d'avance sur vous.

– Vous savez qui c'est ?

Elle hocha la tête. Elle s'était allongée sur le lit.

– J'attends qu'il se montre depuis si longtemps...

Une grande lassitude paraissait l'avoir envahie.

– Vous avez l'air fatiguée. Vous préférez que nous en parlions demain ? fit Perez.

– Vous n'avez pas beaucoup de temps devant vous, sergent, répliqua-t-elle vivement.

Le ton surprit Perez. Il se leva et fit quelques pas dans la pièce.

– Je suis troublé, dit-il. Je ne saisis pas très bien...

Il marqua un temps d'arrêt, cherchant ses mots. Senda croisa les jambes, resserra les pans de son peignoir et lui sourit.

– Excusez-moi. J'oublie parfois que le monde ignore tout de cet homme... Vous êtes prêt ?

Il demeura un moment sans rien dire, puis hocha la tête.

– Allez-y, murmura-t-il.

– C'était à Paris, douze ans plus tôt...

LE THÉÂTRE DE SANG

« Les Ténèbres sont mon royaume, la chair et le sang mon festin. Quand tu crois que j'ai enfin disparu, regarde autour de toi. »

1

Paris, douze ans plus tôt

Il prit soin de refermer la porte le plus doucement possible. Le déclic du pêne se perdit dans les bruits de la cuisine. Il donna un tour de clef. Il attendit un moment. Personne ne l'avait entendu.

Il se déchaussa et se déshabilla, déposant ses vêtements sur le tapis après les avoir méticuleusement pliés. Il mit une paire de gants en plastique transparent. D'un sac, il sortit une combinaison moulante en vinyle noir qui lui allait parfaitement. Il s'assura qu'il pouvait toujours regarder l'heure à sa montre.

Il passa une cagoule en cuir et se regarda dans le miroir. Il ne se vit pas sourire quand il vérifia la solidité de la fine cordelette. Il était dans la place depuis quatre minutes. Il écoutait ce qui se passait dans la maison, essayant de situer chacun des occupants.

Elle était dans la cuisine. Il l'entendait chantonner. Les autres jouaient au premier étage. Il prit soin de garder en permanence un œil fixé sur le palier.

Il se glissa hors du vestibule et traversa le hall. Le lustre n'était pas allumé. Il se plaqua contre le mur, près de l'entrée de l'office. Il tendit la main vers le commutateur et éteignit les appliques. L'escalier fut plongé dans l'obscurité.

Il cogna sur la cloison. Une série de coups, légers, réguliers. Après quelques secondes, il recommença. Il entendit les pas sur le carrelage, puis vit une silhouette se découper dans la voûte lumineuse du corridor.

Il la frappa d'un violent coup sur la glotte pour l'empêcher de crier. Il se glissa derrière elle et noua la cordelette autour de son cou.

Il serrait de toutes ses forces, la tenant fermement contre lui. Elle se débattait, la bouche ouverte ; elle tentait de trouver un peu d'air. Il continuait de serrer. De plus en plus fort. Les muscles de ses bras et de ses épaules étaient tendus à se rompre.

Les jambes de la femme étaient parcourues de soubresauts. C'était bon signe. Elle n'allait pas tarder à mourir. Aucun son ne sortait de sa gorge ; elle avait les cordes vocales broyées.

Elle commença à se griffer désespérément les cuisses, puis d'un seul coup s'affaissa. Il sentit le poids peser sur ses avant-bras. Il la laissa glisser au sol, serrant encore, par mesure de sécurité. Il se pencha sur elle sans relâcher sa prise. Une mousse sanguinolente obstruait sa bouche. Elle était morte. Il dénoua la cordelette, retourna dans le vestibule et la remit dans le sac.

Il était très excité, à présent. Le sang battait dans ses artères d'une manière pesante ; une pulsation sourde dans ses tempes et son sexe. Le besoin montait en lui, aussi riche qu'une sève. Il devait agir vite. Il regarda une nouvelle fois sa montre. Il aurait le temps de s'amuser avec lui.

Il gravit rapidement les marches et s'arrêta au début du couloir. Les deux pièces du fond étaient éclairées. Il s'avança et jeta un regard rapide dans la première chambre.

La fille lisait, allongée sur son lit. Il franchit la faible distance qui les séparait. Elle ne l'entendit pas venir. D'une torsion brutale, il lui brisa la nuque. Une main sur le sommet du crâne, l'autre sous le cou ; il suffisait de tourner, comme on donne un brusque coup de volant.

Il ressortit et se dirigea vers l'autre chambre. Le garçon était assis sur le tapis. Il se précipita sur lui, le souleva et lui cogna la tête contre le rebord d'un meuble pour l'étourdir et étouffer le hurlement de peur et d'angoisse qu'il sentait venir. Il le laissa retomber au sol.

Il enleva sa combinaison et se contempla dans un miroir. Il était nu. Il voyait son pubis rasé. Il savait que les poils de cette partie du corps pouvaient renseigner la police de façon presque certaine.

Il commença à se masturber. Il prit le préservatif coincé sous sa montre et le fit glisser lentement sur son sexe.

Il était prêt. Il se mit à tourner autour de lui. À chaque passage, il admirait son sexe dressé.

Il allait lui défoncer le ventre.

Il attendait le signal dans sa tête. C'était toujours la même chose. Après, il ne se contrôlerait plus. Il tremblait de plus en plus.

L'enfant reprenait conscience. Il l'enjamba et se tint au-dessus de lui.

Des yeux épouvantés le contemplaient.

– Appelle-la ! cria-t-il. Appelle-la, et je te laisse tranquille.

Il devait le prononcer. Au début, ils le disaient toujours.

Il sentait l'odeur de la peur panique. Il chuchota le mot.

– Répète-le ! hurla-t-il. Dis-le ! Maintenant !

Il le vit se former sur les lèvres de l'enfant. Un cri de détresse, faible, désespéré. Inutile.

– Maman !

2

I

La rue était fermée par de nombreuses voitures de police. Les gyrophares tournaient, et dans ce quartier résidentiel de Boulogne les massifs d'hortensias et les vastes pelouses brillaient cette nuit-là d'une étrange lumière bleutée.

Largement en retrait, protégée par de hauts taillis, une résidence à deux étages était ceinturée par un cordon de police.

Senda arrêta sa voiture à l'entrée de la rue et parcourut le reste à pied. Elle vit les camions de Canal+ et les journalistes de la presse écrite tenter d'attirer son attention. Elle les ignora. Une pluie fine, pareille à un brouillard léger, jetait un flou sur l'ensemble du paysage.

Les officiers avaient des visages tendus. Elle franchit l'immense portail et prit l'allée qui montait vers la maison. Devant les garages, une Jaguar noire était parquée.

José Garcia l'attendait sur le perron.

– Un triple meurtre ! C'est lui, il n'y a aucun doute !

Il mâchouillait un cigare. Senda ne se souvenait pas d'avoir vu Garcia l'allumer. Ce soir, pourtant, c'était le cas. La fumée était âcre, et elle la chassa d'un revers de la main.

Ils se tenaient juste à l'entrée du vestibule, parlant à voix basse. Garcia avait le visage congestionné.

– Qu'est-ce qui vous fait dire ça ?

– Le message. On l'a retrouvé sous la porte. La femme...

– Quelle femme ?

– La gouvernante, ou la cuisinière. Nous n'en savons encore rien.

– Les deux autres corps ? Les a-t-on identifiés ? demanda Senda.

Berthier mit du temps à répondre.

– Les noms sont brodés sur les chemises, avec les couleurs d'un collège. L'un d'eux est la fille de Raphaël Schiller, Élodie, l'autre probablement un camarade, Yann Slama.

– Quel âge ?

Elle avait froid. Elle avait juste enfilé un imper, après l'appel. Elle portait encore son jogging en coton et ses tennis, sa tenue favorite quand elle restait à la maison. Il y eut un moment de silence. La mort était un sujet qu'elle avait eu l'occasion d'analyser sous des angles différents.

Garcia tira péniblement une bouffée de son cigare. Senda le vit avaler sa salive.

– La fille Schiller, une dizaine d'années. L'autre, un ou deux ans de plus.

Elle se sentait de plus en plus glacée. Elle pénétra dans la maison, déposa son imper sur une chaise et enfila une paire de gants en plastique.

– Envoyez un photographe prendre des clichés de la foule. Où sont les corps ? demanda-t-elle.

Elle s'aperçut que sa voix tremblait.

– Le premier est juste derrière vous.

Elle avait enlevé ses chaussures et enfilé des bottillons stériles. Des tapis d'Orient recouvraient le sol. Un lustre démesuré descendait à mi-hauteur. Il y avait des consoles partout, surmontées de miroirs vénitiens.

Garcia était ressorti pour coordonner le travail des

agents chargés de recueillir les témoignages des voisins. Des techniciens s'affairaient. Elle vit le médecin légiste penché sur un corps, dans le salon, au pied d'un escalier de marbre qui conduisait à l'étage supérieur.

Elle s'approcha. Le médecin leva les yeux et lui fit un signe de tête.

– Je n'ai rien touché. Je vous attendais. À première vue, elle a été étranglée.

Le corps était celui de la femme. Une trentaine d'années, au plus. Le visage était tuméfié, les globes oculaires éclatés. Un mince hématome, un collier de sang bleui, encerclait son cou.

Elle reposait sur le dos. Une jambe curieusement repliée formait un angle bizarre. Ses cuisses étaient lacérées et ses collants avaient filé. Elle portait une robe noire avec un plastron et des poignets blancs. Une chaînette en or avec un médaillon de la Vierge se trouvait sur le sol près du corps.

– Violée ? murmura Senda.

– Je ne crois pas. On en saura plus après l'autopsie. Vous voulez voir les autres ?

Elle acquiesça. Ils montèrent les marches. Elle suivit le légiste jusqu'au fond d'un couloir. Deux chambres se faisaient face. Ils pénétrèrent dans l'une d'elles. Une chambre d'adolescente. Probablement celle de la fille Schiller.

Sur un bureau, elle reconnut, parmi une série de photos, Raphaël Schiller, un financier célèbre. Sa femme, une Américaine, était morte d'un cancer, deux ans auparavant. Elle entourait de son bras une jeune fille en tenue de football maculée de boue. La gamine avait un grand sourire ; celui de l'équipe gagnante, pensa Senda.

C'était son cadavre qui reposait en travers du lit, le visage tourné vers le mur, comme si elle avait eu honte qu'on la découvre dans cet état.

– Le corps présente de nombreuses contusions, surtout au niveau du thorax. Les vertèbres cervicales sont brisées. La mort a dû être instantanée, dit le médecin.

Il se pencha, écarta avec un stylo les pans de la chemise et attira l'attention de Senda. Il lui désignait des marques violacées sur la poitrine.

– Regardez ! Je suis à peu près certain qu'elles ont été faites post mortem.

Elle hocha la tête. Elle voulut lui poser une question, mais aucun son ne sortit.

– Le sang ne s'est pas accumulé sous la peau comme dans un hématome classique. Je préciserai ces détails dans mon rapport, une fois les tests effectués.

Elle se détourna.

– Celle-là n'a pas subi de sévices sexuels.

Elle regardait ce petit univers intime fait de souvenirs et d'espoirs. Tout cela n'avait plus aucun sens, à présent.

– Allons en face ! Tâchez de tenir le coup, dit-il, la prenant par le bras.

Le spectacle était insoutenable. L'enfant avait été battu sauvagement. Il gisait sur la moquette, les cuisses écartelées dans une position grotesque, identique à celle représentée sur la gravure.

– Son short a été arraché, les boutons manquent. Le slip est déchiré.

La voix du médecin légiste lui parvenait, lointaine ; la scène était figée, irréelle.

– Les contusions et les écoulements de sang au niveau de l'anus sont classiques. Il a été violé, brutalement, à plusieurs reprises. Il a aussi des meurtrissures au niveau des reins et ses testicules sont éclatés.

Senda s'efforçait de graver dans sa mémoire chacun des détails. Elle s'en souviendrait, le jour où elle se trouverait en face de lui.

– Il est mort étouffé. Un coussin, une pièce de tissu. On verra après l'analyse des fibres.

Ils ressortirent de la pièce. Elle s'appuya au mur et s'efforça de maîtriser la nausée qui pesait au fond de sa gorge.

– Dans quel ordre croyez-vous qu'on les a tués ?

Elle avait son idée. Elle voulait l'avis du médecin.

– Difficile à dire.

Il prit le temps de répondre.

– Ce n'est qu'une hypothèse. Je dirais en premier la femme, puis l'autre, celui que nous venons de voir, enfin la fille Schiller. Celui ou ceux qui ont fait ça ont dû être dérangés. Ce qui expliquerait que la gosse n'ait pas été...

Elle fit quelques pas dans le couloir, et se retourna.

– Des traces de sperme ?

– La lampe à ultraviolet n'a rien donné. Vous n'aurez probablement pas cette chance.

– L'heure ?

– Entre dix-neuf heures trente et vingt et une heures trente.

Elle redescendit les marches. Elle rejoignit Garcia et Berthier, ses équipiers.

– Faites sonder les siphons des toilettes, dit-elle, et vérifiez avec la ville sur quel réseau sont branchées les évacuations de la maison. Envoyez une équipe fouiller le parc, les poubelles et les rues autour.

– Qu'est-ce qu'on est supposé chercher ?

– Un préservatif.

Berthier se livra à une plaisanterie. Ils rirent, pour décharger la tension qui était en eux.

– Qui a découvert les corps ? interrogea Senda.

– Schiller. On a son témoignage. Il a été assommé en rentrant chez lui. Il s'est réveillé un moment plus tard. Il s'est traîné jusqu'au premier étage, inquiet pour sa fille. Il a trouvé les cadavres.

– Où est-il ?

– Hôpital américain, fit Garcia en refermant son carnet.

– Les voisins ?

– Négatif. Jusqu'à présent, personne n'a rien entendu.

Elle remit ses chaussures et son imperméable.

– Je vais voir Schiller. On fait le point dans deux heures. Retrouvez-moi au bureau. Dites à la presse que les meurtres sont liés à une affaire de vol avec effraction. Je veux les photos des curieux sur mon bureau.

Elle venait de s'entretenir avec le médecin, au service des urgences de l'hôpital.

– Il a une forte contusion frontale et une blessure superficielle au niveau du cuir chevelu. Pas de fracture. Je ne sais pas s'il est vraiment lucide, à cause des sédatifs. Vous pouvez lui parler, mais pas trop longtemps.

Une femme en uniforme était assise devant une porte. Elle se leva à l'approche de Senda.

– Je crois qu'il est réveillé, dit-elle.

Raphaël Schiller avait la tête entourée d'un épais bandage, comme un casque. Il paraissait plus jeune que sur les photos. Il respirait calmement. Elle referma doucement la porte derrière elle. Schiller entrouvrit les yeux. Le regard était vague, noyé. Les effets du calmant.

– Je m'appelle Senda Barhi, monsieur Schiller. J'appartiens à la division criminelle de la police de Paris.

Il eut un petit geste de la main.

– Élodie est morte ?

Sa voix était à peine audible. Senda baissa son regard. Schiller eut un tremblement, comme traversé par une décharge glacée.

– Yann et Maria ?

– Ils n'ont pas survécu. Monsieur Schiller, êtes-vous en mesure de m'écouter et de me répondre, ou bien souhaitez-vous que je revienne demain ?

Il respira profondément, avec rythme, cherchant à reprendre sa lucidité.

– Vous les avez arrêtés ?

Senda fit non de la tête.

– Allez-y, souffla-t-il.

Elle s'assit sur le bord du lit, accrochant son regard.

– Monsieur Schiller, durant ces derniers mois, trois enfants, deux jeunes garçons et une fille, ont été enlevés. La presse n'en a pas parlé. À chaque reprise, y compris chez vous, nous avons retrouvé sur les lieux le même message, une gravure datant du Moyen Âge. C'est la première fois que nous découvrons les victimes. Pour agir ainsi, le ou les assassins ont gravi un échelon. Ils ont de plus en plus de difficulté à se contenir ; ils prennent des risques. Tout ce que vous pouvez me dire, le moindre détail, même s'il vous semble sans importance, peut nous aider avant qu'ils ne recommencent.

– J'ai peur de ne pas avoir grand-chose à vous apprendre.

Il marqua un temps d'arrêt, pour se replacer dans la chronologie de ce qui lui était arrivé.

– J'ai garé ma voiture. Je suis rentré chez moi. Le vestibule était sombre. Quand je me suis retourné, après avoir fermé la porte, j'ai reçu un violent coup à la tête. Je ne l'ai pas vu arriver. J'ai dû perdre connaissance car je me suis retrouvé allongé sur le sol. J'ai essayé d'appeler, mais ma voix ne portait pas. Il m'a fallu un moment pour monter l'escalier. Là, j'ai découvert les...

Raphaël Schiller, de nouveau, avait fermé les yeux. Il chercha la main de Senda et l'étreignit. Son visage était hagard.

– J'ai placé un officier de police devant votre porte, monsieur Schiller, et l'accès à l'hôpital est filtré.

Si le tueur s'imaginait avoir été reconnu, elle ne voulait prendre aucun risque.

– Je vous demande de ne fournir aucun détail à qui que ce soit, en particulier aux journalistes.

Senda se leva.

– Ne parlez à personne de ce qui s'est passé. Je reprendrai contact avec vous dès que vous irez mieux, dit-elle.

Schiller hocha péniblement la tête avec une grimace de douleur. Avant qu'elle ne sorte, il lui demanda :

– J'ai vu ce que Yann a subi. Est-ce que ma fille... ?

– Non, monsieur.

II

Elle avait eu le temps de passer chez elle et de se changer. Un pantalon en velours, avec un tee-shirt en coton et un pull à col roulé. Elle manquait de sommeil et était sensible au froid. Elle ne dormait plus beaucoup ces derniers temps, malgré les somnifères.

Le café chaud lui fit du bien. Elle plongeait ses yeux dans sa tasse comme si c'était du marc où elle aurait pu lire l'avenir.

Garcia et Berthier n'étaient pas encore revenus. Au quatrième étage du quartier général, une grande pièce avait été aménagée pour les circonstances : une longue table en bois poli, des chaises, un tableau noir, une carte de la ville. Les dossiers étaient empilés dans des boîtes en carton à même le sol. Plusieurs lignes de téléphone, dont une spéciale, qui la reliait au domicile de Charles Gallo, le patron de la police parisienne.

Elle le mit au courant des événements de la soirée, s'excusant de le réveiller avec d'aussi mauvaises nouvelles.

– Jusqu'à quand taisons-nous la vérité ?

Il ne répondit pas.

– Quelles mesures préventives comptez-vous prendre, Senda ?

– Nous allons doubler les patrouilles à la sortie des écoles et dans les parcs. Je vais avoir besoin d'effectifs supplémentaires.

– Vous les aurez. La fille Schiller ! Cela va faire du bruit, dit-il avant de raccrocher.

Senda regarda la liste qui figurait sur le tableau, et les photos fournies par les familles.

Alicia Molina : 12 ans, race blanche, sexe féminin, disparue le 20 mars.

Didier Falque : 14 ans, race blanche, sexe masculin, disparu le 14 avril.

Jason Dumas : 13 ans, race blanche, sexe masculin, disparu le 30 mai.

Trois lycéens volatilisés sur le chemin du retour après l'école. Pas le même établissement scolaire, mais tous dans un diamètre de 5 kilomètres. Autant dire le même voisinage.

Ils rentraient chez eux à pied, autre point commun qui n'avait pas fait avancer les recherches.

Le quartier était un vaste espace résidentiel, avec des rues en général désertes, sans boutiques, et des maisons en retrait de la chaussée. La police avait interrogé des centaines de personnes, mais aucun véhicule n'avait spécialement attiré l'attention.

Le tueur devait être un familier du quartier pour être au courant des habitudes de ses victimes.

Senda alluma une cigarette. Elle ne croyait pas ses assassins multiples. Il s'agissait vraisemblablement d'un seul homme. Il passait inaperçu. Pour ne pas se faire remarquer, il devait circuler dans un véhicule de livraison ou une conduite intérieure. Quelqu'un que les victimes connaissaient. Elle en avait l'intuition.

Depuis ce soir, aucun doute ne subsistait quant à ce qui était arrivé à ces enfants ; ce qu'ils avaient subi avant d'être tués.

Elle songea aux familles. Un couple de médecins ; un agent de change divorcé ; un homme d'affaires dont la femme, depuis la disparition de son fils, était en traitement psychiatrique. Tant que les corps ne seraient pas retrouvés, elle jugeait inutile d'accroître le désespoir de ces gens en leur révélant les événements de la nuit.

Elle finit par s'assoupir, la tête entre ses bras repliés. Garcia dut la secouer pour la réveiller.

Son café était froid. Elle se dirigea vers la machine à café.

– Alors ? demanda-t-elle sans se retourner.

– Personne n'a entendu le moindre cri. Aucune voiture suspecte n'a été vue remontant la rue où habite Schiller à l'heure où les crimes ont été commis.

Pas d'empreintes sur la pelouse, pas de traces d'effraction.

Schiller lui avait dit que la porte d'entrée principale n'était jamais verrouillée, sauf durant la nuit. Berthier prit le relais :

– Rien dans les siphons. Les eaux usées filent dans un collecteur qui court d'un bout à l'autre de la rue. La quasi-totalité des maisons sont raccordées à ce réseau. S'il a balancé le préservatif dans les toilettes et tiré la chasse, le truc se trouve à des kilomètres, à présent.

La pièce commençait à s'animer. Des agents en uniforme entraient et déposaient leurs rapports dans les corbeilles prévues à cet effet. Senda n'attendait le résultat des autopsies et du labo que le lendemain soir.

– Nous rajoutons les victimes de ce soir au tableau ? s'enquit Garcia.

– Pas encore, dit Senda. Berthier, réveillez le psychiatre et dites-lui de venir immédiatement. Nous avons des éléments concrets. J'ai besoin d'en savoir davantage sur la personnalité de celui que nous recherchons. Garcia, il me faut les photos prises chez Schiller dans une heure au plus tard sur mon bureau.

Le jour n'allait pas tarder à se lever. La pièce sentait le tabac refroidi. Berthier avait rapporté des croissants au beurre et du jus d'orange. Il avait préparé du thé.

Senda ouvrit l'unique fenêtre pour aérer un peu. Elle croqua deux cachets de vitamine C en prévision de la journée qui l'attendait. Pierre Posso était là depuis un moment. Il travaillait en collaboration avec les services de police depuis plus de dix ans. Il était l'un des rares psychiatres français à avoir travaillé au BSU, l'Unité des sciences du comportement du FBI, spécialisée dans l'établissement des profils psychologiques des tueurs en série.

Il avait examiné les photos et posé de nombreuses questions.

– Ce qui est important, dit-il en relevant la tête, cherchant leur attention, c'est d'éliminer les stéréotypes et de rassembler une série d'éléments qui peuvent aider votre enquête.

Il repoussa sa chaise et se leva.

– Ici, nous avons affaire à un psychopathe. Sa compulsion sexuelle le pousse à meurtrir, violer, puis tuer. Il est incapable d'éprouver la moindre pitié, la moindre compassion pour ses victimes. Ce sont des objets de plaisir dont il se sert pour apaiser son anxiété et sa colère. Il les frappe, les torture, pour augmenter son niveau d'excitation. Les contusions sur les testicules de la victime numéro deux constituent ce que nous appelons une stimulation.

– Un dingue ! conclut Garcia.

– Ne vous méprenez pas. Il est parfaitement conscient de la frontière entre le bien et le mal, et son comportement habituel ne prête à aucune suspicion. Il ne s'agit que d'individus qui brûlent d'ôter la vie, d'enrichir leur propre expérience sexuelle par la torture et la mutilation. Rien que des hommes qui commettent l'inacceptable sous l'emprise d'une obsession névrotique. Il va recommencer, l'évolution est naturelle.

– Pourquoi ces gravures, docteur ? En allant les déposer, il prend un risque supplémentaire...

– Torturer les familles, Garcia, fait partie de sa fantaisie. Elles imaginent ce qu'il réserve à leurs enfants. Il montre qu'il ne vous craint pas. Il est très intelligent, et loin devant vous.

– Comment choisit-il ses victimes ?

– En principe, au hasard. Mais dans ce cas, vu la proximité géographique des disparitions et le milieu social, il semble fidèle à un type de sujet. Je dirais qu'il réside, qu'il a résidé dans ce quartier, ou qu'il est amené à y venir fréquemment.

Il marqua un temps d'arrêt.

– Je suis presque certain que ses victimes le suivent parce qu'elles le connaissent, et qu'elles ont confiance en lui. Ne cherchez pas un monstre échevelé, tels qu'ils sont dépeints dans les films, genre lycanthrope ; non, ce pourrait être quelqu'un d'assis parmi nous en cet instant, quelqu'un d'extraordinairement ordinaire.

Il y eut un moment de silence. Senda se leva et referma la fenêtre. Posso la remercia d'un sourire. Il préférait encore la fumée de cigarette au froid du petit matin.

– Je prendrais bien une tasse de thé.

Senda le servit et revint s'asseoir.

– Y compris moi ? demanda-t-elle.

Elle était la seule femme dans la pièce.

– Non. Pas vous. C'est définitivement un homme. Si, comme nous le croyons, ce qui caractérise sa pédophilie particulière, c'est le sadisme, la peur que ressentent les autres est son principal excitant, et une fois stimulé, il ne verra plus en eux des enfants, seulement une source de gratification immédiate assez facile.

– À quoi le voyez-vous ?

Posso consulta ses notes et revit la série de photos.

– Vous avez affaire à un individu de race blanche, de sexe masculin. Jeune, pas plus de quarante ans, éduqué, et très prudent. Au moment où il agit, il n'est plus au-dessus des lois, il est la loi. Il est aussi très attentif à tout ce qui pourrait vous mener sur sa piste, d'où l'absence d'indices. Quelque part il s'identifie à cet homme sur la gravure, pas seulement dans ses fantaisies sexuelles, mais dans un concept de pouvoir total, absolu. Il n'est rien de plus que cette image, et sans consistance réelle, donc insaisissable.

– Peut-on prédire son comportement ?

– C'est malheureusement impossible. Mais il ne s'arrêtera pas. Sa compulsion le poussera de nouveau à agir. C'est un besoin qu'il doit nourrir. Mais quand ? (Posso leva les bras au ciel.) Je ne peux pas le prédire.

Il avait terminé. Il rangea ses dossiers.

– Je peux garder les photos ?

– Pas pour le moment, docteur, elles sont confidentielles. Dès que nous l'aurons arrêté, je vous en ferai parvenir un jeu.

Posso enfila son pardessus et but une gorgée de thé.

– Une dernière chose. Tout ça – il indiquait d'un geste de la main le paquet de photos, le tableau, et les dossiers encore ouverts sur la table – n'exclut pas la possibilité qu'il ait une famille. Comme il est possible aussi que l'assassin ne souffre d'aucune pathologie particulière, et dès lors échappe à toute tentative de profilage.

III

Posso était parti. Il ne restait plus dans la pièce que les trois inspecteurs et une masse de rapports. Il fallait les lire, tous, avec l'espoir d'y découvrir la précieuse information passée inaperçue.

– Difficile de croire qu'un tel portrait se rapproche de la réalité. C'est de la science-fiction, fit Berthier, l'air peu convaincu.

C'était l'un des plus anciens dans le service. Un policier capable de ratisser le terrain pendant des jours et des jours, à la recherche d'indices ou de preuves.

Un officier entra et posa sur la table les journaux du matin. On parlait du triple meurtre de Boulogne.

– Quoi qu'il en soit, c'est dans la direction indiquée par Posso que nous allons chercher, répondit Senda.

Elle jeta un coup d'œil aux gros titres. Le vol semblait le mobile de l'incursion de plusieurs tueurs au domicile de Raphaël Schiller.

Elle se dirigea vers une carte de la ville fixée au mur. Des petits drapeaux indiquaient le lieu probable des disparitions. Elle planta un nouveau drapeau.

– C'est la résidence de Schiller. Nous repartons de là. De zéro. Frappez aux portes, posez des questions, laissez traîner vos oreilles et vos yeux. Nous intéressent ceux qui répondent au profil. Ces gens ne sont pas obligés de vous laisser entrer chez eux ; invoquez leur propre sécurité. N'oubliez pas les domestiques. Demandez une description des livreurs. Il nous faut également la liste des maisons qui se sont vendues les six derniers mois, les noms des anciens propriétaires.

Elle regarda les photos des disparus. Qu'avait-il fait des cadavres ? Un jour, quelqu'un tomberait dessus par hasard, songea-t-elle. Quand allait-il recommencer ?

IV

Les locaux de la morgue se trouvaient quai de la Rapée, un bâtiment annexe en briques marron, proche du quartier général de la police. Senda y était venue plusieurs fois. Elle n'aimait pas l'endroit.

Jamila Sakka, la pathologiste en chef, l'attendait dans son bureau. Une femme petite et ronde, à l'air terriblement efficace. Elle se polissait les ongles avec une lime miniature qu'elle posa sur le sous-main quand Senda entra.

– Alors ? s'enquit-elle.

– Tu veux examiner les corps ?

Elle eut un geste de dénégation. Jamila poussa une chemise bleue devant Senda.

– Ton homme ne commet pas beaucoup d'erreurs. Pas grand-chose de plus que ce que le légiste t'a dit. L'heure de la mort : vers vingt heures pour la fille Schiller et la femme ; pour l'autre, une vingtaine de minutes plus tard.

Elle avait une voix forte, mais parlait doucement.

– Tu en es sûre ?

Senda l'aimait bien. Elles étaient toutes les deux du Maghreb, et se voyaient souvent en dehors des enquêtes. Les Arabes de service, d'après Jamila.

– Nous avons analysé le contenu des estomacs. Ils ont dû dîner vers dix-neuf heures, des rigattoni à la sauce tomate et une glace au chocolat. Le niveau de digestion est un peu plus avancé chez le garçon qui a subi des sévices sexuels. Ce n'est pas ce que vous attendiez ?

– Si. Continue.

– Pas de cellules étrangères sous leurs ongles. Pas de sperme, mais un lubrifiant pour préservatif, utilisé par des dizaines de marques.

– Et les contusions ?

– Celles de la fille sont post mortem.

– Et l'autre ?

– Il a été frappé et violé. Les tissus au niveau anal déchirés. Du sang, mais uniquement celui de la victime. On a retrouvé dans ses poumons de fines particules de laine qu'il a inhalées avant d'être étouffé.

Elle prit la lime, jeta un coup d'œil à Senda, et la reposa sur le bureau.

– La femme a été étranglée avec une cordelette en nylon. Pas de sperme dans son vagin, ses trompes, son rectum. Pas de lubrifiant non plus.

– Comment est morte la fillette ?

– Une torsion brutale du cou lui a brisé la nuque. C'est dans le dossier, avec tous les détails.

Elle hocha la tête.

– Cela t'aide un peu ? dit Jamila.

– À ce stade, tout est important. Téléphone-moi, Jamila, j'ai envie de fumer une chicha.

– Une vraie ? demanda-t-elle d'un ton rigolard.

– Ouais, une vraie !

V

Les crimes avaient été commis un jeudi soir. Senda passa une partie du week-end à relire les rapports. Les journaux n'avaient aucune information sur ce qui s'était réellement passé. Il n'y avait pas de fuites. Pour l'instant.

Schiller était sorti de l'hôpital. Elle irait le voir lundi en fin de matinée. Il était installé à l'hôtel. Il ne s'était pas senti le courage de retourner chez lui. Pas tout de suite, en tout cas.

Elle se força à faire un long jogging le dimanche après-midi. Elle se roula quelques joints bien tassés, pour les fumer dans son bain brûlant. Rien de tel pour prendre un peu de recul. Après tout, c'était son dimanche, aussi.

Pour la première fois, le tueur était sorti de sa tanière. Que s'était-il passé ?

Le lundi matin en arrivant au quartier général de la police, elle vit les camions de la télévision faire le siège devant l'entrée. Elle accéda directement aux parkings du sous-sol par la rue adjacente.

Elle n'avait aucune déclaration à faire. La moindre information risquait d'être utilisée par l'assassin. Il fallait le laisser dans l'incertitude quant aux progrès de l'enquête.

À dix heures, Charles Gallo la convoqua.

Quand elle pénétra dans le bureau, Raphaël Schiller s'y trouvait. Il n'avait plus son bandage, juste un pansement sur le côté droit du front.

Elle le voyait sous un autre jour. Il était athlétique, séduisant.

– Asseyez-vous, ordonna Gallo.

– Comment allez-vous, monsieur ?

Ses yeux étaient cernés et son regard empli de douleur. Il tourna la tête.

– Senda, dit Gallo, monsieur Schiller a une requête. Je crois qu'il vaut mieux qu'il vous en parle personnellement.

Charles Gallo portait un costume anthracite, une chemise blanche et une cravate noire. Ses cheveux étaient assortis à sa moustache, un gris bleuté soigneusement entretenu. Il eut un petit sourire pour Schiller qui le remercia d'un signe de tête.

– Je veux savoir qui a tué ma fille, son ami Yann, et Maria. Je suis incapable de me concentrer sur autre chose.

Il avait sur le visage une expression à la fois ferme et pathétique. Senda prit une profonde inspiration.

– Monsieur Schiller, trois jeunes ados ont disparu, et aucun d'eux n'a été retrouvé. À chaque fois, le même message a été laissé au domicile de la victime. Plus de cinquante officiers de police, plusieurs inspecteurs travaillent directement sur ce dossier depuis des mois, sans compter... Je puis vous assurer que...

– Je ne voulais pas être critique, interrompit Schiller en levant la main. Je sais que vous faites l'impossible pour résoudre cette affaire. Tout ce que je souhaite, c'est être tenu régulièrement au courant des progrès de l'enquête, dans ses moindres détails ; j'aurais ainsi l'impression d'y participer. J'éprouve une immense culpabilité à demeurer prostré alors que les assassins courent toujours. C'est une... obsession.

Senda s'aperçut que Gallo s'était retourné. Il parlait au téléphone à voix basse avec un interlocuteur, à l'autre bout de la ligne.

Elle hésita un moment avant de répondre :

– Cela me semble difficile. D'une part vous n'êtes pas de la police, certains éléments sont confidentiels, d'autre part...

– Je sais que ma requête vous semble bizarre. Je ne peux pas rester les bras croisés et penser à ma fille. Je lui dois ça. Je lui dois de faire quelque chose... d'utile.

Senda hocha la tête. Elle comprenait sa position. À sa place, elle en aurait fait autant.

– Je ne souhaite pas que vous soyez impliqué davantage. Émotionnellement, cela risque d'être très difficile pour vous.

– Le pire m'est déjà arrivé.

– M. Schiller propose d'offrir une récompense de cent mille euros pour toute information concernant cette affaire, dit Gallo.

Elle parut surprise. Cent mille euros ! Tous les clochards, les mythomanes, les escrocs allaient défiler ! Ils seraient obligés de traiter tous les appels qui ne manqueraient certainement pas d'arriver.

Elle se leva.

– J'ai besoin de réfléchir à l'opportunité de la démarche, dit-elle. Je reprendrai contact avec vous.

Il était temps de sortir de ce bureau. Gallo avait pris sa décision. Schiller, de par sa position, avait dû faire jouer ses relations.

Elle connaissait Gallo. Ce n'était pas dans ses habitudes de forcer la main à ses hommes. Dieu sait quelles interventions Schiller avait faites pour se trouver là ce matin.

VI

– Je ne pense pas que nous ayons le choix, dit Senda.

– Pour la récompense ? demanda Garcia.

– Non, pas question de récompense. Pour informer Raphaël Schiller.

– Ce gars-là est un suspect potentiel, dit Berthier.

– Je l'ai vu à plusieurs reprises, il a l'air complètement brisé, dit Senda. Sa propre fille a été tuée et sa femme est morte d'un cancer il y a deux ans.

– Peut-être, dit Berthier. Mais il n'a pas vu son agresseur, et...

– Les voisins non plus n'ont rien entendu... ni rien vu.

– Les photos des curieux ? demanda Senda.

Berthier eut un geste signifiant que cette direction n'avait rien donné non plus.

– Même scénario pour ceux qui ont été enlevés, fit remarquer Senda. Personne n'a rien vu.

– Je sais. Mais je n'ai pas confiance en Schiller, c'est tout. Je n'aime pas son histoire. Et ces blessures post mortem sur sa fille ? La gamine est morte sur le coup et n'a pas été violée, continua Berthier.

– Écoutez, dit Senda, j'ai réfléchi à tout ça. Nous ne pouvons pas l'éliminer comme suspect, mais tant que je n'ai rien contre lui, Gallo ne m'écoutera pas. Schiller peut se payer les meilleurs avocats de Paris et nous traîner en justice si nous ne faisons pas attention. Il y a autre chose aussi.

– Quoi ? demanda Berthier.

– Si c'est lui, autant le garder près de nous...

– Comment ?

– Je vais demander à Gallo de le laisser utiliser un petit bureau à l'étage au-dessous pour consulter les dossiers. Donnez-lui des rapports à lire, gardez-le occupé ici. Garcia ?

– Oui.

Il n'avait pas rallumé son cigare, depuis le fameux soir, au domicile de Schiller.

– Prenez une photo de la Jaguar de Schiller et faites-la distribuer discrètement aux officiers qui s'occupent des disparus. Qu'ils voient si la voiture éveille des souvenirs. Vérifiez également si Schiller possède d'autres véhicules.

Elle ne croyait pas beaucoup à la culpabilité de Raphaël Schiller. Il l'avait émue. Il lui plaisait aussi.

Elle ne pouvait pourtant rien laisser au hasard, malgré son attirance et sa sympathie pour cet homme.

– Que croyez-vous qu'il cherche à faire en suivant l'enquête d'aussi près ? demanda-t-elle à ses deux coéquipiers.

Il était important pour elle de connaître leur opinion et leurs sentiments. Aucune frustration ne devait se développer, sous peine de nuire à l'équipe.

– Si j'étais à sa place, je tâcherais de savoir à quel stade nous en sommes. Avons-nous un suspect ? Si oui, alors je m'arrangerais pour accumuler les preuves contre lui et le faire condamner. Voilà ce que je ferais si j'étais lui, et si j'étais l'assassin.

Garcia maugréa quelque chose, mais Berthier avait marqué un point. Raphaël Schiller ne pouvait être négligé.

– Il va faire le rapprochement, dit Senda.

Elle semblait absorbée par un raisonnement intérieur dont elle suivait à voix haute les étapes.

– Dès qu'il aura lu les rapports, il va faire le rapprochement. Il va savoir que nous avons un suspect possible.

Les officiers restaient silencieux.

– Garcia, à quelle heure Schiller affirme-t-il être rentré chez lui ? dit Senda.

Ce dernier se leva et fouilla dans une pile de rapports. Il parcourut rapidement la déposition avec le doigt.

– Vingt heures quarante.

– Quand a-t-il appelé la police ?

– Vingt et une heures quinze.

– S'il est coupable, il a dû rentrer chez lui avant. Essayons de trouver quelqu'un qui l'ait vu arriver.

VII

Raphaël Schiller semblait prendre son rôle au sérieux. Senda était passée plusieurs fois devant le petit bureau. Il avait accroché sa veste à une patère, relevé ses manches de chemise et entrouvert son col. Il prenait de nombreuses notes, au fur et à mesure qu'il avançait dans sa lecture. Une pile de rapports s'accumulait à ses pieds. Il avait l'air d'un étudiant préparant un examen.

Elle eut le désir de venir s'asseoir près de lui. Il n'y avait aucun homme dans sa vie, pour l'instant. Elle ne se sentait pas prête à se lancer à nouveau dans une relation durable. Elle avait trente ans, un métier épuisant. Elle se cherchait des excuses.

Elle regarda sa montre. Il était trois heures et demie. Elle descendit au parking et prit une voiture. En ce début d'automne, le temps était encore beau. Il ne pleuvrait pas. Elle prit la direction de Boulogne.

Elle essayait de se mettre à la place de ce psychopathe. Comment choisissait-il ses victimes ? Se promenait-il en voiture jusqu'à ce qu'il tombe sur celui qui le stimulerait ?

Elle stationna devant Victor-Hugo, le cours privé fréquenté par Jason Dumas. Il portait le numéro trois dans l'ordre des disparitions.

La façade en briques lui rappela la morgue. Elle descendit, attendant impatiemment, comme tous les gamins, à l'intérieur, la fin des cours.

La cloche sonna et les lycéens en uniforme se déversèrent dans les couloirs et le hall. Elle eut droit à quelques sifflements de la part des plus âgés, auxquels elle répondit par un sourire. Elle reconnut Sophie. Elle était parmi les premières à franchir la grille. Quand elle l'aperçut, elle se figea.

– Qu'est-ce que vous voulez ?

Elle jetait des coups d'œil par-dessus son épaule.

– Tu attends quelqu'un ? dit Senda.

– Ma mère. Elle ne va pas tarder à arriver.

– Je veux juste te parler quelques minutes.

Sophie et Jason Dumas étaient dans la même classe. Cet après-midi-là, ils avaient fait ensemble une partie du trajet.

Sophie, pressée d'arriver chez elle, avait à un certain moment devancé Jason. Ils étaient voisins. Pourtant, l'un d'entre eux n'avait jamais reparu.

Senda avait étudié son témoignage des dizaines de fois. Elle l'avait encore relu ce matin. Elle avait le sentiment que la gamine avait vu quelque chose mais qu'elle refusait d'en parler. Un sentiment de culpabilité ou de peur refoulait un précieux détail dans son subconscient.

– Est-ce que tu comprends ce que je fais ?

– Comprendre quoi ?

– Ton copain a disparu. Je ne crois pas à une fugue, et toi non plus. Je dois retrouver Jason et arrêter celui qui l'a enlevé pour qu'il ne recommence pas.

– Vous avez peur ?

C'était une remarque curieuse. La voix de Sophie était tendue. Elle était perturbée d'être approchée devant l'école où tous ses camarades l'observaient.

– Oui, j'ai peur. Ce type est toujours en liberté, et il va peut-être essayer encore.

– Je vous ai déjà dit que je n'avais rien vu.

– Tout ce que je te demande, Sophie, c'est d'essayer de te souvenir. Quelqu'un vous a-t-il suivis ? Quelqu'un que tu connais, et à qui tu ne veux pas faire d'embêtements ?

– Je n'ai vu... cria Sophie.

Elle semblait désemparée.

– Que se passe-t-il ici ?

Senda se retourna. La mère arrivait, visiblement hors d'elle.

– Sophie ! File dans la voiture !

Elle attendit que sa fille se soit suffisamment éloignée pour lancer :

– Depuis quand la police est-elle autorisée à questionner une gamine de treize ans sans le consentement de ses parents ?

– Madame Cassel, je...

– Comment osez-vous ! Vous n'avez aucun droit...

– Je crains que si, madame Cassel.

– Pas sans ma permission !

– Je dirige une enquête policière, madame, et je pense que votre fille est en mesure de m'aider.

Le visage de son interlocutrice vira au rouge.

– Vous pouvez être certaine que vous entendrez parler de nous. Mon mari est avocat. Ne vous avisez pas de recommencer ! Jamais !

Elle tourna le dos et, d'une démarche mécanique, repartit vers sa voiture. Elle lança un regard agressif, s'assurant que Senda ne la suivrait pas. Elle remonta dans son véhicule, une Rover vert foncé, et disparut.

La fille savait quelque chose. Senda en était certaine. Elle allait avoir besoin de l'aide de Charles Gallo. Elle voulait obtenir un examen sous hypnose de la petite Cassel.

Lorsqu'elle revint à son bureau, Schiller était toujours plongé dans la lecture des dossiers. Elle ne verrait Gallo que le lendemain.

VIII

Le Zoo Club se trouvait à Saint-Germain. Un immeuble de trois étages, avec piscine, salles de musculation et studio de danse. Senda eut la chance de trouver un parking libre juste en face. Elle fit un signe de la main à la réceptionniste, une jolie blonde, et gravit rapidement l'escalier de chêne jusqu'au dernier étage. Il était presque vingt heures. Les retardataires n'étaient pas les bienvenus. Elle eut à peine le temps de se changer. Elle rejoignit les autres, une dizaine d'hommes et de femmes, pour la séance de Pilate qui commençait. Pendant une heure, elle se laissa aller totalement, s'étirant à l'extrême, au rythme des vagues de la musique indienne s'échouant sur des rivages inconnus.

À plusieurs reprises elle distingua une silhouette derrière la longue baie vitrée qui séparait la salle du couloir.

Le cours fini, elle prit sa serviette sur la barre d'assouplissement installée le long du mur. Elle venait à ce club deux fois par semaine. Ces séances lui vidaient la tête et l'aidaient à conserver son équilibre. Elle cherchait aussi à moins fumer. C'était difficile, à cause de la pression sans précédent qu'elle subissait depuis le début de l'affaire.

– Vous êtes souple, entendit-elle.

Elle terminait de s'essuyer le visage, la sueur lui piquait les yeux. Elle mit quelques secondes avant de reconnaître l'homme qui s'adressait à elle. C'était Raphaël Schiller.

– On m'a dit que je vous trouverais ici. Je crois que vous avez découvert un indice intéressant, dit-il.

Il portait un tee-shirt blanc et un pantalon de survêtement de la même couleur.

– Vous êtes membre ? demanda Senda, dissimulant sa surprise.

– Non, mais j'y songe, maintenant que j'ai vu les installations.

Comment Schiller avait-il pu la retrouver au Zoo Club ? Elle n'avait informé personne. Il l'avait suivie !

– Les salles de musculation ont l'air bien équipées. Vous me servez de guide ? lui demanda-t-il.

– Pourquoi pas, dit Senda.

Ils passèrent au milieu des corps qui transpiraient, des respirations forcées, et du claquement métallique des poids et des barres. Raphaël répondit aux sourires de plusieurs jeunes femmes qui se trouvaient là.

– Comment se fait-il qu'une fille aussi jeune et aussi séduisante ait une telle responsabilité ? Eh ! C'est un compliment, dit-il, remarquant le regard qu'elle lui lançait.

– Une licence en psychologie, puis une maîtrise en criminologie. Quelques concours, et beaucoup de chance. Et vous, demanda Senda, cette carrière dans la finance ?

– Harvard. Le père de mon ex-femme est un banquier international ; c'est lui qui m'a mis le pied à l'étrier. La mort d'Élodie l'a beaucoup affecté. Il adorait sa petite-fille. C'est un peu grâce à lui que Gallo a accepté de...

Son sourire s'était figé. Senda eut un geste de la main. Cela n'avait pas beaucoup d'importance, semblait-elle signifier.

– Je vous invite à dîner ? proposa-t-il.

– Allons plutôt nager, vous me parlerez de cet indice.

Elle avait un meilleur style que lui, et elle le distança rapidement. Elle avait un peu forcé, et sa poitrine se soulevait rapidement.

– C'était une course ?

Ils se trouvaient du côté du grand bassin. Raphaël, par des mouvements lents des bras et des jambes, se maintenait à la surface. Senda était assise sur le rebord. Elle voyait les muscles de ses épaules et de son cou gonflés par l'effort qu'il venait de faire. Il prit appui, et d'une traction se retrouva assis près d'elle. Elle se poussa un peu, pour décoller sa cuisse de la sienne.

– Vous ne croyez pas avoir affaire à plus d'un assassin ? Il y a ce type, ce professeur de dessin, André Besson ; il a enseigné au cours Victor et à Saint-Denis, deux des établissements que les enfants fréquentaient. Il a été licencié. On a parlé de gestes équivoques...

– Exact.

– Vous ne pensez pas qu'un tel individu bénéficie d'emblée de la confiance de ses élèves ? Il a pu dessiner cette scène ignoble.

– Votre fille a-t-elle pris des cours avec lui ?

– Pas que je sache, mais cela ne veut rien dire. Tous ces établissements privés passent leur temps à s'affronter dans un tas de domaines. Les matchs de football, par exemple ; tout le monde y va ! Ce Besson rôdait peut-être dans les vestiaires...

– Monsieur Schiller...

– Arrêtez de me donner du monsieur Schiller. Je m'appelle Raphaël. Je vous prends sur deux longueurs... Vous vous dégonflez ?

Elle réussit à conserver une avance jusqu'au virage, céda du terrain puis finit par le distancer sur la fin.

– Je ne pensais pas que vous gagneriez, dit-il d'une voix haletante.

– C'est pour ça qu'on me confie une telle responsabilité, Raphaël...

Elle avait refusé son invitation à dîner. Elle habitait dans le vieux Marais, à deux pas de la Seine et de Notre-Dame, où se trouvait le quartier général de la police. Elle hésita un instant, puis se décida finalement à prendre le pont des Arts et à rentrer chez elle. Il était vingt-trois heures.

De la fenêtre de son living-room, de l'autre côté du fleuve, elle voyait la tour Montparnasse et les lumières de la Cité. Elle avait faim. Elle ouvrit son réfrigérateur ; il était vide.

Elle songea un instant à commander une pizza, mais

elle perdrait le bénéfice de sa soirée d'exercice. Elle se versa un verre de lait et mit deux toasts à griller. Elle s'installa sur le petit canapé.

Elle n'avait pas cessé de penser à Raphaël. Il y avait quelque chose dans son physique, dans son regard, qui la gênait. Elle s'était sentie attirée au début, mais ce soir, elle l'avait plutôt trouvé effrayant. Il paraissait avoir tout oublié du drame. Elle n'aimait pas la façon dont il tournait autour d'elle, mais elle comprenait aussi que c'était un réflexe de survie, histoire de ne pas se tirer une balle dans la tête ou sauter du haut de la tour Eiffel. Elle regarda la ligne de coke posée sur la petite table. Elle avait résisté à la pizza, elle finit par céder à l'envie de sniffer. Cela l'aiderait à réfléchir.

Pourquoi n'y avait-il pas eu de corps auparavant ? Pourquoi seul Yann Slama avait-il été violé, et pourquoi les contusions d'Élodie étaient-elles post mortem ?

Sans parler de Maria, la gouvernante. Avait-elle découvert quelque chose qui reliait Raphaël Schiller aux disparitions ?

Elle se rappela le profil fourni par Posso. Schiller était celui qui cadrait le mieux. Succombait-elle à la facilité en le suspectant ? Schiller avait-il pu tuer sa propre fille pour couvrir d'autres crimes ? Elle n'avait pas l'ombre d'une preuve pour étayer cette théorie. Et merde, songea-t-elle.

Avant de s'endormir, elle régla l'alarme de sa montre à six heures trente. Le week-end prochain elle essaierait d'aller à Tunis voir ses parents. Elle remettait cette visite depuis des semaines.

Il y avait des rumeurs au sujet de Senda Barhi, comme il y en avait sur tous ceux qui travaillaient à la division criminelle. On reprochait à Charles Gallo de lui avoir confié la direction de cette investigation. Trop jeune, sans expérience, et une femme de surcroît. Elle ne représentait pas la troisième génération d'une famille de policiers, elle venait de l'université. Elle n'obtenait pas, dans cette nouvelle responsabilité, les résultats escomptés.

Elle avait crâné avec Schiller, elle avait des doutes. L'enquête n'avançait pas vraiment.

Elle n'entendit pas sonner les douze coups de Notre-Dame.

IX

Charles Gallo leva les yeux au plafond, prenant le temps de réfléchir.

– La mère de la petite Cassel ne me semble pas une personne facile à manier, dit-il.

– Je pense que la gosse sait, ou a vu quelque chose, répondit Senda. Elle a un blocage, et sa mère risque de tout gâcher.

– Vous voulez l'interroger sous hypnose ?

– Exact

– Il nous faut une décision du juge des mineurs, Senda. Sous quel prétexte ?

– C'est un témoin dans une affaire de kidnapping, monsieur.

– Son père est avocat, dites-vous ?

– Exact

C'est ton problème, pensa Senda. Tu m'as collé Schiller sur les bras, maintenant c'est à ton tour de faire jouer tes relations.

– Je vais voir si je peux agir de ce côté-là. Peut-être sera-t-il plus compréhensif. Où en êtes-vous avec Schiller ?

– Nous lui communiquons des éléments du dossier, il nous fait part de ses théories.

– A-t-il trouvé quelque chose qui vous ait échappé ? dit Gallo avec un léger sourire.

– Pas pour l'instant, monsieur. Il est au courant, pour Besson.

– Ah ! Quelle a été sa réaction ?

– Il n'en a pas eu. Il sait que c'est tout ce que nous

avons de tangible pour l'instant. Il sait aussi que Besson n'a pas vraiment d'alibi pour la nuit des meurtres.

– Que pensez-vous de lui comme coupable ? demanda Gallo.

Elle toussa.

– Vous ne l'avez pas vu ! Il a près de soixante ans, donc trop vieux pour être soupçonné. Il est incapable de monter un étage sans être essoufflé. Il n'a pas les capacités physiques nécessaires et l'intelligence suffisante pour être notre homme.

– Nous n'avons rien de sérieux avec Besson, alors ?

Senda se leva.

– Nous n'avons rien tout court, monsieur.

Gallo s'apprêta à faire une remarque, puis se ravisa. Il se contenta de dire :

– Pour Schiller, je ne pouvais pas faire autrement. Son beau-père est un ami du ministre. Il m'appelle tous les matins pour savoir si nous allons bientôt arrêter l'assassin. Il a beaucoup d'affection pour Schiller, qui s'est occupé de sa femme jusqu'au dernier moment. Elle est morte d'un cancer.

– Je suis au courant.

De retour dans la salle de briefing, Senda trouva Berthier et Garcia passablement excités.

– Il y a du nouveau, dit Berthier. Les derniers rapports du labo viennent d'arriver. Ils ont trouvé deux cheveux sur les vêtements de Yann Slama, deux cheveux bruns, du groupe O. Schiller est du groupe O, j'ai vérifié avec l'hôpital.

– Ce n'est pas suffisant. Le gamin a joué à plusieurs reprises chez Élodie. Il peut s'agir d'un simple transfert.

– Possible, mais pourquoi juste sur lui !

– Je n'en sais rien. Il nous en faut plus. Et les empreintes, les fibres ?

– Elles concordent avec celles des victimes, celles de Schiller ou des voisins. Il n'y a rien à tester, à part ces deux cheveux sur lesquels nous ne pouvons même pas faire un code génétique, ils sont sans racines. Quant aux fibres de laine dans les poumons, elles proviennent d'une couverture de la maison.

– Ce gars-là, personne ne le voit agir. Pas de poils, pas de sperme, pas de salive. Aucun étranger ne rôde dans le quartier ; il n'y a pas de voiture suspecte et pas d'effraction. Si Schiller est notre homme, tout s'explique, conclut Berthier.

– Je ne sais pas si Schiller est capable d'une chose pareille. Bon Dieu, Berthier ! Tuer sa propre fille ? Violer et torturer son copain, étrangler la gouvernante, sous son propre toit !

– Tu as entendu Posso ? Le type est un monstre mais personne ne le voit comme ça.

– Je croyais que les profils de Posso étaient de la science-fiction ?

– Ce n'est pas Posso qui m'y fait penser. C'est Stevenson, et son Docteur Jekyll et Mister Hyde !

Il se mit à arpenter la pièce. José buvait une tasse de thé. Il y avait des miettes de croissant sur sa cravate.

– C'est lui !

Ils se tournèrent vers Senda.

Appuyée à la fenêtre, elle regardait les péniches glisser sur la Seine.

– Nous devons nous assurer qu'il était sur les lieux du crime avant vingt heures, dit-elle, le front toujours appuyé contre la vitre.

Ils demeurèrent silencieux, puis Berthier prit un épais dossier dans l'une des boîtes en carton et le jeta sur la table.

– Les témoignages. J'ai interrogé les voisins tout au long de la rue à deux reprises. Pas de Jaguar noire ! Personne n'a vu passer Schiller, pas plus à dix-neuf heures qu'à vingt heures quarante. Mais...

– Mais ? demanda Senda.

– Il reste encore une déposition à prendre.

– Laquelle ?

– Agnès Kabza, une Polonaise. Elle travaille depuis trois ans dans une résidence proche de celle de Schiller.

Elle promène le chien de la maison le soir avant de partir.

Senda parut tout à coup intéressée.

– Ne vous emballez pas. Je doute qu'elle ait vu quoi que ce soit. Elle est en vacances depuis la fameuse nuit. Son départ était prévu depuis longtemps. En fait, elle s'absente tous les ans à peu près à la même époque. Elle reprend le 10 octobre, lundi prochain.

– C'est dans le dossier ?

– Non, dit Berthier.

– Plus de rapports, conclut Senda. Schiller doit ignorer dans quelle direction nous cherchons.

3

I

– SOPHIE, je voudrais que tu t'installes sur ce divan, dit Diane, d'un ton neutre et apaisant. Est-ce que tu aimes la mer et le soleil ?

– Oui.

– Alors imagine des sensations que tu connais déjà. Tu es étendue sur le sable, et tu sens cette chaleur douce et agréable sur ta peau. Je tiens un objet au-dessus de tes yeux. Regarde-le. Regarde-le attentivement.

Après trois jours de démarches et plusieurs coups de téléphone, Charles Gallo avait obtenu gain de cause. Le dimanche matin, Senda s'était rendue au Centre d'évaluation psychologique de la police.

Diane Rutledge, une femme d'une cinquantaine d'années en tailleur gris, lui avait fait un accueil chaleureux.

– Fermez la porte, si vous voulez.

Diane s'était ravisée, et avait attrapé le battant.

– Que pensez-vous d'une tasse de café, vous semblez en avoir besoin.

– Merci. Noir et sans sucre, s'il vous plaît.

Senda n'avait pas beaucoup dormi la nuit passée. Elle avait enlevé son blouson de cuir, cherché un endroit où le suspendre, et fini par le laisser par terre à ses pieds.

Diane était revenue avec deux tasses. Elle en avait posé

une devant Senda, avant de retourner à son bureau, elle avait bu une gorgée et fait la grimace.

– Je ne suis pas très douée. C'est de l'instantané. Que pouvez-vous me dire sur cette affaire ?

Ses boucles d'oreilles étaient assorties à ses yeux, avait remarqué Senda. Elle lui avait parlé des trois disparitions et du lien commun, le message laissé aux domiciles. Elle n'avait donné aucune précision sur la nature de ce message, ni sur le triple meurtre chez Raphaël Schiller.

– Sophie sait quelque chose. J'ai besoin que vous la replaciez au moment où elle sort de l'école avec son ami Jason, ce fameux après-midi.

– Pourquoi ne vous a-t-elle pas fourni spontanément cette information ?

– Je pense qu'elle a peur de parler. Pas dans le sens où elle se sentirait menacée ; elle est troublée au point qu'elle se refuse à admettre ce qu'elle a vu, avait conclu Senda.

La pièce était plongée dans une demi-obscurité. Senda se tenait en retrait. Paul Cassel avait paru comprendre les motivations de Senda. En tant qu'avocat, il aurait raisonné de la même manière. Il était resté dans le couloir ; sa femme ne l'avait pas accompagné.

– Sophie, regarde l'objet. Tu vois la tache brillante à sa surface ? Concentre-toi sur elle si tu veux, et oublie ce qui est autour. Regarde-la autant que tu voudras. Pense au sommeil qui te gagne, pense à t'endormir. Tu es sur la plage et le soleil t'enveloppe de sa chaleur.

Diane tenait un stylo en argent guilloché. Senda voyait le reflet et entendait la voix. Elle détourna la tête. Elle allait succomber elle aussi si elle se laissait entraîner. La voix monotone de Diane continuait de suggérer :

– Tes yeux commencent à être fatigués, Sophie, tes bras et tes jambes pèsent. Tu as envie de dormir. Continue de regarder l'objet. Tes paupières deviennent lourdes. Pense au sommeil qui t'envahit. Continue de regarder cette tache lumineuse aussi longtemps que tu pourras garder les yeux ouverts. Tu es en train de sombrer dans un profond sommeil, Sophie. Tu te sens bien, tu flottes sur un nuage. Respire profondément, doucement et profondément. À chaque inspiration le sommeil te gagne. Serre les orteils aussi fort que tu peux, et relâche-les. Resserre encore une fois, voilà. Tu ne peux plus garder les yeux ouverts. Tu viens de t'endormir. Détends-toi et dors. Dors, Sophie. Dors. Tu es profondément endormie à présent.

Diane attendit quelques instants puis se redressa.

– Elle est prête, dit-elle. Je peux commencer.

Senda mit en marche l'enregistrement.

– Sophie, est-ce que tu m'entends ? demanda Diane.

Ses paupières tressautèrent.

– Oui.

– À quel cours vas-tu ?

– Au cours Victor.

– C'est un bon cours. Tu t'y plais ?

– Oui.

– Quelle classe ?

– Quatrième.

– Connais-tu Jason ?

– Oui.

– Sophie, tu joues dans l'équipe de basket de l'école ?

– Oui.

– Jason aussi ?

– Oui, mais il joue avec les garçons.

– Sais-tu quel est son poste favori ?

– Il aime bien être arrière, à cause de sa taille.

– C'est un bon défenseur ?

– Il est parfois un peu violent.

– Sophie, comment rentres-tu chez toi après l'école ?

– À pied.

– Tous les jours ?

– Oui.

– Sophie, tu sais que Jason a disparu ?

– Oui.

– Tu sais que tu es la dernière à l'avoir vu ?

– Oui.
– C'était quand, Sophie ?
– Un après-midi.
– Où étiez-vous ?
– Nous rentrions à la maison.
– Te souviens-tu de l'heure ?
– Après quatre heures.

Se méfiant d'une éventuelle affabulation, la psychiatre testait les réponses avec des faits établis, se dit Senda.

– Tu peux me décrire Jason ? continua Diane.
– Il est plus grand que moi. Il a des yeux bleus, les miens sont marron.
– Qu'avez-vous fait en sortant de l'école ?
– Nous avons marché sur le trottoir, puis je l'ai quitté.
– Pourquoi l'as-tu quitté, Sophie ?
– Je voulais voir *Friends* à la télé et Jason marchait trop doucement.
– Alors tu lui as dit au revoir et tu es rentrée chez toi ?
– Oui.
– Tu t'es mise à courir ?
– Oui.
– Sans t'arrêter ?

Il y eut un silence.

– Essaye de te souvenir, Sophie. Tu cours, tu as laissé Jason derrière toi. Il n'y a rien de mal dans tout ça. Jason marche lentement, tu n'y peux rien. Tu veux arriver vite, pour voir ton feuilleton. Il y a le claquement de tes pas sur le trottoir, ta respiration est plus forte ; tu t'entends respirer. Que se passe-t-il à ce moment-là ? Souviens-toi... Tu es en train de courir, et...

Sophie parut faire un effort.

– J'ai couru jusqu'à chez moi.
– Tu as continué à courir jusque chez toi ?
– Oui.

Senda griffonna sur un bloc et le passa à Diane. Elle y jeta un rapide coup d'œil et eut un signe d'assentiment.

– Sophie, quand as-tu traversé la rue ?

Elle restait silencieuse.

– Tu as traversé juste en face de ta maison ? Rappelle-toi ; en arrivant sur l'autre trottoir, tu as poussé la porte et tu es rentrée chez toi ?

La réponse arriva :

– Non.

Nous y sommes, pensa Senda.

– Tu t'es arrêtée pour traverser ?

– Oui.

– Quand ?

– Avant d'arriver chez moi.

– Qu'est-ce que tu as fait, juste avant de traverser ? Tu as regardé des deux côtés de la rue ?

– Oui.

– Tu as vu Jason ?

– Oui.

– Comment sais-tu que c'était lui ?

– C'était lui.

– Comment peux-tu en être sûre ?

– L'uniforme. Ses couleurs : bleu et bordeaux.

– Jason était seul ?

– Non.

Senda sentit son cœur battre fort dans sa poitrine. Elle touchait enfin au but.

– Il y avait quelqu'un avec lui ?

– Non.

Les deux femmes se regardèrent. Senda écrivit encore sur le bloc et le donna à Diane.

– Tu as vu une voiture ?

– Oui.

– Une voiture s'est arrêtée à côté de Jason ?

– Oui.

– Qu'a fait Jason ?

– Il est monté à l'intérieur.

– La voiture est passée devant toi ?

– Non. Elle a tourné dans une petite rue.

– Tu l'as vue tourner ?

– Oui.

Senda toucha l'épaule de Diane pour attirer son attention. Elle lui montra ce qu'elle venait encore d'inscrire.
– Tu as pu distinguer cette voiture ?
– Oui.
– C'était une Jaguar noire ?
– Non.
– Celle des parents de Jason ?
– Non.
Diane se retourna vers Senda. « Demandez-lui la marque », chuchota-t-elle.
– Sophie, tu t'intéresses aux voitures ?
– Oui.
– Tu sais quelle était la marque de celle-là ? Celle où tu as vu Jason.
– C'était une Rover.
– Et la couleur ?
– Vert foncé.
– Tu as déjà vu cette voiture dans le quartier ?
– Oui.
– Tu connais son propriétaire ?
– Oui.
– Tu l'as vu au volant le jour où Jason a disparu ?
– Oui.
– Où ?
– Devant l'école, le matin.
– Où étais-tu ?
– J'étais dans la voiture. C'est la Rover de mon père.

II

Senda arrêta le magnétophone.
– Voilà ce que votre fille a révélé ce matin.
– C'est impossible ! s'écria Cassel.
Il était trois heures de l'après-midi. Un rayon de soleil faisait ressortir l'acajou clair du bureau de Cassel. Ils étaient seuls.
– C'est impossible, répéta-t-il. J'accompagne ma fille tous les matins à l'école, j'ai bien une Rover de couleur

vert foncé, mais c'est tout. Je n'ai jamais fait monter Jason dans ma voiture pas plus ce jour-là ou qu'un autre jour !

– Je ne vous considère pas comme suspect, monsieur Cassel. Pouvez-vous établir que vous n'étiez pas dans votre voiture, devant le cours Hugo, le 30 mai, entre seize et dix-sept heures ?

Cassel eut un sourire. Il se pencha vers Senda.

– Inspecteur Barhi, je suis avocat. Le témoignage de ma fille sous hypnose n'a aucune valeur devant un tribunal, et c'est à vos services qu'il appartient de prouver que j'étais dans ma voiture ce jour-là, et que j'y ai fait monter le jeune Dumas.

Il marqua un temps d'arrêt, puis s'adossa à son fauteuil.

– Cependant, je cherche à vous aider, pas à compliquer votre enquête.

Il prit son agenda et le feuilleta.

– Le 30 mai était un mercredi. J'ai sur mon agenda deux rendez-vous. L'un à quinze heures trente terminé à seize heures dix, l'autre à seize heures quinze terminé à dix-sept heures quarante.

Il se dirigea vers une bibliothèque et revint avec deux chemises. Il prit dans chacune d'elles un relevé.

– Ces factures correspondent au temps que j'ai consacré à ces clients. Je vous fais des photocopies.

– Merci, dit-elle.

Elle les glissa dans son sac.

– Ce sont de bons clients. Peut-on vérifier sans les inquiéter outre mesure ? demanda-t-il.

– Je pense que oui. Avez-vous un cabinet comptable ?

Cassel nota le renseignement au dos de l'une de ses cartes de visite et la lui tendit.

– Nous appellerons de leur part. Une vérification d'écriture, dit-elle. À propos, votre femme se sert de votre voiture ?

– Quand la sienne est au garage, oui. Vous ne pensez pas que...

– Non. Je ne pense pas que votre femme ait quelque chose à voir avec cet enlèvement. Un chauffeur ?

– Je n'en ai pas.

– Votre voiture se trouvait-elle en réparation à cette date ? L'avez-vous prêtée à un ami ?

– Je ne crois pas...

– Tâchez de vous en assurer.

Cassel eut un bref signe de tête, et se leva, mettant fin à l'entretien.

– Merci de votre compréhension, dit Senda.

– C'est une voiture assez commune par ici, vous savez, dit l'avocat en la raccompagnant.

S'était-elle précipitée pour juger Raphaël Schiller coupable ?

La Jaguar noire n'avait été aperçue nulle part.

Cassel avait raison ; il devait exister des milliers de Rover vert foncé, la couleur la plus populaire l'année précédente. Quel crédit devait-elle accorder à la déposition sous hypnose d'une gamine de douze ans ? Diane le lui avait dit : « Une chance sur deux pour que ce ne soit pas une fantaisie de son imagination. »

III

Le lundi après-midi, accompagnée de Berthier, elle se rendit au domicile de l'employeur d'Agnès Kabza.

– C'est là ! Garez-vous devant la grille. On montera à pied.

Une pluie épaisse et grasse embuait le pare-brise. On pouvait distinguer les contours estompés et flous d'une bâtisse, cachée en partie par des bosquets.

Une jeune fille ouvrit la porte à la troisième sonnerie. Senda, tout en essuyant les filets d'eau qui glissaient le long de son cou, montra son insigne.

– C'est à propos de ce qui s'est passé chez les Schiller ? demanda Agnès.

– C'est exact, mademoiselle.

– Mme Levy m'a dit que vous passeriez. Entrez, dit-elle en s'écartant. N'oubliez pas de vous essuyer les pieds. Je viens de faire le carrelage.

Ils s'assirent dans la cuisine. Une radio diffusait du reggae. Agnès baissa le volume.

– J'ai du thé, vous en voulez ? demanda-t-elle.

Elle était jeune, avec un corps musclé, et se déplaçait avec un déhanchement qui monopolisa l'attention de Berthier.

– Agnès, dit Senda, en prenant sa tasse, vous travaillez ici depuis longtemps ?

– Trois ans. Juste après la mort de M. Levy. Je connais bien le quartier. Je n'arrive pas à croire qu'une chose pareille ait pu se produire.

Elle prit un pot de crème dans le réfrigérateur et le posa sur la table.

– Nous avons quelques questions à vous poser, reprit Berthier. Vous rappelez-vous cette soirée, la veille de votre départ en congé ?

– Je m'en souviens très bien. J'ai appris ce qui s'était passé le lendemain matin, en regardant la télévision. Je me suis demandé si je ne les avais pas croisés en promenant Max.

Le golden retriever qui somnolait sur une couverture dressa l'oreille, puis reprit sa sieste. Senda esquissa un sourire.

– Vous les avez attrapés ? demanda la fille.

– Pas encore. Quand avez-vous quitté Paris ?

– L'après-midi même. Mais j'ai noté tout ce dont je me souvenais dans l'avion, pour ne pas oublier. Les vacances...

Senda échangea un regard avec son équipier.

– En dehors de votre travail ici, avez-vous une autre activité ?

– Je suis des cours à la fac. Je vais chercher mon carnet, j'en ai pour une seconde.

Elle revint et s'assit sur un tabouret.

– Je vous lis ce que j'ai inscrit ou vous préférez me poser des questions ?

– Allez-y, nous vous écoutons.

– Voilà. Je sors Max tous les soirs, sauf les jours de congé. Entre une demi-heure et trois quarts d'heure, selon le temps. Ce soir-là, il ne pleuvait pas vraiment, je suis sortie à sept heures moins le quart...

Elle releva la tête.

– Excusez-moi. Je n'ai pas vraiment grand-chose à raconter. Je préfère répondre aux questions.

– À quelle heure ramenez-vous le chien ? dit Senda.

– Je reviens toujours à dix-neuf heures vingt-cinq pour ne pas rater mon bus qui passe à quarante.

– Même horaire ce soir-là ?

– Oui. En plus, Mme Levy attendait mon retour pour partir au théâtre.

– Et votre trajet ?

– J'ai remonté la rue et dépassé la maison des Schiller d'environ cinquante mètres, avant de...

– Vous êtes passée devant la maison ? dit Berthier d'une voix incrédule.

– Oui. Pourquoi ? Je vous ai dit que je m'étais demandé si...

– ... vous n'aviez pas croisé les assassins, termina Senda. M. Schiller était-il déjà rentré ?

– Non. Sa Jaguar n'était pas là.

– Vous n'avez rien remarqué d'anormal ?

– Non. Les fenêtres étaient éclairées. J'ai aperçu Maria dans la cuisine.

– Quelle heure était-il, à votre avis ?

– Je ne sais pas. Dix-neuf heures cinq... dix, peut-être. J'ai voulu m'arrêter mais le chien tirait très fort sur sa laisse. Il m'a entraînée.

– Qu'avez-vous fait ensuite ?

– J'ai traversé la rue, pour redescendre sur l'autre trottoir.

– Vous n'avez vu aucun véhicule, aucun passant ?

– À vrai dire je ne sais pas vraiment. J'étais trop occupée à lutter avec Max.

– Ensuite ?

– J'ai regardé ma montre. Il était dix-neuf heures quinze. J'ai retraversé pour être du bon côté, et je suis revenue.

À part le fait qu'à dix-neuf heures dix environ Maria et les enfants étaient toujours en vie, il n'y avait pas grand-chose à exploiter, pensa Senda.

– À aucun moment vous n'avez observé quelque chose de suspect ?

– Non. Juste avant de rentrer, une voiture m'a dépassée. Je l'ai vue continuer, puis tourner dans une petite allée sur la gauche, à la hauteur de chez les Schiller. Je n'ai vu que les feux arrière ; une voiture sombre. Je ne faisais pas très attention.

– Une Jaguar noire ou une Rover vert foncé ? demanda Berthier.

– Peut-être une Rover foncée, mais je n'en suis pas sûre.

IV

En début de soirée, Garcia les attendait au quartier général. Il avait passé la journée à mobiliser différents services de police pour essayer de cerner les propriétaires de Rover, dans un rayon de deux kilomètres autour du cours Hugo.

– Plus de cent cinquante voitures du même type. Pour la couleur, nous appelons les gens au téléphone.

Il consulta ses fiches. Il avait les yeux rouges et fatigués et son sandwich lui pesait sur l'estomac.

– J'en ai déjà dix-sept ! Cette enquête devient une véritable pieuvre, constata-t-il.

– Vous avez encore du jambon sur votre cravate, dit Senda en souriant, et ça n'a pas l'air d'être du prosciutto.

Garcia haussa les épaules. Il ne voyait pas la différence. Senda accrocha son imperméable, et s'installa autour de la grande table. Elle alluma une cigarette, la deuxième de la journée.

– Cassel n'est pas dans le coup, José.

– Comment pouvez-vous en être certaine ?

– Mathilda Levy est arrivée au moment où nous partions. Elle a vu les Cassel au théâtre ce soir-là, à la fin du premier acte, fit Berthier.

Il lança son calepin à Garcia.

– Jette un coup d'œil à la déposition de la Polack.

– Il a peut-être eu le temps, mais ce n'est pas lui, dit Senda.

Berthier approuva.

– Alors, qui se cachait dans cette voiture ? Le pape ?

– Quelqu'un qui ne voulait pas utiliser la sienne parce qu'elle est trop connue, conclut-elle.

Le téléphone sonna. Berthier prit la communication.

– C'est pour vous. Diane Rutledge.

– Commissaire Barhi ? J'ai eu de la visite ce matin.

– Je vous écoute.

– Raphaël Schiller est venu me voir.

D'un geste de la main, Senda fit signe à Berthier de prendre l'écouteur.

– Il m'a dit qu'il travaillait avec vous et qu'il était au courant de la séance de dimanche, avec Sophie Cassel. Schiller pense que la disparition de Jason est liée au meurtre de sa fille. Il a insisté pour que je lui montre le compte rendu de la séance.

– Et ?

– Il avait l'air si abattu. Il est à la recherche de tout ce qui peut l'aider moralement à remonter la pente. Je le lui ai laissé lire... après avoir appelé Charles Gallo.

Il y eut un long silence.

– Vous êtes toujours là ?

– Oui. Ce n'est pas important. Vous avez bien fait.

Elle prit une profonde inspiration, et laissa l'air s'échapper entre ses dents serrées. Berthier tenait encore l'écouteur à la main. Il semblait figé par ce qu'il venait d'entendre.

– Le salaud !

– Vous parlez de Schiller ? demanda Berthier.

– Non, de Gallo, dit-elle.

– De quoi s'agit-il ?

– Schiller est sur nos traces. Il remonte la piste. Je ne serais pas surprise qu'il nous dépasse.

– Trouvez-le ! Trouvez-le et amenez-le ici.

– Il doit être encore à l'étage au-dessous, dit Berthier. Je l'ai croisé au distributeur de sandwichs.

Schiller se trouvait dans le petit bureau mis à sa disposition. Il leva la tête quand Senda claqua la porte. Elle se tenait debout devant lui, cherchant à scruter l'expression de son visage.

– Pourquoi ne me tenez-vous pas informée de ce que vous croyez, à tort, être votre enquête personnelle ? dit-elle sèchement.

– Calmez-vous. Je suis désolé. J'ai franchi certaines limites, mais grâce à vous nous sommes sur la bonne piste, avec les déclarations de la fille Cassel. Je ne savais pas... Cet homme a tué Élodie, comme il a enlevé les autres enfants. J'en ai la certitude. Sa propre fille l'a identifié.

Elle avait encore réagi trop vivement. Gallo n'était pas au courant de sa suspicion à l'égard du financier. Elle avait commis une erreur en lui taisant ses doutes. Schiller utilisait son beau-père pour s'informer de tout ce qui se passait. Y compris ce qui n'était pas dans les rapports.

– Vous aviez raison, dit-il avec un maigre sourire. Cela devient trop dur pour moi. Je reprends mes activités à partir de demain matin. Je dois sortir de...

– C'est une sage décision, coupa Senda.

Il prit une photo dans son portefeuille et la lui tendit.

– C'est une de mes préférées. Gardez-la ! Pensez à elle quand vous arrêterez ce Cassel. Vous et votre équipe faites un sacré travail.

Sur le cliché, un visage d'enfant souriait.

– Je vous remercie de votre patience à mon égard.
– Ce n'est rien...
Elle se sentait mal à l'aise. Il se leva et enfila sa veste.
– Vous me devez toujours une soirée. Nous parlerons d'Élodie. Cette semaine, si vous voulez.
– Nous verrons, dit-elle. Je vous appellerai.

V

– C'est lui, dit Senda, j'en suis convaincue.
Elle était vêtue d'une veste bleu marine sur une chemise d'homme en cachemire de la même couleur ; un jean et des boots achetés l'année précédente à Venise complétaient sa tenue. Elle avait particulièrement soigné son maquillage. C'était son anniversaire.
– Avez-vous des preuves concrètes ? demanda Gallo, en la regardant curieusement.
Elle avait abandonné son blouson de cuir et ses Nike.
– Pas encore, monsieur. Mais il y a trop d'indices, de petits détails, qui m'obligent à regarder dans sa direction.
Gallo s'adressa aux détectives qui se tenaient debout. Senda, elle, s'était assise.
– Quelles sont vos impressions ?
– Il y a quelque chose, répondit Garcia, je partage son opinion.
– Et vous, Berthier ?
– C'est le suspect numéro un. Il n'a pas très bonne réputation. J'ai eu l'occasion de parler avec ses voisins et des gens de sa société. Sans la protection de son beau-père, il aurait pu avoir de graves problèmes avec la commission de contrôle de la Bourse.
– Il y a une marge entre être, disons... un financier habile, et assassiner six personnes dont sa propre fille, fit remarquer Gallo. Je vous suis difficilement sur ce terrain. Pourquoi s'exposer ainsi ?

– Pour savoir exactement dans quelle direction nous nous orientons, répondit Berthier.

– C'est bien ce qui m'étonne. Le portrait psychologique établi par Posso fait état d'un homme au quotient intellectuel élevé. Là, il aboutit au résultat inverse. Nous le soupçonnons parce qu'il s'intéresse de trop près à l'affaire.

Le chef de police secoua la tête. Il ne paraissait pas convaincu par la démarche de Schiller.

– C'est un risque calculé, dit Senda. C'est ce qu'il fait toute l'année dans sa profession, monsieur. Il prend des risques calculés. Quelque part, il se sent invulnérable.

– Je comprends votre point de vue. Mais pourquoi vous a-t-il signifié hier que c'était trop dur pour lui ? La logique m'échappe. À moins qu'il n'ait senti quelque chose et qu'il ne brouille les pistes. Peut-être... vu sous cet angle.

– Je pense que c'est ça, monsieur.

– Admettons. Comment allez-vous procéder ? Pas question d'un mandat de perquisition basé sur une simple intuition. Le juge ne marchera pas.

– Il va nous falloir examiner les copies des titres de circulation des Rover de cette couleur pour les deux dernières années, remarqua Berthier. On en a pour des semaines de travail à rechercher les véritables propriétaires.

– Schiller n'a jamais été arrêté pour excès de vitesse au volant d'une Rover ? s'enquit Gallo.

– Nous avons vérifié. Il n'a des contraventions qu'avec la Jaguar.

Garcia s'éclaircit la voix. Il ne venait pas souvent dans ce bureau. C'était la troisième fois en vingt ans de carrière.

– Peut-on envisager une filature et une écoute téléphonique ? se risqua-t-il à demander.

Un long silence suivit cette proposition. Tout le monde semblait subitement fasciné par les motifs compliqués du tapis.

Il faisait nuit. Le bruit assourdi de la circulation leur parvenait. C'était l'heure des embouteillages. Gallo se leva.

– Continuez à travailler sur la Rover, dit-il.

Au moment de quitter le bureau, après le départ des policiers, Gallo demanda :

– Senda ? Restez un moment, je vous prie.

Elle se retourna. Gallo traversa la pièce et ferma la porte. Ils se tenaient face à face. Il y avait de la détermination dans leurs regards.

– Je ne sais rien de tout cela. Tâchez de ne pas vous faire remarquer !

Elle rejoignit les autres dans une salle où plusieurs collègues l'attendaient.

Elle but une coupe de champagne et grignota quelques amandes. On lui offrit son cadeau d'anniversaire, une veste en cuir dont elle rêvait depuis longtemps. Son vieux blouson lui donnait plutôt l'air d'une aventurière un peu crade.

Elle s'arrangea pour s'isoler un instant avec les deux hommes.

– Pour Schiller, nous commençons la filature et les écoutes demain, murmura-t-elle.

VI

Senda dîna seule chez Fulvio, le meilleur restaurant sarde de Paris, rue de Poitou. Le genre de restaurant que seuls certains élus pouvaient connaître. Avec sa belle tête de bandit de grands chemins, Fulvio faisait partie de ses rares amis. Le cannonau était excellent, et après un plat de tagliatelles à la poutargue, suivi d'un tiramisu, elle se sentit enveloppée dans une douce chaleur qui l'isola du monde extérieur. Avant de partir, Fulvio lui offrit une bouteille de sambucca. « Cadeau de la maison », dit-il avec son accent chantant.

Quand elle ressortit du restaurant, il y avait quelques étoiles dans le ciel. Elle rentra directement chez elle. Aller boire un verre à Saint-Germain ne lui disait pas grand-chose. Elle avait la tête un peu lourde, mais pendant deux heures elle n'avait pas pensé à l'affaire.

Elle termina un fond de glace au chocolat en fumant une cigarette. Elle débrancha le téléphone, glissa dans le lecteur de DVD *Lost In Translation* pour la dixième fois, et se promit que c'était le dernier anniversaire qu'elle passait de cette manière.

Elle se réveilla en sursaut. Elle s'était endormie sur le canapé. L'écran strié de gris, le grésillement de la télé, les chiffres lumineux qui indiquaient trois heures moins dix furent les premières choses qui atteignirent sa conscience.

Elle se leva en titubant, et faillit tomber en heurtant la table basse. La sambucca était traître, les somnifères aussi. Le cendrier se renversa sur le tapis. Pourquoi la dérangeait-on le soir de son anniversaire ? Elle eut un geste d'humeur et de lassitude.

Deux officiers de police se trouvaient sur son palier.

– Qu'y a-t-il ? leur demanda-t-elle.

Elle avait la bouche pâteuse et la voix prise. Elle se rappela qu'elle n'avait rien laissé de la bouteille de vin.

– L'inspecteur Berthier cherche à vous joindre depuis plus d'un quart d'heure, mais votre ligne ne répond pas. Vous devez le rejoindre immédiatement.

– Attendez-moi, je descends tout de suite.

Elle se passa la tête sous le robinet, renifla un reste de poudre, et enfila son blouson. Juste avant de sortir, elle se ravisa, et glissa son pistolet dans sa ceinture.

Une voiture noire de service, gyrophare allumé, l'attendait. On lui donna le micro. Elle s'accouda au véhicule, respirant profondément.

– Je vous écoute.

– Senda, je suis devant le domicile des Cassel. Foncez, je vous expliquerai en route.

Elle s'installa à l'avant de la voiture et indiqua l'adresse.

– Allez-y !

– Je mets la sirène ? demanda le conducteur.

Elle hocha la tête à contrecœur. Mes tempes vont éclater, pensa-t-elle. La voix de Berthier crachotait dans le haut-parleur.

– Le centre d'urgence a reçu un appel à deux heures trente du matin en provenance de chez les Cassel. Le message n'est pas très audible. Il y aurait des morts à l'intérieur. J'ai fait cerner le quartier. Il n'y a aucune lumière, personne ne répond, et la ligne de téléphone est occupée. Il nous faut briser une vitre pour entrer dans la maison. Qu'est-ce qu'on fait ?

– Vous êtes le seul à être armé ?

– Non. J'ai une équipe des forces spéciales qui est là.

– Ne m'attendez pas. J'en ai pour dix minutes.

Arrivée au début de la rue où habitait Cassel, elle fit couper la sirène. Elle entendait le bruit d'un hélicoptère. Elle distingua le fuselage noir et blanc, et le faisceau d'un projecteur qui éclairait la scène.

Elle avait déjà vécu ces moments, pas très loin d'ici. Les voisins en pyjama, un manteau ou une robe de chambre enfilés à la hâte, maintenus dans l'ignorance de ce qui se déroulait. Les yeux hagards ; les visages défaits ; les voitures de police aux carrosseries luisantes et noires ; les lumières bleues et blanches qui tournaient comme des stroboscopes.

L'hélicoptère avait pris de l'altitude. Il décrivait des cercles, fouillant de son projecteur les alentours.

Juste avant qu'elle ne descende, elle eut un appel radio. C'était Gallo.

– Senda, je viens d'avoir le secrétaire général du Président. La police a envahi son quartier. Il me dit qu'un hélicoptère de nos services passe au-dessus de sa maison. C'est une chasse à l'homme ?

– Je ne sais pas encore, monsieur. Je suis au domicile des Cassel. Berthier est à l'intérieur avec une équipe des forces spéciales. Je vous rappelle tout de suite.

Elle coupa la communication et courut vers la villa. Des silhouettes équipées de fusils d'assaut ressortaient de la maison. L'une d'entre elles lui barra le passage et enleva sa cagoule.

– Bazille ! s'exclama-t-elle.

Ils s'étaient connus à l'école de police, et avaient suivi ensemble un stage aux États-Unis.

– Il n'y a rien pour nous. C'est un véritable massacre. Le gars s'est tué avant que nous n'intervenions. Bon courage, la puce.

Il lui donna un petit coup de poing amical sur l'épaule et lui céda la place. Elle lui sourit et franchit les derniers mètres qui la séparaient de la porte d'entrée. Toutes les lampes avaient été allumées.

– Berthier, appela-t-elle.

– Je suis là.

Elle ne l'avait jamais vu dans cet état. Il semblait décomposé. Il tenait encore son revolver à la main.

– C'est clair, dit-il.

– Nous avons déjà des officiers à l'intérieur ?

Il secoua la tête. Elle se tourna vers un agent en uniforme.

– Allez nous chercher des gants et des bottillons. Personne n'est autorisé à entrer, à part le légiste et son assistant.

Elle espérait que les hommes du commando n'avaient pas trop perturbé la scène. Elle traversa le salon ; sur un secrétaire, le combiné du téléphone était décroché.

Au premier étage, dans une grande chambre à coucher, elle trouva le premier cadavre. Elle s'approcha d'un lit à baldaquin et écarta le voilage. Une forme dont la tête formait un angle inhabituel avec le cou paraissait avoir été tuée dans son sommeil.

Elle reconnut la femme qui s'était précipitée sur elle

au lycée, Mme Cassel. Le matelas portait encore l'empreinte de deux corps.

Ils trouvèrent Sophie dans une autre chambre. À première vue, elle avait été tuée dans les mêmes conditions. Sous la torsion, la tête, plus gracile, pendait, rappelant la posture d'un oiseau désarticulé.

Berthier fit signe.

– Le reste est au sous-sol, dit-il.

Il sortit de sa poche un sac en plastique, analogue à ceux dont on se servait pour prélever les indices, et le lui tendit.

– Tenez. Au cas où vous ne pourriez pas vous retenir.

Elle sentait bien que son système nerveux s'était d'un seul coup ramassé autour de son estomac.

Un escalier en bois menait à une pièce qui devait servir de salle de jeux. Le sol était recouvert de linoléum, et un billard à trois boules occupait la moitié de l'espace. Dans un coin, un téléviseur posé sur un meuble faisait face à un divan. Trois marches en ciment conduisaient à un atelier qui servait de garage. La Rover était là, malle ouverte.

Paul Cassel était pendu. Il était nu. Une ombre rendue grotesque par son pénis en érection. Le câble métallique utilisé était fixé à un crochet qui saillait d'une traverse en béton ; il avait en partie cisaillé les chairs.

Son sexe portait un préservatif, avec des traces de sang et d'une autre matière, plus brune. L'odeur des fèces remplissait la pièce.

Ne pouvant contenir plus longtemps sa nausée, elle ressortit. Au bout de quelques minutes, les contractions se calmèrent et elle se sentit un peu mieux. Berthier revint avec un verre d'eau. Elle se rinça la bouche.

– Ce n'est pas fini, lui dit-il. Mettez ça.

Elle déposa sous ses narines un peu de pommade mentholée et le remercia d'un regard.

Ils retournèrent dans l'atelier.

– Derrière la Rover, indiqua-t-il.

Elle avançait avec précaution, prenant garde à ne pas marcher sur les empreintes et les traces.

Elle contourna la voiture. Celle-ci n'était pas complètement collée au mur. L'éclairage, un néon double accroché au plafond, était suffisant pour révéler ce qui se trouvait là.

Le corps reposait sur le ventre. Il avait dû être éviscéré, car les intestins, sortis de la cavité abdominale, faisaient une masse gluante et claire sur le côté. Les cuisses disloquées étaient couvertes d'excréments. Une flaque sombre, d'aspect poisseux, courait sous le véhicule.

Vu la taille, le cadavre était probablement celui d'une très jeune fille. Elle avait les mains liées derrière le dos, et ses chevilles portaient des plaies ouvertes, identiques aux marques laissées par des bracelets en fer.

Le sang avait éclaboussé les murs et la carrosserie. On l'avait utilisé pour écrire sur le mur ces mots : LE PREMIER EST LE DERNIER.

VII

La conférence de presse qui venait de se terminer avait eu lieu huit jours après l'intervention de la police au domicile des Cassel.

La raison essentielle, donnée par les autorités pour expliquer ce délai, était la minutie apportée à l'examen, et la confrontation de tous les indices prélevés sur le lieu des crimes.

À l'issue d'un rapport confidentiel, épais de deux cent vingt pages, Paul Cassel avait été identifié et reconnu comme seul coupable de la tragique série d'événements. Il avait mis fin à ses jours avant d'être appréhendé.

La presse avait reçu communication de l'enregistrement fait par l'avocat le soir de son suicide, appel qui avait conduit les officiers de la brigade criminelle à investir les lieux, trop tard malheureusement pour venir en aide aux victimes.

Senda éteignit le téléviseur. Pour une fois, ce qu'on racontait correspondait à la réalité. Le labo n'avait rien trouvé. Rien qui laisse supposer une mise en scène. Tout concordait. Le sang, les empreintes, les fibres ; jusqu'aux cheveux d'Alicia Molina, la jeune victime au domicile des Cassel, découverte dans la malle de la Rover.

Elle écouta une dernière fois l'enregistrement :

« Mon nom est Paul Cassel. Je les ai tués, tous. Le Premier est le Dernier. »

Alicia Molina, la première à avoir été enlevée, probablement la dernière à mourir. Les deux autres corps n'avaient toujours pas été retrouvés.

La voix du tueur était méconnaissable. Une voix métallique, haletante. Rien d'extraordinaire : l'homme se trouvait dans une phase active de libération. Ce n'était plus l'avocat, qui parlait, mais l'autre, le psychopathe, qui ventilait sa colère et nourrissait sa compulsion.

Gallo l'avait félicitée pour son intuition à propos de la petite Sophie. Elle n'était pas de son avis. Elle se sentait responsable de la mort de cette famille.

À compter d'aujourd'hui, elle était en vacances pour une semaine. Elle partirait le lendemain à Tunis chez ses parents. Un séjour au bord de la mer lui ferait du bien.

SANS ISSUE

1

Los Angeles, de nos jours

I

– VOILÀ toute l'histoire, dit Senda. Je ne revis pas Raphaël Schiller, et il ne me téléphona pas. Il partit en voyage. Quelques mois après, sa maison fut vendue, ses comptes en banque fermés, ses avoirs liquidés. Paul Cassel fut officiellement reconnu responsable des meurtres et des enlèvements, et le dossier définitivement classé.

Elle se leva et se dirigea vers le minibar.

– Qu'est-ce que vous buvez ?

– Une bière, merci.

Il se leva pour prendre la boîte de Budweiser qu'elle lui tendait. Elle était aussi grande que lui. Il fit quelques pas dans la chambre. Elle regardait par la fenêtre l'océan devenu noir.

Perez se tourna vers elle. Il paraissait soucieux.

– Il y a quelque chose que je ne comprends pas.

– Quoi ? dit-elle.

– Vos soupçons à propos de Schiller n'ont jamais été confirmés par des preuves. Dans ce cas, pourquoi êtes-vous si convaincue de sa culpabilité ?

Elle pâlit un peu mais ne sourcilla pas.

– Croyez-vous un seul instant, dit-elle en prenant la mouche, que j'aie l'intention de rester assise dans un fauteuil et de le laisser agir à sa guise ?

Ses yeux avaient la dureté de deux vieilles montagnes dressées sur l'horizon.

– Je ne crois pas que ce soit votre affaire, répliqua-t-il d'une voix qui se voulait convaincante.

– Eh bien, regardez-moi.

Elle se leva et sortit de la chambre en claquant la porte, comme si elle ne pouvait supporter une minute de plus de pareille stupidité. Elle revint au bout de cinq minutes. Perez savait qu'elle était en proie à une grande frustration. Elle ouvrit son sac et lui tendit un magazine.

– C'est édité chez vous. Une revue locale, dit-elle, en l'ouvrant sur le meuble qui servait à la fois de secrétaire et de coiffeuse. Regardez cette photo. Vous connaissez cet homme ?

Perez se pencha. Un dîner de gala. Des personnalités en smoking souriaient à l'objectif. Il reconnut le maire, deux de ses conseillers ; des célébrités, des people, assis autour de tables rondes. On avait encerclé un visage à la table du maire.

– C'est Connely, dit Perez. Vincent Connely. Pourquoi ?

Il ne l'avait jamais rencontré personnellement mais l'homme était un personnage qui comptait dans la vie économique et politique de Los Angeles.

– Jetez un coup d'œil là-dessus. C'est la couverture du *Figaro* il y a quelques années. C'est Raphaël Schiller.

L'allure des deux hommes était différente. Schiller avait plutôt l'air d'un étudiant, alors que chez Connely, on sentait l'homme d'affaires sûr de lui et arrivé. L'ossature du visage paraissait plus lourde chez Connely ; Schiller avait les cheveux plus courts et plus foncés.

– Je ne sais pas. C'est difficile à dire. Il y a bien une vague ressemblance, mais...

– De longues années séparent ces photos, Tony. Sans compter la chirurgie esthétique.

Perez examina de nouveau les clichés.

– Honnêtement je ne peux pas vous donner une confirmation.

– C'est le même homme. C'est lui. Il recommence à enlever, violer, et tuer ce qui lui tombe sous la main, comme à Paris.

– Comment êtes-vous entrée en possession de ce magazine ? C'est un tirage limité, juste pour les gens d'ici.

– Par hasard. J'étais à Santa Monica il y a deux ans, dit-elle.

– Qui vous a renseignée sur les disparitions qui nous concernent ? demanda Perez.

D'une enveloppe en papier kraft, Senda sortit un document.

– Le FBI. Ce sont les fiches signalétiques avec le nom et la description des jeunes mineurs qui disparaissent dans votre pays.

– C'est une procédure de routine ?

Perez semblait étonné. Pour lui, le FBI était synonyme de « Fucking Bureau of Incompetents ».

– Non, dit-elle avec un sourire. Mais depuis que j'ai reconnu Schiller dans ce journal, j'ai mis en place une couverture d'informations.

Il secoua la tête. L'entêtement semblait l'un des traits principaux du caractère de Frenchie, pensa-t-il.

– Vous étiez aussi au courant pour la gravure ?

– C'est vous qui me l'avez confirmé tout à l'heure, dans la voiture. Mais j'en étais pratiquement certaine, sinon je ne serais pas ici. Nous n'avons jamais communiqué la teneur du message laissé au domicile des victimes, Tony. Il ne peut pas s'agir d'une coïncidence ou d'un imitateur. C'est lui.

– Qu'est-ce que vous suggérez ?

– Ce sont les empreintes de Schiller, soupira-t-elle en lui remettant une fiche. Connely est propriétaire d'hôtels, de bars, de restaurants. Il doit avoir une licence d'alcool à son nom. Il a dû donner ses empreintes, c'est obligatoire pour obtenir ce genre de document. Cela vous sera facile de vérifier si ce sont les mêmes, sans attirer son attention.

– Si j'ai cette confirmation, vous ne pensez tout de même pas que nous allons l'interroger sur une simple suspicion vieille de plusieurs années !

– Surtout pas ! Ne vous approchez pas de lui ! Pas avant d'avoir amassé suffisamment de preuves, dit-elle, alarmée.

– Merci du conseil. Nous ne sommes pas des amateurs.

– Vous ne savez pas qui est Raphaël Schiller ! Vous n'avez jamais eu affaire à quelqu'un comme lui.

Perez marqua un temps d'arrêt. Senda Barhi lui avait-elle tout raconté à propos de ce Schiller ?

– Je suis fatiguée, Tony. J'ai besoin de dormir.

– C'est une longue journée pour vous. Merci pour la bière. J'espère que vous ne vous trompez pas à propos de Connely.

– Je ne me trompe pas. Je n'ai jamais eu le moindre doute.

Perez fit un signe de tête et sortit. En retrouvant l'air tiède et humide de la baie, il se rendit compte à quel point, autour de cette femme, l'atmosphère était électrique et tendue.

II

Le lendemain après-midi une réunion se tenait dans le bureau d'Eduardo Navarro, le maire de la cité des Anges.

– Quelque chose ne va pas dans son histoire, dit Perez. Cette Barhi n'est pas du genre à lâcher le morceau. Elle était prête à mettre Schiller sur écoute et à le filer, et d'un seul coup elle laisse tomber l'affaire. De son côté, il est officiellement hors de cause, disparaît sans raison, liquide tout, et ressort chez nous sous l'identité de Vincent Connely.

William Ingham, le chef de la police, et Michael Brennan, du FBI, regardèrent tour à tour les deux magazines. Peter Madsen, le district attorney, était présent.

– Je connais personnellement Connely, dit le maire. C'est impossible. Il est marié depuis six ans à la fille de Raul Carvajal. Ils ont un fils...

– Tout le monde connaît Connely, Ed, et tout le monde connaît ses relations avec la communauté mexicaine de LA et son leader. Mais que savez-vous vraiment de ce gars ? demanda Madsen.

– Ces photos ne veulent rien dire, reprit Navarro. On ne peut pas leur faire confiance. Et ce flic français, cette femme, quel crédit pouvons-nous lui accorder ?

– C'est le numéro un de la division criminelle de la police de Paris, dit Madsen, en consultant ses notes : une ville de près de dix millions d'habitants. Nous pouvons au moins lui accorder le bénéfice du doute.

– Je suis pour, dit Ingham. Malgré les lacunes de son histoire, elle s'est déplacée pour nous prévenir. C'est la première ouverture que nous avons sur ces enlèvements.

– Je ne suis pas d'accord, dit Navarro. Pas tant que vous ne m'aurez pas prouvé que Schiller et Connely sont la même personne.

Madsen se tourna vers Brennan.

– Michael ?

Brennan se leva, contourna la table ovale en acajou et déposa une chemise devant chacun d'eux.

– Nous avons déjà vérifié, elle a raison.

Le maire encaissa le choc. Il ne se donna pas la peine de lire les résultats. Il se tourna vers le district attorney.

– Que comptez-vous faire ?

– Michael, continua Peter, il nous faut tout sur la vie de ce type depuis qu'il est entré chez nous. Mœurs, finances, immigration, etc.

Quand ils sortirent du bureau de Navarro, Madsen interpella Perez :

– Où se trouve miss Barhi ?

– Au Marriott.

– Je vous attends avec elle demain à mon bureau. Dix-huit heures précises.

2

I

PEREZ avait près d'une heure de retard. Il examina les silhouettes assises au bar. Du fond de la salle, quelqu'un claqua des doigts. Il longea le comptoir, où s'agglutinaient célibataires des deux sexes en quête de rencontres, laissant son regard s'attarder sur une nuque et la courbe d'une épaule.

– J'allais partir, dit Art Liep.

– Désolé, j'ai pas pu me libérer avant.

Ils se serrèrent la main, et Perez s'affala sur la banquette en cuir.

– Quelque chose qui peut m'intéresser ? demanda Liep avec un sourire.

Perez grignota quelques cacahuètes et commanda un bourbon. Il avait rencontré Liep, un journaliste au *Herald*, il y avait quelques mois, au sujet d'une affaire délicate. Une jeune Allemande s'était égarée à la sortie de l'aéroport dans un mauvais voisinage ; alors qu'elle s'arrêtait pour demander son chemin, deux Noirs l'avaient assassinée et dévalisée, devant sa propre famille. Liep avait suivi l'enquête et écrit une série d'articles qui avaient plu au maire. Il avait cherché à préserver l'image de marque de la ville, et soutenu les politiciens locaux. Il fallait minimiser l'incident pour ne pas effrayer les touristes, et jouer le jeu. On avait modifié la signalisation routière à la sortie de l'aéroport, banalisé les plaques des voitures de location, et évité de parler du gang de jeunes Noirs qui sévissait, et dont l'existence était connue de tous sauf de ceux qui venaient en vacances. Depuis, Art Liep avait ses entrées à la mairie.

Blond, les yeux bleus, jeune journaliste sorti d'Emerson, Art était à LA depuis quatre ans. Il animait depuis peu une émission hebdomadaire sur la chaîne 7. Il représentait des voix, dont Navarro, un Mexicain catholique de la deuxième génération, recherchait l'appui. Perez l'aimait bien.

– Qu'est-ce qui se passe ? poursuivit Liep. Vous étiez chez le maire cet après-midi. Une sacrée réunion ! Votre patron, Madsen, le FBI ; les grosses têtes de la lutte contre le crime...

– Vous êtes en train d'essayer de me dire quelque chose ?

– Rien que vous n'ayez déjà entendu, Tony.

Ils commandèrent une autre tournée, avec des ailes de poulet frit et de la sauce piquante.

– C'est à propos de ces disparitions ? Vous en êtes au numéro...

Il sortit un carnet de la poche de sa chemise, mit ses lunettes.

– ... quatre, je crois. Une certaine Sarah Madoone de La Brea.

Perez resta silencieux.

– Je connais mon métier, Perez. Je sais mettre bout à bout les petits morceaux d'information que vous tentez de rendre insignifiants.

– Laissez tomber. Vous autres journalistes, vous cherchez à tout prix des connexions là où il n'y en a pas forcément. Des gamins qui font des fugues, on voit ça tous les jours.

– Arrêtez vos conneries, Tony ! Le jour où cette affaire va exploser, vous tous allez en faire les frais. Je représente les contribuables ; ces gens-là votent vos budgets. Ils seront plus enclins à l'indulgence si vous les tenez informés de vos progrès.

Perez s'efforçait de réfléchir. À son niveau, il ne pouvait pas se permettre de lâcher des bribes d'information. Il fallait que la décision vienne de plus haut. Liep n'avait pas tort, ils étaient arrivés au point où ils devaient laisser filer quelque chose. Ne serait-ce qu'à titre préventif.

– Parlez-en à Ingham, insista Liep. Mettez-moi dans le coup. Je veux l'exclusivité de l'information. Je marche à fond avec vous, Tony. C'est vous qui bouffez la merde, et ce sont eux qui se congratulent dans les conférences de presse. Je fais mon affaire de Navarro et du district attorney. Ces gars-là ont besoin de nous pour se faire élire.

Il marqua un temps d'arrêt pour laisser à Perez le temps de digérer sa proposition.

– Alors ? Quelle est la prochaine étape ?

Perez lécha les rigoles de sauce piquante sur ses doigts. Il but une gorgée de bourbon et se retourna.

– La fille qui est au bar. Celle au tee-shirt noir et qui nous regarde.

II

Après avoir trouvé le message de Perez – il passerait la chercher à dix-sept heures trente pour se rendre chez le district attorney –, Senda s'était acheté un maillot dans une boutique de l'hôtel et avait pris la navette jusqu'à la plage.

Le soleil lui brûlait les épaules et les jambes malgré la couche d'écran protecteur dont elle s'était enduite. Elle avait dû s'endormir. Sa nuque était en sueur et son corps engourdi. L'eau était fraîche, avec cette couleur qui n'existe que dans les prospectus de voyages. Elle se laissa aller, sur le dos, flottant, le regard perdu dans le bleu du ciel.

Elle aurait bientôt quarante-deux ans. Elle ne voulait

pas savoir combien d'années la séparaient encore de ce cap des tourmentes. Sa vie sentimentale était quasi inexistante.

Elle n'avait pas envie de penser à ça, pas ici. Elle réserverait ces humeurs pour les réveils pluvieux de Paris, la grisaille des quartiers, les corps allongés, avec cette pesanteur au sol qui n'appartient qu'à la mort ; et le sang, qui n'avait même plus sa couleur rouge.

Elle se doucha sur la plage, mangea un sandwich, et dépensa quelques centaines de dollars dans une boutique Abercrombie & Fitch. Un chemisier en coton blanc, une jupe en jean plus courte que d'habitude, et une paire de tongs. Elle retourna s'asseoir à une terrasse de café, commanda un espresso et alluma une cigarette.

Tout à l'heure, elle avait marché en direction du Normandy, l'un des hôtels de Connely. Elle ne pensait pas qu'elle retrouverait sa trace dans ces conditions, sur cette côte de Californie. Elle l'avait imaginé disparaissant plutôt en Asie, dans un pays où la prostitution enfantine ne troublait aucune conscience.

Elle n'était pas la seule à être derrière Schiller. Elle avait menti à propos de la revue. On la lui avait adressée. Quelqu'un la manipulait, mais pour l'instant elle concentrait son attention sur son gibier, pas sur l'autre chasseur.

Qui tenait-il en joue ? Schiller ? Connely ? À moins que ce fût tout simplement elle.

Quand Perez pénétra dans le hall du Marriott, elle l'attendait, enfoncée dans un des fauteuils proches de la réception. Il mit quelques instants avant de la reconnaître. Elle avait lâché ses cheveux, perdu de sa pâleur ; une jeune femme élégante en vacances dans un hôtel chic de la ville. Le regard n'avait pas changé, se dit Perez. Il ne changerait jamais. Elle remit ses lunettes. Il aimait son parfum. Ce n'était pas le même que la veille.

Il se risqua :

– J'aime votre parfum.

Elle le toisa derrière ses Gucci, ignorant le compliment.

– Je ne peux pas me sortir de la tête que je dois quelque chose aux familles, aux victimes, ainsi qu'à moi-même.

Tony lui pressa la main.

– Je comprends, dit-il, je comprends.

III

Peter Madsen était considéré comme un district attorney pas très chanceux. Il avait la réputation d'avoir perdu à ce jour plusieurs affaires importantes. Il était noir, grand et mince, avec une courte barbe piquetée de blanc.

Quand Tony Perez et Senda pénétrèrent dans son bureau, Brennan, l'agent du FBI, et un jeune homme souriant, Jim Nash, l'un des assistants de Madsen, se trouvaient également là.

– Bienvenue, miss Barhi, dit Madsen, se levant pour l'accueillir. Nous nous apprêtions à parler de Connely. Avant que nous ne commencions, je tenais à vous remercier de vous être personnellement déplacée. Nous vous sommes tous ici – il eut un petit geste circulaire de la main – reconnaissants de l'aide que vous voudrez bien nous apporter.

Il se tourna vers Brennan.

– Nous vous écoutons, Michael.

– Sa première entrée chez nous remonte à neuf ans. Un passeport australien au nom de Connely, le nom de jeune fille de sa mère, lut Brennan.

Il leva la tête, réajusta sa cravate. Il était en poste depuis six années à LA, où il dirigeait le bureau local. Le climat et la bière lui avaient fait prendre du poids.

– Il est devenu citoyen américain après son mariage avec la fille de Carvajal, une personnalité dans la communauté mexicaine de la ville, expliqua-t-il pour Senda. Côté fédéral, c'est tout. Il est transparent, même à la Drug Enforcement Administration.

Il ferma le dossier et le posa sur le bureau de Madsen.

– Désolé, mais c'est tout ce que j'ai.

– Un type comme ça doit bien avoir quelque chose à se reprocher ! dit Tony. À part les contraventions pour excès de vitesse...

– Apparemment non. Il est arrivé ici avec quelques dizaines de millions de dollars transférés tout à fait légalement de Sydney, reprit Nash.

Il était adossé à la porte vitrée du bureau, un bloc à la main.

– Son mariage lui a permis de drainer les capitaux des amis de Carvajal et d'emprunter aux banques des sommes considérables. Ils ont acheté des hôtels, des restaurants, des bars, et des terrains en bord de mer. La compagnie est entrée en Bourse l'année dernière. Le titre a pris trente pour cent depuis son émission, une capitalisation de près de six cents millions de dollars.

– S'il y a des fuites sur les éventuels soupçons que nous avons, cela risque d'être la panique parmi les actionnaires, fit remarquer Madsen ; et sans preuves pour l'inculper, il va se retourner contre nous.

– Ce n'est pas tout, Pete. Connely est un important donateur auprès des œuvres sociales de la mairie, et il a été l'un des principaux soutiens financiers de la campagne du gouverneur.

– Rien sur son passé ? demanda Madsen, faisant comme s'il n'avait pas entendu.

– Il est né il y a neuf ans, dit Brennan. Pour le reste, miss Barhi est mieux placée que nous.

Senda avait envie d'allumer une cigarette, mais le petit écriteau posé en évidence l'en dissuada. Madsen au même instant lui demanda :

– Que pouvez-vous nous apprendre de plus sur lui ?

– Tout est dans le rapport que j'ai remis au sergent Perez, dit-elle.

Elle marqua un temps d'arrêt.

– Je voudrais avoir accès au dossier des disparitions, demanda-t-elle.

Madsen regarda Perez.

– Cela me paraît impossible dans l'état actuel des choses, miss, dit Madsen. C'est plutôt nous qui avons besoin de toutes les informations concernant ce qui s'est passé à Paris. Pouvez-vous nous...

– Le dossier n'est plus en ma possession. Il est aux archives du ministère de la Justice. Il faut introduire une demande par les voies légales.

– Combien de temps à votre avis ?

– Je ne sais pas. Trois, quatre semaines peut-être. En attendant, il peut récidiver.

Madsen se leva.

– Je vous fais raccompagner à votre hôtel. Merci de vous être dérangée. J'ignore vos instructions, mais si vous décidez de rester quelques jours, je vous tiendrai au courant.

Senda partie, Madsen se tourna vers Brennan et Perez.

– J'ai eu une discussion avec le maire et le chef de la police cet après-midi. Nous allons lâcher quelques informations et entreprendre une battue générale pour tenter de retrouver les personnes disparues. Nous nous sommes mis d'accord là-dessus. Rien sur le contenu du message même ; juste une vague similarité entre ces notes qui laissent croire qu'il s'agit peut-être du même gars. Perez, il paraît que vous avez un ami journaliste qui peut se charger de ça.

Perez réprima un sourire. Art Liep n'avait pas perdu son temps.

– C'est exact.

– À partir de maintenant vous êtes sa source. J'ai l'accord de votre patron. On va laisser filer en douceur. Pas un mot sur Connely, bien entendu.

– J'ai du nouveau, dit Perez. Je n'ai pas voulu en parler devant Barhi. Ashley Madoone travaillait pour le Normandy. Cela va même encore plus loin. J'ai appelé les familles ; toutes ont été à un moment ou à un autre en relation avec l'une des sociétés de Connely. Bizarre, non ?

Il sortit de sa poche une feuille de papier pliée en quatre et la tendit à Madsen.

– C'est l'unique exemplaire. Je suis le seul à être au courant.

Madsen mit ses lunettes et parcourut le document.

– Il va nous falloir avancer prudemment, très prudemment, Perez. La connexion est beaucoup trop fragile, et c'est du très très gros gibier.

De retour à son hôtel, Senda ressortit et se dirigea vers une galerie commerciale proche. D'un téléphone public, elle demanda un numéro à Paris. Elle préférait ne pas appeler de sa chambre. Elle n'était pas sûre de la ligne.

La voix de Charles, encore ensommeillée, lui parvint.

– Vous pouvez parler. Où en êtes-vous là-bas ? demanda-t-il.

– Je n'ai pas accès au dossier de l'enquête, monsieur ; pas encore. Pour Schiller, rien que je ne sache déjà.

– Que leur avez-vous appris ?

– Ce qu'ils avaient besoin de savoir ; mais je crains que cela ne leur suffise pas. Ils vont introduire une requête pour que nous leur communiquions les éléments qui sont en notre possession.

Il y eut un silence sur la ligne.

– J'ai peur que cela ne prenne beaucoup de temps. Les gens de notre justice sont extrêmement procéduriers. Comment s'appelle le responsable de l'enquête sur place ?

– Si Connely est officiellement inculpé, c'est Peter Madsen, le district attorney.

– Je vais voir ce que je peux faire avec Washington pour qu'il vous mette dans le coup. Je dois agir discrètement, pour ne pas éveiller leurs soupçons. Senda ?

– Oui, monsieur.
– Vous restez là-bas. Il faut que vous soyez en première ligne au cas où...
– J'ai compris.
– Vous avez tout notre soutien.
– Merci, monsieur.

IV

Tony Perez retrouva Art au bar de Prezzo's, un restaurant italien à la mode de Brentwood. Liep poussa du pied le tabouret qu'il avait réservé pour le détective.
– Le merlot est délicieux. Je vous en commande un verre ?
Le bar était rempli de jolies filles. Ce n'était pas le genre d'endroit que fréquentait Perez, à douze dollars le verre de vin, mais il était l'invité du journaliste. Perez ne se sentait pas à son aise dans ce rôle d'informateur. La police avait un service de presse, le district attorney aussi. Les politiciens, encore une fois, feraient passer le message. Il était certain que Liep leur renverrait l'ascenseur.
Perez était en charge de l'enquête sur le terrain. Il connaissait le dossier à fond, et il connaissait bien Art, dont la manière de travailler lui plaisait.
À réfléchir, un peu de publicité sur Tony Perez ne ferait pas de mal à Tony Perez. Il était temps de songer à sa carrière. L'odeur des cadavres, de l'éther et du formol, la bouffe trop chaude ou trop froide, mais toujours de mauvaise qualité, commençaient à lui détraquer le système digestif.
Il goûta le vin. C'était velouté, frais et chaud à la fois.
– Vous avez reçu le feu vert ?
– C'est OK.
Perez se pencha vers lui.
– Vous aviez raison. Les quatre disparitions paraissent avoir un lien commun. Ce n'est qu'une hypothèse pour l'instant, mais nous cherchons à la vérifier. Le FBI est

dessus. Il compare avec ce qu'ils ont dans leurs bases de données.

– Vous pensez à un Jeffrey Dahmer ?

– J'espère que non !

– Vous avez une piste ?

– Pas vraiment. Nous suivons plusieurs fils conducteurs ; certains sont plus prometteurs que d'autres.

Perez lui lança un regard en coin. Liep se mit à rire.

– Vous fréquentez trop de politiciens ces derniers temps, Tony. Vous finissez par parler comme eux. Il m'en faut davantage. Le public ne va pas se contenter de vos trucs vaseux.

– Nous avons une piste sérieuse, mais pas de preuves. Vous serez le premier informé si nous procédons à des interpellations.

– Quel est le lien entre ces disparitions ?

– Un message laissé aux domiciles des disparus. Le contenu est ultra-confidentiel, je ne...

– Peur des imitateurs ?

– Entre autres.

Ils commandèrent deux risottos et une bouteille de pinot noir.

– Nous préparons une battue au niveau de l'État. Tout le monde va être mobilisé, dit Perez.

– Si vous tombez sur quelque chose, je veux être là avant les autres. Qui se cache derrière ces enlèvements ?

– On a le choix. Sadiques, adeptes de cultes, vendeurs d'organes...

– J'écarterais les deux dernières catégories.

– Pourquoi ?

– À cause du message. Ce genre d'organisation évite en général la publicité.

– Pas s'ils veulent nous faire croire le contraire, pas s'ils veulent nous faire croire qu'il s'agit d'un détraqué.

Liep eut un haussement d'épaules.

– Ils ne sont pas si sophistiqués. Ce serait bien la première fois.

Ils attaquèrent leur risotto. Vu le prix, Perez trouva

qu'il aurait pu y avoir davantage de fruits de mer. Il était passé se changer avant de venir : un jean et une chemise sport. Il avait bien fait. Son costume en polyester à cinquante dollars n'était pas de mise dans ce genre d'endroit.

Il pensa à la Française. Madsen avait eu tort de s'opposer à ce qu'on lui communique le dossier. Elle en savait sur cette affaire certainement plus qu'elle n'en avait révélé. Il l'appellerait en rentrant pour l'inviter à dîner. Un cousin éloigné tenait un petit restaurant cubain à Venice, de la cuisine familiale. Elle apprécierait certainement, et le cousin offrait toujours le vin et les cafés.

Art posa son bras sur le sien.

– Qui est cette fille qui est entrée avec vous chez Madsen ? lui demanda-t-il.

Ce gars est un vrai fouille-merde, se dit Perez ; en plus, il lisait dans les pensées. Les questions, c'est lui qui les posait d'habitude. Il se força à sourire.

– Un flic de Paris. Ils viennent étudier nos méthodes. On fait des échanges. Vous savez...

– Mmm...

Liep ne paraissait pas convaincu. Il commanda deux espressos, et ils parlèrent des Lakers, l'équipe de basketball de la ville.

Perez habitait un studio au septième étage d'un petit immeuble. Il sortit sur son minuscule balcon. Par une fenêtre, entre deux rangées de buildings, il pouvait voir un morceau d'océan.

La seule chose intéressante pour Liep, se dit-il, aurait été qu'il lui parle de Vincent Connely.

Il suivit dans le vide la courbe lumineuse de la cigarette qu'il venait de jeter, s'assurant qu'elle tombait bien sur le macadam.

3

I

LES HANGARS ABANDONNÉS de la Delta se trouvaient à dix miles à l'ouest de l'Interstate 1.

Des engins de chantier rouillés, des amas de ferraille, de vieilles grues désarticulées encombraient un terrain que bordait une étendue d'eau marécageuse. Les bâtiments se situaient à l'opposé, collés à un chemin de traverse et à une aire de parking. Une clôture grillagée faisait le tour de la propriété. Elle semblait récente, comparée à l'impression d'abandon qui se dégageait de l'ensemble.

Plusieurs véhicules tout-terrain de la police avaient contourné l'enceinte et atteint l'autre côté de l'étang. Un van et deux voitures banalisées étaient restés sur la route.

Dans l'une d'elles, Madsen tentait sans succès d'enlever une partie de la buée qui recouvrait le pare-brise.

– Ouvre un peu ta fenêtre, Jim. On ne voit rien du tout avec cette putain de pluie qui s'est mise à tomber.

La portière arrière s'ouvrit et Perez s'affala sur la banquette. Son ciré jaune ruisselait.

– Vous me devez une nouvelle paire de chaussures, dit-il à Madsen, les miennes sont foutues.

– Où en sont vos plongeurs ? demanda ce dernier, ignorant la requête.

Il se versa une tasse de café.

– Ils ont remonté deux sacs. Ils continuent à draguer. Ce n'est pas très profond, un mètre cinquante au maximum.

– On sait ce qu'il y a à l'intérieur de ces sacs ?

– Pas encore. On va les ouvrir dans le van en votre présence. On y va ?

– Putain de journée, dit Madsen, cherchant à s'abriter sous le parapluie ouvert par Nash qui avait fait le tour du véhicule.

Il jeta son café. Il était tiède.

Les trois hommes refermèrent la porte à glissière du van derrière eux. L'intérieur était aménagé pour des analyses sur le terrain, et les deux techniciens qui se trouvaient là se serrèrent pour faire de la place.

– Gaffey, on veut juste s'assurer du contenu, dit Perez à l'un des deux hommes en blouse blanche.

Madsen approuva de la tête.

– C'est ça, dit-il. Ouvrez-les ! Qu'on en finisse.

Deux sacs-poubelle, identiques à ceux qu'on utilisait pour les déchets de jardin, reposaient dans de grands bacs sur le plancher du van.

Les sacs étaient assez volumineux pour contenir chacun un corps, mais pas d'une seule pièce, imagina Perez.

Ils étaient là sur un appel anonyme. Quelques soirs auparavant, vers trois heures du matin, un automobiliste avait surpris dans ses phares une voiture arrêtée dans l'enceinte de la Delta, une voiture étrangère de couleur noire. Quelqu'un se débarrassait dans la mare de ce qui semblait des colis assez volumineux.

Perez entendait la pluie résonner sur la carrosserie. Les respirations étaient devenues lourdes et sifflantes. Un film transparent avait été placé sur le plancher. Perez regarda ses chaussures : elles étaient vraiment foutues. Pour rien, espéra-t-il.

Le collier en métal qui fermait l'extrémité du sac ne résista pas longtemps à la pince.

– Il y a un deuxième sac à l'intérieur ; même matière, même couleur... Fermé d'une manière similaire, dit Gaffey.

– Coupe-le aussi, demanda Perez.

Gaffey s'exécuta. Il écarta les bords supérieurs du sac. Une odeur de charogne s'en échappa.

– Ouvrez les portes ! On va crever là-dedans, s'écria Madsen.

Il sortit un mouchoir de sa poche et se tourna vers l'arrière du véhicule.

– Prenez ça ! dit Gaffey.

Madsen et Perez mirent les masques en plastique blanc qu'on leur tendait. Ils se penchèrent davantage pour mieux voir. Nash était ressorti du véhicule.

– Il y a de gros morceaux qui baignent dans un liquide noirâtre. Je prends le premier qui se présente, dit Gaffey en plongeant le bras.

– Merde ! constata Madsen.

À la forme de la mâchoire, aux dents qui saillaient, Gaffey tenait à la main une tête de chien aux trois quarts décomposée.

Perez fut soulagé. Il s'attendait au pire.

– Je vais vider le sac dans le baquet, dit Gaffey.

Ils s'écartèrent pour ne pas être éclaboussés. Il n'y avait pas suffisamment de lumière pour identifier ce qui flottait.

– Passe-moi une torche, demanda Gaffey à son collègue.

Ils s'accroupirent autour du bac. De gros morceaux de couleur sombre flottaient. Malgré leurs masques, l'odeur était insoutenable.

– Qu'est-ce que c'est que ce truc-là ?

Perez montrait du doigt une masse plus claire qui paraissait avoir une origine différente.

Gaffey saisit la chose et la tint un instant dans le faisceau lumineux.

– On dirait un sachet en plastique, dit Madsen. On ne distingue pas ce qu'il y a à l'intérieur. Vous pouvez le nettoyer ?

– Frank, passe-moi un récipient avec de l'eau distillée, demanda Gaffey.

Il plongea le sachet à plusieurs reprises dans le bac, l'agitant pour diluer les matières et le liquide qui adhéraient sur les bords.

– Je crois que c'est bon.

Il se redressa et le tint de nouveau à la lumière.

– Mon Dieu ! dit Perez.

Sa respiration était bloquée dans sa poitrine. Il enleva son masque, et regarda à nouveau.

– Vous voyez la même chose que moi ?

Il agrippait le bras de Madsen. Ce dernier hocha la tête.

– Je crois qu'on les a trouvés, Tony, dit-il.

À travers le plastique transparent, ils distinguaient les parties génitales sectionnées d'un être humain.

II

– C'est le mandat de perquisition ? demanda Perez.

– Oui, dit Nash.

Il déchira la page qui venait de sortir du fax portatif. Ils se trouvaient dans la voiture de Madsen. Trois sacs avaient été remontés. Un contenu identique. La chair d'origine humaine n'était pas putréfiée. Ils avaient dû être émasculés depuis moins de quarante-huit heures, à moins que les organes n'aient été conservés au froid.

Madsen parcourut rapidement le document et vérifia la signature. Il se pencha à l'extérieur par la vitre ouverte.

– C'est en ordre, confirma-t-il. Perez, demandez à vos gars de nous ouvrir le passage.

Accoudé au véhicule, Perez acquiesça. Il donna ses instructions dans une radio portative. D'autres voitures les avaient rejoints. Un groupe d'hommes portant des cirés de couleur marron, avec dans le dos inscrit POLICE en lettres jaunes et fluorescentes, s'approchèrent de la double porte d'entrée faite d'une armature en tube et d'un treillis métallique serré. L'un d'eux tenait une cisaille. Il coupa plusieurs maillons d'une grosse chaîne cadenassée qui maintenait solidaires les deux battants.

Un à un les véhicules pénétrèrent dans l'enceinte de la Delta. Madsen se gara devant les bâtiments, à l'extrémité opposée du lac.

– Dites à l'équipe de plongeurs d'opérer à partir de ce côté, ce leur sera plus facile, dit Perez à l'un des officiers en uniforme qui les accompagnaient. Ils ne doivent pas cesser les travaux de dragage.

À l'aide d'un bélier, l'une des portes fut enfoncée. Le bois pourri du chambranle céda au premier coup et le pêne fut arraché.

– Attendez ! On ne sait jamais ce qu'il peut y avoir à l'intérieur.

Perez barrait le chemin à Madsen. Il envoya deux de ses détectives en reconnaissance, gardant le contact radio pour suivre leur progression.

– C'est clair ! Apparemment il n'y a personne. Vous pouvez y aller, grésilla une voix au bout d'une dizaine de minutes.

Perez, Madsen et plusieurs policiers en uniforme s'avancèrent à l'intérieur. Leurs pas résonnaient dans les hangars vides. Une rangée de bureaux s'alignait sur l'une des façades du bâtiment. Ils passèrent d'une pièce à l'autre. De vieux meubles métalliques couverts de poussière et de fientes ; une installation téléphonique désuète ; pas de traces au sol. Ils ressortirent. Un deuxième bâtiment était accolé au premier.

C'est bien ce que s'était figuré Perez en examinant l'ensemble du dehors.

Là aussi, une grande aire vide, éclairée par une rangée de fenêtres aux vitres parfois brisées. Le toit avait perdu son étanchéité ; de petites mares s'étaient formées, çà et là.

Une lourde porte métallique à glissière séparait ce local d'un troisième bâtiment, invisible de l'extérieur. Ils tentèrent sans succès de faire coulisser les vantaux.

– Ils doivent être bloqués de l'autre côté. Je fais le tour, dit Perez. Il y a un accès par le parking qui se trouve sur la petite route, à l'arrière des constructions.

Juste avant de monter dans sa voiture, Nash sortit de celle de Madsen et fonça vers lui.

– Tony ! Vous savez à qui appartient la Delta ? demanda-t-il d'une voix surexcitée

Il ne laissa pas à Perez le temps de donner la réponse.

– Connely a racheté le terrain et les constructions il y a six mois.

Il lui adressa un signe de victoire et se précipita à la recherche de Madsen.

Les scanners des journalistes étaient en permanence branchés sur les fréquences radio de la police ; ils n'allaient pas tarder à arriver. Pour compliquer la situation, dans moins d'une heure tout le monde saurait que Connely était propriétaire des lieux. Un petit malin allait sûrement téléphoner au service du cadastre.

Perez se ravisa, descendit du véhicule et se heurta à Madsen qui venait en courant à sa rencontre.

– Qu'est-ce qu'on fait pour Connely, la presse va le prendre d'assaut, dit Tony.

– Où est-il ? demanda Madsen.

Perez sortit son téléphone cellulaire et appela son bureau.

– Ici, Perez. Je veux savoir où se trouve cet enfoiré. Rappelez-moi d'urgence.

Ils patientèrent vingt minutes avant d'avoir le renseignement.

– Il est à son bureau du Normandy, dit Perez à Madsen.

Ce dernier réfléchit quelques instants.

– On ne peut rien faire pour le moment. Que vos

hommes ne le lâchent pas. S'il sort des limites du comté ou s'il cherche à s'échapper, arrêtez-le !

– Je fais bloquer les accès à un bloc de distance d'ici. Cela nous donnera un petit sursis.

– Essayons d'ouvrir cette porte le plus rapidement possible.

Perez prit deux hommes avec lui et suivit la route latérale jusqu'à la façade ouest.

Deux larges ouvertures fermées par des rideaux métalliques se trouvaient à l'extérieur de l'aire cimentée du parking.

– Ces trucs doivent peser une tonne. Concentrons-nous plutôt sur l'entrée de service, dit Perez.

Ils examinèrent la porte.

– Ce sont des serrures de sécurité, et elles sont récentes, fit remarquer l'un des policiers.

Perez vérifia lui-même.

– Il vous faut combien de temps pour l'ouvrir ?

– J'ai besoin du chalumeau. Il est dans le coffre de la voiture... Une dizaine de minutes, tout au plus.

– J'attends ici. Allez chercher votre équipement. Dépêchez-vous !

Il se tourna vers l'autre officier.

– Accompagnez-le. Trouvez une radio et donnez-la à Madsen. Revenez avec un projecteur.

Il pleuvait toujours. Il se réfugia sous l'étroit porche et alluma une cigarette. Dieu sait ce qu'ils allaient découvrir là-dedans. Il ne pensait plus du tout à ses chaussures.

4

I

CE WEEK-END, une battue allait couvrir tout l'État de Californie Les portraits des quatre disparus passaient maintenant toutes les heures sur les différentes chaînes de télévision ; avec un numéro d'appel. Les polices locales et fédérales s'étaient regroupées pour analyser les informations et vérifier les pistes.

Encore sous l'effet du décalage horaire, et du coup de soleil de la veille dont la brûlure s'atténuait, Senda Barhi s'était endormie vers trois heures de l'après-midi. Depuis deux jours, elle n'avait pas grand-chose à faire.

Elle avait loué une voiture et partagé son temps entre la plage, la lecture, et un peu de tourisme dans les environs. Demain, elle pousserait peut-être jusqu'à San Francisco.

La sonnerie du téléphone la réveilla.

– Miss Barhi ?

C'était la réception de l'hôtel.

– Un officier de police désire vous parler.

Il y eut un instant de silence puis une voix qu'elle ne reconnut pas lui demanda :

– Je suis envoyé par le sergent Perez. Il vous attend. C'est urgent. Pouvez-vous m'accompagner ?

– Je descends, dit-elle en raccrochant.

II

Zigzaguant parmi les voitures, et après avoir brûlé tous les feux, ils virent enfin les barrages qui se dressaient. La circulation était déviée autour d'un périmètre qui lui parut assez large. Sur les bords de la route, plusieurs cameramen tournaient en rond, ainsi que de nombreux reporters, le micro à la main.

– Il vaut mieux que vous vous baissiez, miss. Ces gars sont à l'affût. Inutile de soulever des questions supplémentaires.

La voiture avait ralenti pour franchir les chicanes. Senda se pencha, cherchant à se dissimuler de son mieux.

Au bout de quelques instants le détective qui conduisait lui tapa sur l'épaule.

– Vous pouvez vous redresser. Merci.

Elle lui rendit son sourire. Ils contournèrent un groupe de bâtiments autour desquels paraissaient concentrées toutes les forces de police de la région. Ils s'engagèrent sur une petite route secondaire. Une bonne douzaine de voitures et de véhicules utilitaires appartenant au personnel du labo encombraient une aire de parking. Ils durent se garer sur le bas-côté.

La pluie avait cessé. Le plafond de nuages se disloquait, laissant des rais de lumière se réfléchir sur les flaques et les carrosseries mouillées. La luminosité était très forte. Elle remit ses lunettes.

– Je vous accompagne, dit le détective.

Elle descendit. De vieilles images lui étaient revenues en mémoire pendant le trajet. Les circonstances avaient changé. Pas le tueur. Pas elle.

Elle n'approuvait pas ce qui avait été décidé à Paris il y a quelques années. Ils n'avaient pas vraiment eu le choix.

Elle aurait voulu désespérément que les disparus soient retrouvés vivants, mais la mort violente et brutale était sa compagne depuis trop longtemps pour qu'elle se raccroche à des fétus de paille. Elle savait pourquoi Perez l'avait envoyé chercher, et ce qu'ils avaient trouvé.

III

Un hangar, qui avait dû servir d'atelier de stockage et de réparations mécaniques, était plongé dans une demi-obscurité.

Des établis couverts de poussière et d'outils rouillés couraient le long des murs ; des échafaudages et des madriers de bois, des sacs en ciment, de vieux coffres à béton s'entassaient dans les coins.

Senda fit quelques pas à l'intérieur. Elle enleva ses lunettes et les mit dans la poche de son blouson de toile. Ses yeux s'habituèrent peu à peu à l'obscurité. Sur le sol de ciment, un chemin avait été tracé à la craie jaune.

– Je vais chercher Tony, dit le détective qui l'avait amenée jusqu'ici.

Toute l'attention semblait concentrée autour d'un local adjacent au hangar. Elle discernait un groupe d'hommes et de femmes qui s'affairaient, à l'intérieur et à l'extérieur ; le crépitement et les éclairs des flashes réveillaient en elle des souvenirs pénibles.

Elle vit Perez se détacher de la foule et venir dans sa direction. Il la prit par le bras et l'entraîna dehors. Il était un peu pâle.

– Il est de mon devoir de vous rappeler que tout ce que vous allez voir ici est confidentiel, dit-il.

Elle laissa la remarque s'étioler dans le silence. L'odeur de la pluie et de l'herbe mouillée était entêtante. Elle pensa un instant qu'elle aurait aimé marcher pieds nus dans les flaques. Ses yeux se posèrent sur les chaussures de Perez, puis leurs regards se croisèrent. Ils n'échangèrent aucun sourire.

– C'est si moche que ça ? demanda-t-elle sans attendre vraiment de réponse.

IV

La scène ressemblait à un plateau de cinéma. Elle entendait à présent le bruit du groupe électrogène que l'on avait installé. Des câbles noirs serpentaient jusqu'à une batterie de projecteurs qui déversaient une lumière éblouissante, donnant un caractère irréel aux personnages qui évoluaient. Les bruits mêmes semblaient amortis, comme dans l'attente d'un signal.

Des silhouettes poursuivaient des examens minutieux, cherchant les infimes particules qui permettraient peut-être plus tard de reconstituer une chaîne d'indices accusateurs.

Senda suivit Tony Perez, prenant garde de rester dans l'étroit passage phosphorescent. Elle s'étonna de voir que personne ne portait de bottillons en plastique. Elle se rappelait la théorie du transfert et de l'échange. L'avocat de la défense ne manquerait pas d'évoquer la contamination des lieux pour semer un doute dans l'esprit des jurés.

Elle se tenait immobile, à quelque distance de l'embrasure d'une porte dont les gonds avaient dû être descellés par ceux qui cherchaient à savoir ce qu'il y avait de l'autre côté. Des éclats de bois clair saillaient du chambranle, crevant la couche d'une peinture noire fendillée. Elle s'approcha et souleva le rideau tendu qui isolait la pièce.

Elle était plongée dans l'obscurité. Des lueurs bleutées apparaissaient sur le sol, des traces de sang révélées par le luminol. Il y en avait partout.

Elle vit Madsen lever la tête dans sa direction et lui faire signe de rester là où elle se trouvait. Elle laissa retomber le rideau.

Elle profita de cet instant pour respirer profondément, absorbant les dernières particules d'oxygène non souillées, comme dans un sas de décompression qui fonctionnerait à l'envers.

Plusieurs des images qu'elle entrevoyait heurtèrent tous ses sens à la fois, provoquant un vertige désagréable qui l'entraîna au bord d'un gouffre. D'anciens repères se mirent à tourbillonner. Elle pouvait presque percevoir l'accélération des rythmes cardiaques et de la respiration de ceux qui l'entouraient.

La voix de Madsen retentit, à la fois assurée et rendue rauque par l'anxiété :

– Merci d'être venue. Ils ont terminé. J'ai besoin de savoir si ce qui se trouve dans cette pièce est semblable à ce que vous avez découvert il y a quelques années.

Elle acquiesça. Son cerveau devait devenir une plaque sensible et vierge pour enregistrer ce qu'elle comparerait par la suite à d'autres visions. Elle commença à sentir l'odeur. Celle, comme elle avançait, reconnaissable entre mille, des chairs qui pourrissent. Elle se mit à respirer par la bouche, hantée par un savoir dont elle aurait aimé se dispenser.

Elle ferma les yeux, compta jusqu'à dix, puis jusqu'à vingt, pour chasser de son esprit toute notion préconçue et permettre à son regard d'embrasser chaque détail, s'efforçant d'oublier le garage de Cassel et ce qu'ils avaient trouvé, s'efforçant d'oublier Raphaël Schiller, un homme qui avait étalé sa folie à l'intérieur des murs de son propre domicile, s'efforçant d'oublier le reste et les dettes qu'elle avait contractées envers les victimes d'un criminel aguerri qui ne s'était jamais fait arrêter.

Il était essentiel pour elle de juxtaposer les tableaux pour pouvoir tirer des conclusions.

Elle n'était plus assaillie maintenant que par le ronronnement du groupe électrogène. On avait rétabli l'éclairage dans la pièce.

– Je suis prête, dit-elle en rouvrant les yeux.

V

Les murs avaient été peints en rouge foncé, le plafond en noir. Le sol en béton était couvert d'immondices, de déchets avariés difficilement identifiables, et d'excréments.

Sur sa gauche, elle vit un lavabo et un urinoir remplis de déjections ; une douche carrelée de blanc lui parut, comparée à l'ensemble, d'une propreté remarquable.

Un grand miroir était appuyé contre l'un des murs, face à elle ; un étrange appareil qui ressemblait à un cheval-d'arçons avait été disposé devant le miroir.

Senda restait plantée dans l'embrasure de la porte. Elle ne pouvait détacher son regard des images cauchemardesques qui l'entouraient de toutes parts.

Partout sur les murs étaient épinglées des photos d'adolescents nus, visiblement découpées dans des ouvrages de pornographie.

Certains corps avaient été reconstitués. Un assemblage disparate de torses, de têtes, de parties génitales disproportionnées, réunis dans des positions grotesques. Ils formaient un manège de silhouettes assistant à un spectacle écœurant.

Senda nota que les attributs génitaux étaient fixés par des épingles à tête rouge, alors que les blanches servaient au reste des découpages.

Une atmosphère confinée baignait la pièce. Une odeur pestilentielle, sous la chaleur des projecteurs, s'insinuait partout.

Elle se rendit compte qu'elle ruisselait de sueur sous ses vêtements. Une sensation de claustration et d'étouffement la saisit, mais elle se força à faire un pas en avant. Elle eut peur d'être saisie par une crise de panique. Elle prit deux comprimés dans sa poche et les déposa sous sa langue.

Certains flics se comportaient comme si rien ne les affectait jamais. Ils étaient capables de regarder les trucs les plus horribles et de trouver la blague qui convenait. Cela faisait partie de leur instinct de survie. Pour elle, c'était au-dessus de ses forces.

On avait tiré un paravent de toile, et elle dut s'avancer presque jusqu'au milieu de la salle pour découvrir le reste du spectacle.

Une série de polaroïds complétaient l'exposition. Des gros plans d'un pénis ; une reproduction vivante de ce qui figurait sur la gravure : un acte de sodomie sur des corps agonisants.

Sur une table en Formica, elle vit une radiocassette à piles encadrée par les deux cubes de plastique noir des haut-parleurs. Une lampe à pétrole et un bidon qui devait contenir du combustible étaient rangés dans un coin.

Elle se décida à tourner la tête et recula en apercevant ce qui apparaissait dans le fond.

Elle eut l'impression qu'un poing géant s'était refermé sur elle. Un voile palpitait devant ses yeux, et elle dut se cramponner à ce qui lui restait de lucidité et de sang-froid pour ne pas succomber au vertige. Elle se concentra sur le fonctionnement de son corps pour en regagner le contrôle.

Du coin de l'œil, elle vit Perez et Madsen qui se tenaient dans l'embrasure ; ils lui parurent sans certitude, presque sans visage, comme au travers d'un épais brouillard. Elle ressentit une douleur dans l'épaule et le bras gauche, et l'air lui manqua à nouveau. Elle retint sa respiration jusqu'à l'asphyxie. La douleur disparut.

Les murs entiers étaient couverts de repères, et là, devant elle, resplendissait le noyau central, avec tous ses rayons et ses rouages.

La projection en Cinémascope et Technicolor du festin d'un monstre apaisant la faim qui le tenaillait.

Comme si elle enregistrait sa propre voix, Senda entendait la sienne résonner dans sa tête : « Ce mur a été spécialement recouvert d'une couche de peinture blanche. Le sang s'étale partout. Les éclaboussures ressemblent à des insectes noirs. Il y a aussi des traînées rouge pâle ; elles ont goutté sur le sol et formé de petites flaques. Le béton poreux s'est imprégné comme les bords d'un lac desséché s'imprègnent des premières pluies.

Certaines de ces flaques ont l'air encore frais.

Les trois corps, torturés, sont cloués au mur dans une position qui rappelle celle du Christ.

Un instrument à lanières se trouve sur le sol ; on s'en est servi pour les battre avant de les tuer. Des plaies béantes zèbrent la chair blafarde des poitrines. Ils ont été éventrés. L'incision va du sternum au pubis. Une bête semble s'être échappée de leurs abdomens.

Il a dû plonger ses mains à l'intérieur de la cavité et les vider de la même façon qu'il aurait vidé un lapin. La chaleur qui s'en est échappée doit le stimuler. Une excroissance monstrueuse pend le long de leurs jambes.

Il les a châtrés. Probablement avant de les tuer. Le pénis et les testicules sont sectionnés. Les bords de la blessure paraissent déchiquetés ; tel un morceau de chair arraché par la morsure d'un animal affamé, ou enragé.

Il est resté insensible à leurs plaintes et à leurs gémissements. Comme les autres, leurs joues sont couvertes de larmes séchées.

Mon Dieu ! Ils sont si maigres, si sales, je n'ai pas le courage de croiser leur regard.

Elle avait vu, de ses yeux vu, ce qu'il avait fait, et elle voulait qu'il paie pour les horreurs auxquelles ses fantasmes l'avaient conduit. Senda jura que c'était seulement par le sang qu'il paierait ses dettes de sang. Elle en faisait le serment.

Où était le quatrième corps ? Où était Sarah ?

5

I

Après une journée épuisante à la cour, Judith Graham ne se sentait pas d'humeur à faire la cuisine. Tim était à San Francisco, chez sa grand-mère, pour les vacances. Il était près de sept heures lorsqu'elle regarda le menu de Giorgio.

Quand il s'agissait de manger, Judith avait un problème important. Elle avait perdu du poids l'année précédente, et ne voulait pas le reprendre mais, en même temps, elle avait toujours faim. Elle arrivait à suivre son régime deux jours de suite au maximum, puis elle se laissait tenter par un plat de pâtes ou une pizza. Elle fuyait les desserts comme la peste.

Elle étudia d'une façon approfondie le menu qui offrait un grand choix. Elle opta pour un compromis. Elle commanda une salade avec une tranche de thon braisé et une eau minérale italienne.

Pendant qu'elle attendait son repas, elle feuilleta son calepin et essaya d'organiser sa journée du lendemain. Elle avait beaucoup de soucis en tête. Depuis son émission de télévision, elle avait été sollicitée par une chaîne d'audience nationale pour animer deux fois par mois un débat sur le fonctionnement du système judiciaire dans le pays. Elle devait donner sa réponse définitive dans quelques jours. Elle n'avait pas encore pris de décision.

Son bureau était assailli. On voulait Judith Graham pour défenseur. Un sénateur, sous le coup d'une inculpation pour harcèlement sexuel, l'avait appelée personnellement.

Sa carrière prenait une direction qu'inconsciemment elle avait souhaitée, mais pas recherchée. Elle risquait de ne plus voir Tim autant qu'elle le désirait. Son fils avait besoin d'elle, et ses choix influeraient sur leur vie à tous les deux.

Son bipeur lui signala qu'on cherchait à la joindre. Elle ne connaissait pas le numéro qui s'inscrivait, mais il était suivi de 911, trois chiffres qui signifiaient pour son correspondant une urgence maximale.

Elle s'accorda dix minutes pour terminer son repas et payer l'addition. En regagnant sa voiture, elle composa le numéro sur son téléphone portable.

– Judith Graham, dit-elle lorsque son correspondant eut décroché. Vous m'avez bipée.

– Vincent Connely à l'appareil. La police est à mon domicile avec un mandat de perquisition. Venez immédiatement.

II

La résidence de Connely se trouvait à Venice Beach, un endroit friqué pour ceux qui aimaient les bateaux.

Trois voitures de police stationnaient devant la grille de bronze ouverte. Judith voulut s'engager dans l'allée, mais un officier de police descendit de l'un des véhicules et lui fit signe de s'arrêter. Elle baissa la vitre.

– Je crains que vous ne puissiez aller plus loin, m'dame.

– M. Connely est mon client. Je suis avocate, répondit-elle en tendant sa carte du barreau de Los Angeles.

Le policier s'écarta et examina le document avec une torche électrique et le lui rendit.

– Mes ordres sont de ne laisser entrer personne.

Judith marqua un silence.

– Cela n'inclut pas l'avocate de M. Connely.

Le policier lui jeta un regard mauvais et repartit vers le groupe de véhicules. Il revint rapidement.

– C'est OK. Vous pouvez passer.

Judith remercia d'un signe de tête et remonta sa vitre. Une résidence de style colonial brillamment éclairée lui apparut dans la dernière courbure de l'allée. Elle occupait toute la largeur d'un lot de terrain, à l'angle de deux canaux. Judith se gara près d'une voiture de patrouille et descendit.

Plusieurs officiers en uniforme se trouvaient dans les jardins. L'un d'entre eux l'attendait à la porte d'entrée. Il la conduisit à une immense salle de séjour. Par les baies ouvertes, elle vit d'autres officiers regroupés autour de la piscine et, amarré à un deck, un yacht blanc qui masquait une partie de la vue.

Vincent Connely se tenait debout sur la terrasse, une jeune femme de type hispanique à ses côtés. Elle était vêtue d'une robe de cocktail rouge assez courte qui découvrait des jambes bronzées. Judith la trouva jolie.

Un troisième personnage, un détective en civil, pantalon foncé et chemise claire, également de type hispanique, parlait avec la jeune femme. Un insigne brillait à sa ceinture. Il ne portait pas d'arme. Judith s'approcha, interrompant leur conversation.

– Je suis le sergent Perez, madame Graham, dit le détective.

Avant que Judith ait pu ouvrir la bouche, Connely lui tendit une feuille de papier froissé.

– Est-ce que ce mandat est valide ?

– Ce mandat est signé par le juge Hoke, madame Graham. J'aurais pu commencer, mais je vous ai attendue pour que votre client soit représenté durant la fouille, reprit Perez.

Cela n'avait pas grand-chose à voir avec le souci de respecter la moindre éthique. Tout le monde ici savait qui était Connely, l'importance de ses relations et de son pouvoir.

La jeune femme brune devait être son épouse, se dit Judith, la fille de Raul Carvajal. Perez avait dû recevoir des instructions pour avancer prudemment. Il marchait sur des œufs.

– Le mandat est valide, confirma Judith après l'avoir examiné.

– Pouvez-vous au moins m'indiquer quelles sont les charges ? Pourquoi cette perquisition ?

– J'ai peur que vous ne soyez obligée de poser vos questions au district attorney, madame Graham. J'ai reçu pour instructions de diriger toutes les demandes vers lui.

– Où puis-je le joindre ?

– Je ne sais pas. Probablement chez lui. Je ne suis pas habilité à donner son numéro personnel.

– Qu'est-ce que c'est que ces conneries ? demanda Connely, avec une certaine colère dans la voix.

– Calmez-vous, Vincent, dit Judith. Le mandat est légal, et ils ont le droit de perquisitionner. Si l'affidavit révèle un défaut, j'aurai la possibilité de faire exclure du dossier toute preuve que le sergent sera susceptible de trouver.

– Des preuves de quoi ? s'écria Connely. Ils refusent de me dire ce qu'ils cherchent.

– Darling, dit la jeune femme en robe rouge, posant une main élégante sur l'épaule de son mari, laisse-les faire. Ils ne partiront pas d'ici avant. Je veux les voir hors de cette maison le plus vite possible.

Connely se dégagea avec un mouvement d'humeur.

– Fouillez cette putain de baraque, Perez, mais surtout trouvez-vous un bon avocat, conclut-il avec rage.

Perez se dirigea vers le vestibule, insensible aux sarcasmes que Connely continuait de lui envoyer. Au moment de franchir le seuil d'entrée, un détective s'approcha de Perez.

– Il y a une Bentley noire dans l'un des garages, confirma-t-il.

– Je sais. Ce n'est pas la seule dans la région. L'intérieur de la voiture ?

– Apparemment aucune trace suspecte. On a passé l'aspirateur sur les moquettes et dans la malle, pour le labo.

– C'est tout ? demanda Perez, agacé.

Ils n'avaient pas réellement établi de lien solide entre Connely et les victimes, lui avait confirmé Madsen. Les avoir trouvées à la Delta ne prouvait rien. Les locaux étaient inoccupés, sans gardien, et n'importe quel tordu aurait pu s'y installer. Il restait le témoignage de Senda, mais il ne vaudrait pas grand-chose. Elle n'avait offert qu'une conviction personnelle.

– Non. Il y a un pick-up Chevrolet garé sur le côté. Il appartient à l'une de ses sociétés. On a vérifié.

– Et alors ? s'impatientait Perez.

– Sous la roue de secours, il y a une pile de magazines porno. De la pornographie infantile.

Perez fit signe à deux officiers en uniforme qui se tenaient sur le perron de le suivre. Tous trois revinrent vers Connely.

– Vincent Connely, je vous arrête pour les meurtres de Brian Aviles, Richard Roth et Oscar Nasso.

Connely secoua la tête. Les muscles et les tendons saillaient sur son cou. Il semblait prêt à bondir et étrangler Perez. Le sang avait reflué du visage de la jeune femme ; instinctivement, elle se cramponna à Judith.

– Vous avez le droit de demeurer silencieux...

– Qu'est-ce que c'est que ce merdier ? hurla-t-il.

– Je pense, sergent, que nous avons droit à une explication, dit Judith.

– Non, madame. Vous n'y avez pas droit.

Perez termina d'énoncer les droits de l'inculpé. Il fit ensuite un pas en direction de Connely.

– Nous allons vous passer les menottes. Il s'agit d'une procédure que nous appliquons à chaque arrestation.

– Vous n'allez rien me passer du tout, connard !

– Ne résistez pas, Vincent, dit Judith. Vous n'y avez aucun intérêt ; même si l'arrestation est illégale. Allez avec eux. Ne dites plus un mot.

Elle se tourna vers Perez.

– Je désire accompagner mon client.

– Impossible. Vous ne pourrez pas le voir avant demain matin. Les formalités d'incarcération vont durer une bonne partie de la nuit.

– Quel est le montant de ma caution ? demanda Connely d'une voix blanche.

– Il n'y en a pas quand il s'agit de meurtres, répondit Perez calmement. Mme Graham peut demander une audition spéciale.

– Je ne comprends pas ce que ce policier raconte, dit la jeune femme, se tournant vers l'avocate.

Judith lui adressa un sourire d'apaisement.

– Puis-je m'entretenir avec mon client quelques instants ? demanda Judith à Perez. En privé.

Il acquiesça.

– Allez là-bas, dit-il, désignant un coin reculé du salon.

Judith entraîna Connely dans cette direction. La jeune femme voulut les suivre mais Perez l'arrêta. Elle n'en avait pas le droit.

– Pas de caution ! siffla-t-il. Je n'ai pas l'intention de passer une minute en taule.

– Vous êtes accusé de meurtre, Vincent, la caution n'est pas automatique. Il existe une voie légale pour vous remettre en liberté sous caution. Je dois demander une audition. Le juge en décidera. Je vous verrai demain à la première heure.

Il secouait la tête avec force, s'efforçant de croire à la réalité de ce qui lui arrivait. Il lança un regard en direction des policiers. Perez ne le quittait pas des yeux.

– C'est impossible ! souffla-t-il à l'avocate. Cette histoire est impossible.

– C'est possible. Écoutez-moi. Tout ce que vous pourrez dire sera utilisé contre vous. Ne parlez à personne. Ni aux flics, ni à vos voisins de cellule, ni aux gardiens. À personne.

– Putain de merde, Graham ! Sortez-moi de là au plus vite. Je vous ai payée pour me protéger... Ils arrivent, termina-t-il d'une voix tendue.

– N'oubliez pas : ne dites pas un mot !

L'un des officiers en uniforme passa derrière Connely.

– Vos mains, s'il vous plaît.

Il eut un tressaillement imperceptible quand le bruit métallique perça le silence de la pièce.

– Demain à la première heure, lança-t-il à l'avocate tandis qu'on l'emmenait.

– Je serai là.

III

Une main se posa sur le bras de Judith Graham.

– Madame Graham...

– Judith.

– Je suis Linda, la femme de Vincent. Que se passe-t-il ? Pourquoi l'ont-ils emmené ?

Elle secouait la tête, mais Judith nota qu'il n'y avait aucune larme dans ses yeux. Linda Connely semblait plutôt ennuyée qu'inquiète.

– Je n'en sais pas plus que vous. La police a-t-elle fait mention de quelque chose en particulier ?

– Ils ont fait mention de... Quelque chose d'invraisemblable ! Ils nous ont questionnés à propos de trois jeunes garçons trouvés morts dans de vieux hangars que mon mari a rachetés l'année dernière.

– Oui..., dit Judith.

Les noms prononcés par Perez avaient un écho familier.

– Cette histoire n'a aucun sens. C'est ridicule. Je ne vois pas ce que Vincent vient faire là-dedans.

– Madame Connely ?

Les deux femmes tournèrent la tête. Un officier de police en uniforme et un détective se tenaient à l'entrée du salon.

– Nous allons saisir le pick-up. Je voudrais les clés, s'il vous plaît.

– Ont-ils le droit de...

– Le mandat fait également mention des voitures, dit Judith.

– Je crains que nous ne soyons obligés de procéder à la fouille entière de votre maison, madame. Nous nous efforcerons de tout remettre en l'état. Vous pouvez nous accompagner si vous le souhaitez.

– Faites le plus vite possible, répondit Linda.

Elle prit Judith Graham par le bras.

– Allons nous asseoir, dit-elle, indiquant d'un mouvement de tête un large canapé blanc.

– Combien de temps va-t-il rester en prison ? continua-t-elle.

Elle lança un regard vers le fond de la pièce, où se tenaient les deux policiers, l'air embarrassé.

– Les clés sont sur la console, dans le vestibule.

Elle fixait de nouveau Judith.

– Cela dépend. L'État doit convaincre le juge qu'ils ont sur votre époux des preuves indiscutables, pour refuser de le libérer sous caution. Je vais demander une audition immédiate. Si l'État n'a pas de preuves convaincantes, j'obtiendrai sa liberté sous caution. Dans le cas contraire... Il nous faudra attendre le procès et le verdict des jurés.

– C'est invraisemblable.

– Linda, demanda Judith avec précaution, avez-vous la moindre idée sur ce qui a pu se passer ?

– Que voulez vous dire ?

– Pour agir de la sorte, la police doit avoir de sérieuses raisons. Votre mari n'est pas le premier venu ; si Madsen se trompe, sa carrière est ruinée. Il doit être sûr de lui pour s'exposer ainsi.

Linda dévisagea l'avocate avec une expression d'étonnement dans les yeux.

– Qu'est-ce que vous insinuez ? Vincent m'a dit qu'il avait toute confiance en vous... Si vous ne le croyez pas, vous n'avez rien à faire dans cette maison.

– Votre mari ne me paye pas pour penser ce qu'il veut que je pense, dit Judith calmement. S'il y a quelque chose à propos de cette arrestation que vous savez et que j'ignore, il faut me le dire pour que je puisse le défendre au mieux.

– Eh bien, il n'y a rien.

Linda regardait par la fenêtre, affectant d'être ailleurs.

– Vous avez quelqu'un qui puisse vous tenir compagnie ? demanda Judith.

– Mon fils est chez mon père. Je suis très bien toute seule.

– La presse va vous assaillir, Linda. Jour et nuit. Branchez votre répondeur téléphonique et ne parlez à personne de Vincent et de son emploi du temps. Évitez les journalistes, ou envoyez-les-moi. Vous n'êtes pas tenue de répondre aux questions de la police et du district attorney. C'est votre droit, en tant qu'épouse. Vous avez compris ?

Elle hocha la tête.

– Je suis désolée d'avoir réagi de la sorte...

– Ne vous excusez pas. Vous traversez des moments difficiles.

– C'est inutile que vous restiez. Je tiendrai le coup.

– Je reste jusqu'à ce que la perquisition soit terminée. Je veux voir ce qu'ils emportent ; cela me donnera peut-être une idée de la direction de l'enquête.

Linda avait certainement été surprise et choquée par l'arrestation de son mari, mais Judith Graham savait que Vincent, lui, ne l'avait pas été.

IV

– Je peux ?

Perez leva les yeux de son verre sans répondre. Art Liep s'assit en face de lui et posa sa bière sur la table.

Il était près d'une heure du matin, dans ce bar sur la marina, fréquenté par des flics.

– Vous avez besoin d'aller chez le teinturier, Tony, vous et votre costume.

Perez se replongea dans la contemplation de son verre.

– Foutez le camp, finit-il par grommeler.

– Désolé de gâcher votre vie, sergent. Les trois corps, c'est l'œuvre de terroristes religieux venus d'Afghanistan ?

Perez agita la tête, ce qui sembla avoir pour effet de lui agiter le cerveau.

– C'est ça. Vous posez les bonnes questions. Votre flair ne vous a pas trompé. C'est une organisation religieuse, mais elle vient d'Irak.

Liep médita un instant la nouvelle.

– Quel est le degré de perspicacité d'un sergent de police ? dit Art d'un ton rigolard. Je comprends que vous soyez écœuré. Je fais mon boulot, comme vous. La mort c'est mon truc, c'est grâce à elle que je gagne ma vie. Dites-moi ce que vous voulez que je sache et allons nous coucher.

Perez mit un moment à sortir de ses pensées. On s'imaginait de beaux insignes bien astiqués, du café toujours chaud, la discipline et l'honneur, des citoyens audessus de tout soupçon ; puis on ouvrait une porte, et on entrait dans l'univers de Tony Perez. Un univers souillé et corrompu, où chacun s'organisait son petit salon de rêves pour mettre en scène ses fantaisies diaboliques.

– Avez-vous la situation en main ? insista le journaliste.

Perez lui lança un regard noir, avala son verre et se pencha vers lui.

– Non. À vrai dire, nous n'avons pas la situation en main. Nous avons Vincent Connely.

6

I

Les talons de la secrétaire claquaient sur le carrelage verni. Judith Graham la suivit dans le couloir jusque devant une porte en chêne. Elle lui fit signe d'attendre un instant, puis s'écarta en lui adressant un sourire bref et impersonnel.

Judith entra dans la pièce. Madsen était assis derrière son bureau dans un fauteuil de cuir noir inclinable. Un système compliqué de téléphones et d'interphones était posé devant lui.

– C'est un plaisir de vous rencontrer, dit-il en lui offrant un siège. On vous a fait attendre.

Ce n'était pas une excuse mais la constatation d'un fait.

– Ne vous tracassez pas pour ça.

Il se cala dans son siège, eut un grand sourire et dit :

– J'ai été très impressionné par votre prestation dans le cas Swaim. Mais laissons ça, c'est de l'histoire ancienne. Je suppose que vous êtes ici pour parler de Connely.

– Pour quel motif avez-vous arrêté mon client ?

– Je pense qu'il a assassiné trois jeunes garçons dont nous avons retrouvé les corps dans les locaux d'une de ses sociétés.

Judith scrutait Peter Madsen. Il affectait un air grave, presque solennel.

Il se compose une attitude destinée à exsuder la confiance qu'il a dans son dossier, pensa-t-elle. Un loup montrant des crocs pas encore acérés.

– Que cherchiez-vous à son domicile ? demanda Judith.

– Je ne peux pas vous le dire.

Elle eut un sourire.

– Vous ne pouvez pas ou vous ne voulez pas ?

Madsen lui rendit son sourire.

– Les rapports de police ne peuvent être communiqués à la défense qu'après l'inculpation officielle, Judith ; ce sera le cas dans...

Il consulta sa montre.

– Soixante-quatre minutes très exactement.

– Vous allez être obligé d'informer le juge de ce que vous détenez contre mon client lors de l'audition pour la mise en liberté provisoire, rétorqua-t-elle.

Madsen croisa ses mains derrière sa nuque, et étira ses jambes.

– Exact. Mais aucune date n'a encore été fixée. Je ne fais qu'appliquer les textes, Judith.

Madsen avait enlevé ses lunettes et se frottait les yeux.

– Il ne doit pas y avoir grand-chose dans votre dossier, Peter.

Il éclata de rire pour masquer sa surprise. Comment l'avait-elle deviné aussi vite !

– Notre dossier est en béton, croyez-moi. Mais nous avons appris à ne pas vous sous-estimer, particulièrement dans les cas de viol.

Elle eut l'air étonné.

– Je ne vois pas le rapport.

Madsen la regarda un moment. Elle avait l'air sincère.

– Ce ne serait pas équitable de vous laisser dans le brouillard, dit-il après avoir pris sa décision. Nous avons l'intention de traduire votre client en justice pour kidnapping, torture, viol, et assassinat de trois adolescents.

Il prit sur son bureau une enveloppe en papier marron. Il en sortit un jeu de photos qu'il tendit à Judith.

Les corps éviscérés étaient accrochés au mur comme des carcasses de viande dans un abattoir ; un mur d'une blancheur sacrale, maculé de sang, avec une petite inscription bizarre, pareille à une signature. Les regards. Surtout les regards. Elle pensa à Tim. D'une main tremblante, elle rendit les photos à Madsen.

– Voilà le traitement qu'il réserve aux petits garçons ; et ce n'est peut-être pas la première fois. Nous avons de bonnes raisons de croire qu'il y a quelques années à Paris, sous le nom de Raphaël Schiller, il a assassiné de la même manière.

Il reposa l'enveloppe.

– Schiller et Connely ne sont qu'une seule et même personne. C'est un fait établi. Il y a autre chose : la quatrième personne disparue, qui n'a pas encore été retrouvée. Si elle est vivante, et si Connely nous mène à elle, nous pourrons transiger. Faites-le savoir à votre client. Je ne renouvellerai pas ma proposition.

II

Vincent Connely se trouvait de l'autre côté d'une vitre épaisse. Il était vêtu d'une combinaison orange. Ses cheveux étaient tirés en queue-de-cheval. Il se tenait droit sur son siège, et les événements ne semblaient pas avoir affecté outre mesure son attitude. Il avait croisé ses mains devant lui, et il posait sur Judith un regard glacé au fond duquel elle crut discerner une lueur d'irritation et d'impatience. Il inclina la tête dans un mouvement de pendule, faisant craquer ses vertèbres.

– Pourquoi l'audition pour ma mise en liberté provisoire n'est-elle pas encore prévue ? demanda-t-il. Vous étiez censée régler ça ce matin.

L'inculpation officielle serait notifiée à dix heures ;

elle ne pouvait rien entreprendre avant. Elle décida d'ignorer la remarque.

– Trois enfants ont été meurtris, torturés et tués dans des conditions abominables. Je sors du bureau de Madsen, il vous accuse de ces horreurs... les corps ont été retrouvés dans les locaux de la Delta, une de vos sociétés.

Elle marqua un temps d'arrêt, attendant une réaction qui ne vint pas.

– Cela n'a pas l'air de vous émouvoir, conclut-elle après un long silence.

– Je n'ai rien à voir avec ces crimes, répondit-il.

Il paraissait attentif à ce qu'elle allait dire à nouveau.

– Qui est Raphaël Schiller ?

Son visage n'avait pas tressailli. Seules les jointures de ses mains étaient devenues blanches. Le regard semblait moins glacial, plus lointain ; comme s'il filtrait les souvenirs que ce nom évoquait dans sa mémoire.

– Vous travaillez pour moi, pas pour l'accusation. Je ne vous paye pas pour m'interroger, Graham, je vous paye pour me sortir de là !

– Vous n'avez pas été franc avec moi.

– C'est tout ce que vous avez à me dire ! Tout ça parce que Madsen a semé le doute dans votre esprit avec de vieilles histoires !

Il ponctuait sa phrase en frappant de son index la vitre qui les séparait.

– Je ne crois pas être en mesure de vous représenter efficacement, dit Judith en se levant.

– Pourquoi ? Parce que Madsen prétend que j'ai violé et torturé ces gosses ? Madsen est en route pour une réélection. Il lui faut une grosse tête et vous le savez bien. Il a perdu une grande partie de ses procès et foutu en l'air l'argent des contribuables. Je n'ai pas commis ces meurtres ! Pas plus ici qu'à Paris. Savez-vous seulement qui était Raphaël Schiller ? Savez-vous que ma propre fille a été tuée ? Madsen n'est pas prêt à perdre cette affaire, le public ne le lui pardonnerait pas. Vous ne voyez pas qu'il essaye désespérément de vous manœuvrer !

Il s'était arrêté de parler. Il y avait des larmes dans ses yeux.

– Élodie morte, plus rien n'existait pour moi dans cette ville, poursuivit-il. J'ai voulu refaire ma vie. Est-ce un crime ? Est-ce que Madsen vous a dit qui a été reconnu officiellement responsable de ces meurtres abominables ? Est-ce qu'il vous a parlé de ça !

Il y avait un accent pathétique dans sa voix. Il approcha son visage de la vitre de séparation ; il paraissait figé sous un masque de douleur.

– J'ai besoin de vous. J'ai besoin de vous pour me sortir de là. Je suis innocent. J'ai vu les corps de ma fille, et de son ami Yann... J'imagine l'effet que ces photos ont eu sur vous.

Elle était troublée. Trop de sentiments contradictoires s'affrontaient.

– Je vous ferai part de ma décision dans la journée, dit-elle.

– Une dernière chose.

Elle se rassit sur le bord de la chaise.

– J'ai un fils de huit ans. Il a besoin de moi à ses côtés, pas derrière des barreaux.

Judith ne savait quoi penser. Ces photos avaient soulevé en elle une terreur glacée ; et maintenant le désarroi de cet homme semblait sincère.

Elle essayait de l'imaginer se livrant à ces atrocités. Nu, revêtu d'une cagoule peut-être ? Elle se reprit. Elle avait besoin de calme pour réfléchir. Il lui fallait quelques heures de réflexion avant de se décider.

III

– J'ai accepté de le défendre, dit Judith à Manny Otero en lui énumérant les documents contenus dans l'épais dossier qui débordait du cartable posé à ses pieds.

Le cas Connely avait déjà généré une masse importante de documents : transcriptions du rapport des officiers en uniforme arrivés les premiers sur les lieux ; transcriptions du rapport des détectives de la brigade criminelle, du médecin légiste, du protocole d'autopsie, des résultats du labo, etc.

– La routine, constata-t-il.

Manny était son enquêteur depuis trois ans déjà. Un Mexicain de la deuxième génération ; tout juste la trentaine ; un visage à la fois sévère et doux, empreint d'intelligence. Particulièrement efficace dans cette ville où plus des deux tiers des habitants partageaient ses origines.

Judith s'était aperçue qu'il possédait, entre autres, le don de s'attirer les confidences. Quelque chose dans son regard donnait l'impression qu'il n'était pas vraiment intéressé par ce qu'on lui racontait. Il écoutait pour faire plaisir, pour soulager, hochant doucement la tête à la manière d'un confesseur, bonhomme et complaisant.

– De quoi est-il accusé ? demanda Manny en mordant dans son sandwich.

Ils déjeunaient assis sur un banc à l'ombre, au milieu des buildings de verre et d'aluminium du centre de la ville.

Judith posa son Diet Coke, et lui tendit un document.

– Lisez-le, dit Manny. Je ne veux pas laisser d'empreintes graisseuses sur ce rapport de culpabilité.

Judith eut un sourire, et lut à haute voix les charges qui pesaient sur Vincent Connely.

– Ça sent plutôt mauvais pour lui, remarqua Manny.

– Ce n'est pas tout, dit Judith. La petite Madoone n'a toujours pas été retrouvée.

– Et les photos ? Vous les avez avec vous ?

– Je vous fais grâce des photos pour le moment, Manny. Vous êtes en train de manger.

Il lui lança un regard surpris. Il posa ses coudes sur ses genoux, et regarda son sandwich.

– Vous croyez qu'il est coupable ?

– Madsen m'a presque convaincue, mais il fait son

métier. Quant à Connely, je ne sais pas. Ou c'est un comédien remarquable, ou il est innocent.

Il faisait chaud. Judith aspira une gorgée par la paille qui pointait hors du gobelet, mais elle n'obtint qu'un tragique gargouillis.

– Vous voulez quelque chose à boire ?

Il secoua la tête. Elle se leva et se dirigea vers des vendeurs ambulants de l'autre côté de la place. Elle revint, posa le gobelet plein à ses pieds, sortit un bloc qu'elle se mit à consulter.

– Après l'acte officiel d'inculpation je suis retournée à la prison me livrer avec lui au jeu des questions et des réponses, dit-elle.

– Au sujet de Paris ?

– Oui.

– Que vous a-t-il appris ?

Elle parcourut rapidement ses notes.

– D'après lui, le tueur était un certain Cassel, un avocat.

Manny affecta un geste de surprise, et considéra Judith avec des yeux remplis d'angoisse, comme dans les films d'horreur.

– J'assume mon dédoublement de personnalité, dit-elle en souriant. Continuons... Cassel s'est pendu dans son garage au moment où il allait être arrêté. Il a été reconnu coupable, la police a même trouvé le corps d'un des enfants dans son sous-sol.

– Changer de nom et de pays ne fait pas obligatoirement de vous un criminel. Pourquoi Madsen est-il convaincu que Connely a un rapport quelconque avec cette histoire ?

– Connely n'en sait rien. Il prétend n'avoir été qu'une victime. Sa fille, l'un de ses amis, et la gouvernante ont été assassinés par Cassel.

Manny fit une boule du sac qui avait contenu son repas et la jeta dans un panier.

– Avons-nous les moyens d'accéder au dossier de Paris ? demanda-t-il.

– Non. Et je ne crois pas que Madsen y ait eu accès. Pas encore.

– Qui a soulevé cette affaire ? Qui en a parlé au district attorney ?

– Pour Connely c'est un coup monté. Il est certain de n'avoir jamais parlé de cette histoire à personne.

– Il a certainement des ennemis. De là à assassiner trois enfants pour le charger ! Je n'y crois pas beaucoup, dit Manny, à moins qu'il ne trempe dans des affaires de drogue.

Judith haussa les épaules, témoignant de son ignorance.

– Je n'obtiendrai rien de Madsen. La brigade qui s'occupe de l'affaire est dirigée par un certain Perez ; voyez si vous pouvez obtenir quelque chose de ce côté-là.

IV

De retour à son bureau, Judith trouva plusieurs messages du Dr Kenneth Maller, un spécialiste en pathologie criminelle avec qui elle avait l'habitude de travailler. Elle avait manqué son rendez-vous de la matinée. Elle le rappela. Elle sentait son estomac gonflé de Diet Coke, et elle avait toujours soif. Dieu sait ce qu'ils pouvaient mettre là-dedans ! Ce genre d'interrogation ne risquait pas de mener bien loin.

Elle se déchaussa, enleva son collant et composa le numéro de Maller.

– Désolée de vous avoir fait faux bond, Kenneth. J'étais à la prison.

– Quelque chose pour moi ?

– Oui. Vincent Connely.

– Vous plaisantez ?

– Non. Trois jeunes garçons. Il me faut tout savoir sur les circonstances qui ont entraîné leur mort ; surtout sur ce qu'ils ont subi avant.

– Vous n'avez pas confiance dans le rapport officiel

d'autopsie ? Ils ont des gens assez compétents dans ce service.

– Ce n'est pas ça. Madsen s'accroche à une histoire similaire, qui s'est déroulée à Paris, il y a une douzaine d'années. Un certain Cassel a été officiellement reconnu responsable mais le bureau du district attorney ne semble pas croire à cette version. Il nous faudra comparer les rapports d'autopsie, voir s'il y a des similarités.

– Vous avez celui de Paris ?

– Non.

– Nous avons un budget ?

– Dépensez ce que vous voulez, mais obtenez-moi des résultats.

– Comptez sur moi, dit Maller en raccrochant.

Art Liep poussa la porte du bureau sans s'annoncer. Judith sentit son regard glisser vers les collants posés sur le bureau. Elle ramena ses pieds nus sous le fauteuil et jugea inutile de tenter le moindre geste en direction du petit amas de voile beige. C'était trop tard.

– Navré, mais j'étais dans l'immeuble et j'ai pensé que vous m'accorderiez cinq minutes, dit-il.

– Asseyez-vous, proposa-t-elle avec retard.

Il s'était déjà installé. Il y a journaliste et journaliste. Art, malgré sa jeunesse, était investi d'un pouvoir, d'une certaine autorité, qui incitait à la prudence. Il fixait Judith du regard, comme pour la déchiffrer ou lire dans ses pensées. Ses yeux, très bleus, très perçants, la mettaient mal à l'aise.

– Judith ! Comment une femme aussi intègre et talentueuse que vous peut-elle accepter de défendre un homme accusé d'avoir enlevé, violé, torturé et tué trois enfants ?

Liep s'exprimait d'une voix grave et lente, d'un ton apaisant, celui qu'on utilise avec un enfant désobéissant ou inconscient. Elle se sentit rougir.

– Je n'ai pas à me justifier, Art, je suis avocate. Mon

métier est de défendre des accusés. N'oubliez pas que d'après notre Constitution, il est présumé innocent... jusqu'à preuve de sa culpabilité.

– Je sais, calmez-vous. Il n'y a rien de personnel dans ma remarque. Je suis étonné, c'est tout.

Il tira un calepin de la poche intérieure de sa veste.

– Je vous propose un marché. Vous me donnez l'exclusivité de vos commentaires et de vos remarques sur cette affaire, et...

– Une seconde, interrompit Judith. Mes relations avec mon client sont privilégiées et confidentielles et ne comptez pas sur moi pour vous en faire part.

– Ce n'est pas ce qui m'intéresse. Ce que je veux communiquer à mes lecteurs, c'est le point de vue de la défense ; la possibilité de juger notre système judiciaire, à l'occasion d'un grand procès. Après tout, chacun d'entre nous peut un jour se retrouver avec une inculpation sur le dos ?

– Une exclusivité gratuite ? demanda Judith avec un sourire.

– J'allais y venir mais vous m'avez interrompu. Nous ne sommes pas des tabloïds et nous ne payons pas nos informations. Non, je vous propose autre chose ; je vous propose un échange.

C'était au tour de Judith de l'examiner attentivement. Jouait-il la comédie ?

– Un échange de quoi ?

– Je vous apporte mon concours dans cette affaire.

– Comment pouvez-vous me convaincre qu'il est de l'intérêt de mon client de négocier avec vous ?

Art marqua une pause. Son regard croisa celui de Judith. Il poursuivit sans détourner les yeux :

– OK. Je comprends votre méfiance. Je vais vous révéler une information pour vous montrer ma bonne foi. Je vous demande de me promettre de ne jamais faire état de votre source.

Un long silence s'installa. Il y eut un appel téléphonique, mais Judith ne décrocha pas, laissant la sonnerie s'épuiser.

– D'accord, sous la réserve que cela ne nuise pas à la défense de mon client.

Liep eut un sourire.

– J'ai parlé d'une collaboration, Judith. Je suis journaliste, pas flic ou district attorney.

– Je vous écoute.

– Je sais que Vincent Connely s'appelait autrefois Raphaël Schiller. Je sais aussi que Madsen le soupçonne d'avoir commis des meurtres similaires à Paris, dans le temps. Vous me suivez ?

– Parfaitement. Continuez.

Comment diable pouvait-il être au courant ? Madsen laissait sûrement filer des informations. Si Connely s'en sortait au niveau de la justice, il serait coulé aux yeux de l'opinion publique.

– Voulez-vous savoir qui a mis Madsen au courant pour Schiller ?

Judith se força à n'avoir aucune réaction. Liep feignit de s'absorber dans la lecture de son calepin.

– Elle s'appelle Senda Barhi. C'était le flic chargé de l'enquête à Paris. Elle est ici, à LA, à l'hôtel Marriott.

Judith s'apprêtait à poser une question, mais Art se leva.

– Réfléchissez. Nous pouvons réciproquement aider nos carrières.

Elle avait remis ses chaussures. Difficilement. Elle fit le tour du bureau pour raccompagner le journaliste jusqu'à la porte.

– À propos, connaissez-vous cette blague au sujet des grands avocats ? demanda-t-il.

Il avait la main sur la poignée.

– Laquelle ?

– On les enchaîne, on leur coule les pieds dans le béton, et on les balance au fond de la rade.

Judith hocha la tête.

– Un bon début, répondit-elle.

7

I

L'IMAGE jaillit tel un projectile aveuglant qui explose et elle ne la reconnut pas. Il y avait pourtant douze ans qu'elle attendait cet instant. Ce qu'elle voyait, c'était une forme indécise, floue, dépourvue de signification. Un tableau surréaliste, fait de taches rouges, d'ombres noires et grises, qui lui paraissait vide de sens.

Senda se réveilla en sursaut. Son cœur battait à un rythme désordonné. Elle se leva précipitamment et prit un cachet. La respiration lui manquait. Elle sortit dans le couloir de l'hôtel, fit plusieurs allers-retours jusqu'à ce que la sensation d'étouffement s'estompe. Elle ne s'était jamais vraiment remise de cette nuit. Avec le temps les crises s'étaient espacées mais, depuis ce spectacle, elles avaient de nouveau resurgi.

Elle retourna dans sa chambre et regarda sa montre. Onze heures du matin. Elle faillit tomber sur l'une des nombreuses bouteilles vides qui parsemaient la moquette. Elle avait vidé le minibar. Elle avait soif. Il ne restait qu'une boîte de bière. Elle en but la moitié et s'assit sur le bord du lit.

Elle vit la petite lumière rouge clignoter sur l'appareil téléphonique. Elle avait un message.

Elle resta une dizaine de minutes assise sous la douche. Elle ne sentait pas le froid. Le jet brûlant faillit l'ébouillanter. Elle ressortit et termina sa bière.

Elle vit son reflet dans le miroir. Était-ce de la détermination ou de l'hébétude qu'elle lisait dans son regard ? Ses yeux clairs reflétaient-ils la certitude qu'elle n'abandonnerait pas ?

Elle se laissa glisser contre le mur et prit sa tête entre ses mains. Elle demeura prostrée une bonne partie de l'après-midi, s'abrutissant de joints et de cachets.

Au fond d'elle-même, elle sentait bien que chercher une raison à chaque chose menait à l'aveuglement ; le désir forcené de comprendre portait en lui la faculté d'effacer ce qu'elle tentait de déchiffrer.

Le message était de Madsen. Il voulait lui parler de toute urgence. Elle se doutait de la nature de sa frustration. Elle fouilla dans ses affaires et retrouva sa carte. Elle l'eut au bout de la ligne quelques instants plus tard.

– Qu'est-ce que c'est que ce merdier ? J'attends votre appel depuis des heures !

– De quoi s'agit-il ?

Sa voix était pâteuse.

– Vous êtes complètement défoncée, et arrêtez de me prendre pour un con ! Il s'agit de la mort de trois enfants, peut-être de quatre, nom de Dieu ! Vous savez très bien de quoi je parle ! Pourquoi refusez-vous de témoigner ?

– Je ne refuse pas, Peter, je n'ai pas l'accord de mes supérieurs. Je suis un fonctionnaire de police en mission officieuse. Je n'ai pas vraiment le choix.

– Sans votre témoignage il risque d'être remis en liberté provisoire. C'est ce que vous souhaitez ?

– Non, ce n'est pas ce que je souhaite, mais c'est audelà de mon pouvoir. J'ai reçu des instructions dans ce sens.

Madsen se radoucit.

– Je sais.

– Quand a lieu l'audition ?

– Demain matin à neuf heures.

– J'espère que le juge vous écoutera, dit-elle en raccrochant.

Des réputations et des carrières allaient être traînées dans la boue. Madsen avait besoin d'une déflagration, d'un coup de théâtre pour lui permettre de conclure rapidement. Elle n'était pas en mesure de les lui donner.

II

Peter Madsen se torturait l'esprit : s'était-il trop précipité pour inculper Connely ? Judith Graham ne permettrait pas à son client de témoigner. Il n'y aurait donc pas de contre-interrogatoire.

Il ne dormirait pas beaucoup cette nuit. Il le savait. C'était à chaque fois pareil. Il se lèverait vers cinq heures, ferait une demi-heure de culture physique, puis prendrait une douche chaude. Du bacon, des œufs, avec deux tasses de vrai café lui donneraient l'énergie dont il aurait besoin. Il lui faudrait ensuite convaincre l'Honorable Milton Neufeld, juge de mes deux, que Vincent Connely, citoyen estimé et connu de la ville, était en fait un pédophile, un sadique, un tueur d'enfants, et Dieu sait quoi encore.

8

I

CONNELY n'avait rien perdu de sa prestance. Bronzé, les cheveux plaqués en arrière, il était vêtu d'un costume anthracite, d'une chemise bleu pâle et d'une cravate noire. Il gardait un regard distant, glissant sur les choses comme si tout contact visuel risquait d'engendrer une réaction imprévisible, presque incontrôlable, de sa part, susceptible de dévoiler le motif de sa présence en ces lieux.

La salle d'audience était d'une neutralité fonctionnelle que l'on aurait pu qualifier de scandinave.

Judith Graham et Vincent s'assirent derrière une table d'acajou bruni. Judith ouvrit son ordinateur portable et le connecta. Elle pourrait suivre en clair les questions et les réponses qu'enregistrait la sténotypiste lors des interrogatoires.

De l'autre côté, derrière une table identique, Madsen et Nash avaient leurs dossiers ouverts depuis un moment déjà. Tony Perez était assis au premier rang, avec un témoin de l'accusation qu'elle identifia comme le médecin légiste. Madsen n'avait pas convoqué le responsable du laboratoire de la police. Cela laissait supposer qu'ils n'avaient trouvé aucun indice compromettant son client.

Connely se pencha vers l'avocate.

– Qui est le juge ?

– Milton Neufeld. Il a bonne réputation. Il ne se laissera pas impressionner par Madsen ou de possibles répercussions sur l'opinion publique.

Dehors, c'était la lutte universelle dans laquelle se dépensaient les principales forces vitales, où chacun s'efforçait de subjuguer l'autre par l'étalage de sa richesse et de sa manière de vivre.

Ici, se trouvait concentrée une autre forme de pouvoir : un réseau serré de hiérarchies et de lois qui avaient dans leur application la charge de maintenir l'ordre social. Ici, l'autorité de Connely ne servait plus à rien.

Judith pensa aux longues heures passées dans la demi-obscurité des bibliothèques ; à l'abandon de ses rêves mystérieux et romantiques quand elle regardait la fenêtre, entre le crépi rose des façades, le bleu de l'océan et la plage aveuglante, et que les planches de surf faisaient des cascades dans l'écume des rouleaux.

La récompense, elle la tenait là, dans cette cour de justice, où son habileté à comprendre et utiliser les lois faisait d'elle la seule et ultime porte vers une possible liberté des inculpés.

– À votre avis, Madsen a-t-il les éléments suffisants pour convaincre ce Neufeld ?

Elle secoua la tête avec un sourire. Elle savait qu'il attendait une réponse apaisante.

– Non, je ne pense pas.

Elle regarda attentivement autour d'elle. Elle vit les familles des victimes, et se pencha vers son client.

– J'espère que vous ne m'avez rien caché, Vincent ?

Il inclina le menton sans se retourner. Elle faillit lui dire qu'elle savait qui avait averti Madsen au sujet de Paris, mais elle se ravisa.

Le greffier annonça l'arrivée du juge, et tout le monde se leva. Petit, le sommet du crâne dégarni et bordé par deux touffes de cheveux en broussaille, Neufeld ressemblait à un faune. Il chaussa des lunettes d'écaille et regarda sa montre.

Connely se figea. Les muscles de ses mâchoires se crispèrent. Judith perçut la soudaine tension qui avait saisi son client, une réaction incontrôlable, qui trahissait que l'événement le plus crucial de son existence était en train de se dérouler, ici et maintenant.

Ils se rassirent sur instruction du greffier.

– Votre premier témoin, monsieur Madsen, ordonna Neufeld.

– L'État cite Anthony Perez, Votre Honneur.

Perez, après avoir prêté serment, s'assit dans le box. Il avait répété cette scène la veille dans le bureau de Madsen. Il connaissait les questions, et l'ordre dans lesquelles Peter les lui poserait.

Pour le moment, Madsen se contentait d'établir la crédibilité de son témoin en énonçant ses états de service. Sa voix était apaisante et grave. Quand il eut terminé, il changea de tonalité. Tous les regards convergeaient vers lui.

– Sergent Perez, dans le cadre de votre activité professionnelle, avez-vous eu connaissance, il y a un peu plus de trois mois, d'une série de disparitions ayant apparemment un lien entre elles ?

– Oui.

– Pouvez-vous préciser pour la cour la nature de ce lien ?

– Les quatre disparus étaient de jeunes mineurs entre douze et quatorze ans. Au domicile de chacun d'eux, glissé sous la porte, nous avons retrouvé une gravure représentant une scène pornographique. Les gravures sont toutes identiques.

Madsen prit un document, et le montra à Judith avant de le tendre au greffier.

– Cela est une photocopie du document en question, Votre Honneur, pour les besoins de cette audition.

Le juge interrogea du regard Judith qui hocha la tête en signe d'assentiment.

– Continuez, sergent, dit Madsen.

– Aucune trace de lutte aux domiciles des victimes et pas de traces visibles d'effraction.

Madsen marqua un temps d'arrêt, puis reprit :

– Dites-nous dans quelles conditions, sergent Perez, vous avez été amené à retrouver ces enfants.

– À la suite d'un appel téléphonique rapportant une activité suspecte dans l'enceinte d'une société de location de matériel de chantier, la Delta, nous avons investi les locaux et retrouvé les corps mutilés de trois des enfants disparus.

– À qui appartient la Delta ? demanda Madsen.

– À M. Connely.

Madsen prit une série de photos et les soumit à Judith qui les examina attentivement puis détourna les yeux.

De nouveau Madsen tendit les documents au greffier après les avoir numérotés.

– Pièces ajoutées au dossier : photographies des bâtiments de la Delta, des corps retrouvés, des instruments de torture, des murs sur lesquels étaient affichés des collages pornographiques, et du contenu de trois sacs-plastique repêchés dans la mare voisine.

Il retourna derrière son pupitre.

– Sergent, qu'avez-vous saisi au domicile du prévenu lors de votre perquisition ?

– Dans la malle d'un pick-up Chevrolet appartenant à l'accusé, sous le tapis arrière, nous avons découvert plusieurs revues de pornographie infantile.

– Qu'est-ce que ces revues, en dehors de leur caractère odieux, présentaient de particulier ?

– Certaines pages manquaient, d'autres étaient découpées.

– Avez-vous cherché à comparer ces images manquantes avec celles épinglées au mur de la pièce où les trois victimes ont été retrouvées.

– Oui.

– Quels ont été les résultats ?

– Positifs. Une partie des images proviennent des magazines saisis dans la Chevrolet.

Madsen se tourna un instant vers Connely puis demanda :

– Sergent Perez, êtes-vous au fait d'une relation existant entre les trois enfants assassinés et M. Connely ?

– Oui.

– Voulez-vous préciser à la cour la nature de cette relation.

– Dans toutes les familles concernées, l'un des parents directs travaille ou a travaillé pour le groupe Connely.

– Ce sera tout, sergent. Le témoin est à vous, dit Madsen à l'intention de Judith Graham en se rasseyant.

Judith prit son temps pour parcourir ses notes et les différents rapports remis par le bureau du district attorney.

– Sergent Perez, commença-t-elle, est-il exact qu'à aucun des domiciles concernés vous n'avez pu mettre en évidence le moindre indice indiquant la présence physique de Vincent Connely ?

– C'est exact, mais cela ne prouve rien. Les traces ont pu être effacées.

Judith se tourna vers le juge.

– Votre Honneur, le témoin peut-il se contenter de répondre directement à mes questions, sans ajouter de commentaires ?

Neufeld eut un mouvement d'approbation et réprimanda Perez.

– Et sur les corps, sergent Perez ? Sur les corps de ces malheureuses victimes, avez-vous trouvé le moindre indice, cheveux, sperme, cellules, fibres, appartenant à M. Connely ?

– Non. Mais...

– Sergent Perez, coupa Judith, vous avez dit au juge avoir saisi des revues pornographiques dans un véhicule appartenant à l'accusé ?

– C'est exact.

– Où se trouvait ce véhicule, sergent ?

– Dans l'allée conduisant au garage.

– La malle était-elle fermée à clef ?

Perez eut un moment d'hésitation.

– Non... Je ne crois pas.

– Avez-vous analysé les fibres et les poussières provenant de l'intérieur du véhicule ?

– Oui.

– Correspondent-elles aux échantillons témoins, ceux prélevés dans les locaux de la Delta et dans la pièce où les victimes ont été retrouvées ?

– Non.

– Sergent Perez, M. Connely possède-t-il une autre voiture enregistrée à son nom ; et, dans l'affirmative, vous êtes-vous livré aux mêmes examens ?

– Oui.

– Quels en ont été les résultats ?

– Négatifs.

Il y eut un long silence durant lequel Judith feuilleta les papiers qui se trouvaient devant elle. Elle releva la tête.

– Sergent, est-il possible que quelqu'un d'autre que M. Connely ait dissimulé ces revues dans le coffre de la Chevrolet ?

La question résonna dans la salle. Judith avait élevé la voix. Elle n'avait besoin que d'un doute, un simple doutc. Il n'cn fallait pas plus, ct toutc la machinc dc l'accusation se gripperait.

– C'est du domaine du possible, finit par répondre Perez dans un murmure.

– Sergent Perez, les locaux de la Delta sont-ils abandonnés ?

– Apparemment, oui.

– Y a-t-il un gardien ?

– Non.

– Plus de questions, dit Judith.

Elle se rassit près de Connely, pendant que Perez laissait la place au second témoin de l'accusation, un homme corpulent aux traits lourds, au visage rubicond, aux yeux fatigués.

– Docteur Kasdin, demanda Madsen, quelles sont vos fonctions ?

– Médecin-chef, en charge du service de médecine légale de l'État.

– En cette qualité, docteur Kasdin, êtes-vous habilité à donner votre opinion sur la cause d'un décès ?

Kasdin leva la tête vers le juge.

– C'est pour ça qu'on me paye, dit-il avec un sourire.

– Bien. Pour les besoins de cette audition, docteur, vous êtes-vous rendu dans les bâtiments de la Delta pour examiner les corps de trois adolescents de sexe masculin ? continua Madsen.

– Parfaitement.

– Avez-vous pratiqué une autopsie sur chacun des corps ?

– Oui. J'ai examiné les victimes pour déterminer la cause du décès.

Madsen dressa l'inventaire du contenu de l'estomac, de la vessie, des intestins, un tableau de l'état des organes internes et des observations anatomiques.

– Ces décès sont-ils dus, docteur, à un phénomène naturel, maladie ou autre ?

– Non.

Madsen fit une pause. Il s'entretint un instant avec Nash puis reprit :

– De quoi ces enfants sont-ils morts, docteur Kasdin ?

– D'hémorragie due à une éviscération.

– Combien de temps a duré leur agonie ?

– De longues minutes.

– Les corps présentaient-ils d'autres blessures, docteur ?

– J'ai relevé des meurtrissures au niveau des chevilles, des poignets et du cou, provoquées par l'utilisation de carcans retrouvés sur les lieux. Les tests de compatibilité sanguine ont confirmé que ces carcans ont bien servi à immobiliser ces enfants durant une période de temps prolongée. Des zébrures au niveau du thorax et du dos montrent qu'ils ont également été fouettés.

– Est-ce tout, docteur ?
– Non. Les corps que j'ai examinés ont subi une mutilation, une ablation non chirurgicale de l'appareil génital.
– Tous les trois ?
– Oui, et de manière identique.
– De quelle manière, docteur Kasdin ?
– Le pénis et les testicules ont été arrachés.
– À l'aide d'un instrument ?
– Je ne crois pas. Les bords ont bien été repris à l'aide d'un instrument tranchant pour masquer une possible identification par empreinte.
– Pensez-vous à une morsure d'origine animale ?
– Humaine.
Madsen lança un regard rapide vers Neufeld. Le juge s'était tourné vers le box des témoins et terminait de prendre des notes. Madsen attendit qu'il relève la tête.
– Cette mutilation, docteur Kasdin, a-t-elle été pratiquée sur des cadavres ?
Kasdin hésita quelques instants, comme s'il semblait ne pas comprendre la question.
– Qu'entendez-vous par là, monsieur Madsen ?
– Ces enfants étaient-ils morts lorsqu'on les a émasculés ?
– Oui, ce sont des mutilations post mortem.
Madsen, de nouveau, étudia ses notes.
– Y a-t-il eu violences sexuelles, docteur ?
– Certainement. La région rectale présente les meurtrissures caractéristiques.
– Docteur Kasdin, selon vous, le meurtrier a-t-il pris des précautions pour éviter de laisser des indices ?
– Je le pense. Nous n'avons relevé aucune trace de sperme ; uniquement le lubrifiant que l'on retrouve après usage de préservatifs.
– Quoi d'autre ?
– Les doigts des victimes ont été nettoyés à l'acide. De l'acide chlorhydrique.
– Dans quel but ?

– Objection, intervint Judith. Il s'agit d'une interprétation qui dépasse le cadre d'expertise du Dr Kasdin.

Le juge se pencha vers le médecin.

– Êtes-vous en mesure de donner une opinion d'expert, docteur ?

Ce dernier hocha affirmativement la tête.

– Dans ce cas, il ne s'agit pas de supprimer les empreintes digitales de l'individu mais de dissoudre les particules et les cellules étrangères qui se trouvent sous les ongles.

Kasdin réclama un verre d'eau que l'un des officiers présents dans la salle lui apporta. Il but une gorgée et reposa le gobelet en plastique rouge sur la tablette près de lui.

Madsen entama une nouvelle série de questions.

– Venons-en aux restes contenus dans les sacs immergés dans la mare, docteur. De quelle nature sont-ils ?

– Essentiellement d'origine animale, des restes de chien. Les enveloppes en plastique, par contre, renferment les appareils génitaux des victimes.

– Avez-vous observé quelque chose de particulier quant à l'état de ces organes génitaux ?

– Non, mis à part quelques meurtrissures sur les pénis.

Madsen referma le dossier qu'il avait devant lui.

– Ce sera tout, Votre Honneur.

– Votre témoin, miss Graham, dit le juge.

Avant que Judith n'intervienne, Vincent nota rapidement quelque chose sur son bloc et le poussa devant elle. Elle lut le message, posa sa main sur le bras de son client, acquiesça, et se leva.

– Docteur Kasdin, êtes-vous arrivé à déterminer la date approximative de leur mort ?

Madsen n'avait pas posé cette question. Il devait estimer que la réponse ne jouait pas en faveur de l'accusation. Connely y avait pensé. La conviction de Judith quant à l'innocence de son client s'en trouva renforcée.

Madsen parut troublé. Kasdin, lui, se contenta de secouer la tête.

– Difficile à dire, grommela-t-il.

– Comment ça difficile, docteur ; je ne vous demande pas l'heure exacte, mais le jour. Les corps n'étaient pas en décomposition, si j'en juge par le rapport d'autopsie.

Kasdin ressemblait à un enfant pris sur le fait, la main dans un pot de confiture. Il but une gorgée d'eau pour se donner le temps de réfléchir.

– Docteur Kasdin, oui ou non avez-vous établi la date approximative de la mort des trois adolescents retrouvés dans les locaux de la Delta ?

– Oui, dit-il.

– À quand remonte-t-elle ?

– Quarante à cinquante heures avant la découverte des corps.

– Cela nous replace donc – Judith tourna les pages de son agenda – dans un intervalle compris entre mercredi treize heures et mercredi vingt-trois heures de la semaine passée ? C'est bien ça, docteur Kasdin ?

– Puis-je consulter mes notes ? demanda-t-il.

– Je vous en prie.

Il ouvrit un épais classeur en plastique noir, humecta son index, et tourna les pages à la recherche d'une confirmation qu'il connaissait déjà.

– C'est à peu près cela, répondit-il.

Judith fit deux pas pour reprendre sa place, se ravisa, et se tourna vers le témoin.

– Une dernière question, docteur Kasdin. À la demande de la police, un échantillon de sang a été prélevé sur M. Connely et vous a été remis à titre de comparaison ?

– C'est exact.

– Quel est le groupe sanguin de M. Connely, docteur ?

– O positif.

– Puis-je approcher le banc du témoin, Votre Honneur ?

– Vous pouvez, dit Neufeld.

– Docteur, ceci est-il bien la copie du rapport officiel d'autopsie ?

Kasdin prit le document qu'elle lui tendait et en feuilleta rapidement les pages.

– Oui, dit-il.

– Aucune mention relative à un groupe O positif n'y figure. Ni le sang, ni les traces de sang retrouvés sur les cheveux et les poils des victimes n'appartiennent à ce groupe. C'est votre constatation, docteur ?

– Je n'ai examiné que les corps.

– Ce sera tout. Merci, docteur.

– Il est onze heures trente, dit le juge. L'audience est ajournée jusqu'à quatorze heures.

II

– Qui est Senda Barhi ? demanda Judith.

Elle avait enlevé la veste de son tailleur et la pliait soigneusement sur ses genoux. Ils étaient assis côte à côte sur un banc étroit qui occupait la largeur de la salle de visite dans la prison du tribunal du comté.

Vincent se frottait les poignets, et contemplait ses mains. Il paraissait navré.

– J'aurais dû m'en douter, dit-il, parlant plus pour lui-même que pour répondre à la question de Judith. Je comprends pourquoi Madsen est convaincu que j'ai tué ces gosses.

Il secouait la tête comme s'il se reprochait son manque de perspicacité.

Il se tourna vers elle.

– Qui vous a mise au courant ?

– Un journaliste, Art Liep. Il veut une exclusivité sur l'affaire. J'ai réservé ma réponse. Je voulais votre accord avant.

Vincent eut un geste de la main signifiant que ce genre de détail n'avait pour lui aucune importance.

– Senda Barhi était en charge de l'enquête ; les relations de son père avec le directeur de la police parisienne de l'époque lui tenaient lieu de compétences.

Il eut un sourire amer.

– Elle pataugeait. Je l'ai rencontrée pour la première fois le soir où ma fille a été assassinée.

– Pourquoi est-elle persuadée de votre culpabilité ?

– Je ne sais pas. L'enquête a été close après la mort du tueur, un dénommé Paul Cassel.

Judith lissait la doublure de sa veste avec attention. Elle pivota sur elle-même et le regarda avec attention.

– Vous souvenez-vous d'elle ?

– Vaguement ; une fille grande, rousse, plutôt jolie, dit-il. Je ne sais pas ce qu'elle est devenue.

– Elle est ici.

Il sembla perdre un peu de son assurance.

– Croyez-vous qu'elle ait la moindre raison de penser que Cassel n'était pas le vrai coupable ? dit Judith.

– À ma connaissance l'enquête n'a jamais été rouverte, et les meurtres ont cessé après la mort de Cassel. Sa fille Sophie a déclaré l'avoir vu enlever l'un des enfants.

Il soupira.

– Je ne comprends pas les motivations de cette femme. Elle m'a toujours paru un peu déséquilibrée.

– Comment ça ?

– C'est difficile à expliquer. Elle semblait se préoccuper davantage de l'effet qu'elle produisait sur autrui que de la valeur réelle des informations que nous aurions pu obtenir. J'avais offert une récompense de cent mille euros.

– Elle s'y est opposée ?

– Oui.

Judith parut digérer ces informations. Vincent s'était appuyé contre le mur, apparemment à la recherche de détails enfouis dans sa mémoire.

– La corrélation entre les crimes de Paris et ceux d'ici réside dans la similitude des messages retrouvés au domicile des victimes ; vous me l'avez dit quand Madsen en a produit une copie, s'assura Judith.

– Ils se ressemblent, autant que j'en aie le souvenir.

– Vous ne trouvez pas ça étrange, après tout ce temps ?

Vincent haussa les épaules.

– C'est un coup monté, je vous l'ai déjà dit.

– Des fuites au niveau de Paris ? Quelqu'un qui vous en veut ?

– Je ne vois pas d'autre explication.

Il s'étira, fatigué, puis sourit.

– Je n'ai pas beaucoup dormi la nuit précédente.

– Apparemment Senda Barhi non plus, depuis douze ans. C'est une longue insomnie.

Le sourire disparut de son visage.

– Je n'ai pas tué ces enfants, Graham. Je n'ai rien à voir avec cette histoire, dit-il d'un ton froid où commençait à percer une nuance d'agacement.

Il se mit debout, s'approcha de la porte et appela le gardien.

– J'ai besoin de me reposer, Graham. J'en ai assez pour le moment.

Il attendit qu'elle se soit levée, puis s'allongea sur le banc et croisa les mains derrière sa nuque.

Le gardien ouvrit la porte.

– L'entretien est terminé, annonça-t-elle.

Elle remit sa veste, prit son cartable et se retourna avant de sortir dans le couloir. Vincent avait fermé les yeux.

– Si cette Barhi est sûre de son fait, pourquoi n'a-t-elle pas témoigné ? lança-t-il juste avant que le battant ne se referme.

– Reconstituez votre emploi du temps du mercredi passé, monsieur Connely. Soigneusement, très soigneusement. N'oubliez pas qu'il ne s'agit que d'une liberté provisoire, jusqu'au procès fut la réponse qu'elle lui retourna.

9

I

DEUX ÉTAGES plus haut, Senda avait suivi les débats sur le circuit interne de télévision du palais de justice. Elle revoyait le visage de cet homme, ces yeux bleu pâle, qui avaient traîné sur les photos des meurtres sans ciller, cette façon étrange de regarder sans intensité, fixement.

Ce visage heurtait son esprit, comme une douleur dont le souvenir tendait à la rendre plus attentive. Elle retrouvait des repères, et rien ne pourrait la persuader de s'écarter du chemin qu'elle se déciderait à suivre.

La construction de ces crimes était réglée par une géométrie particulière, comme celle de tout échafaudage de l'esprit humain ; depuis le commencement jusqu'à la fin : le nécessaire rapport entre une volonté unique et les systèmes successifs qui en découlaient.

À défaut d'espoir, le désespoir la soutiendrait. Ils allaient échouer, elle en était sûre, mais un nouvel échec était nécessaire.

Madsen et Nash firent irruption dans la pièce et Senda reposa les photographies qu'elle était en train d'examiner. Le visage de la jeune femme restait impénétrable.

Nash posa la pile de dossiers qu'il tenait sous le bras sur une table, et laissa échapper un soupir pathétique.

Madsen s'affala sur sa chaise après avoir suspendu sa veste à une patère et desserré sa cravate. Deux larges auréoles de sueur marquaient sa chemise. Il essuya les verres de ses lunettes avec sa cravate, et but coup sur coup deux verres d'eau glacée, comme s'il cherchait à éteindre quelque fièvre intérieure. Puis il appuya son front contre le gobelet vide, et tambourina nerveusement sur la vitre qui recouvrait son bureau.

II

Quand Judith Graham sortit de l'ascenseur, Art Liep l'attendait dans le hall. Le badge épinglé à sa veste montrait qu'il était présent dans la salle où siégeait Neufeld.

Une foule de personnes se ruaient à l'extérieur vers les petits restaurants qui pullulaient autour du palais de justice.

– Je vous offre une pizza, proposa-t-il.

Judith regarda sa montre.

– J'ai un break d'une demi-heure, Art.

– Dépêchons-nous. Je vous laisse à mes confrères, dit-il en voyant les journalistes se précipiter vers l'avocate. Rejoignez-moi au restaurant italien au bout de la rue.

Le restaurant était plein. Il régnait une odeur chaude d'épices et de feu de bois. Judith retrouva Liep à une table discrète, dans un coin isolé de la salle. Ils commandèrent une pizza californienne, avec des sun-dried tomatoes, du fromage de chèvre et du basilic.

Judith laissa glisser la rondelle de citron dans son thé glacé et aspira une longue gorgée.

– Comment est la star ? Je n'ai vu que sa nuque et son dos.

– Calme et confiant.

– Neufeld va accepter votre demande de mise en liberté provisoire, Judith. Connely a été avisé en vous choisissant pour défenseur.

Elle esquissa de la tête un petit geste de reconnaissance.

– Je le saurai dans un peu plus d'une heure, dit-elle.

– Qu'est-ce que votre client pense de Barhi et des événements de Paris ?

Le garçon posa la pizza au milieu de la table sur un berceau en métal chromé. Judith prit une tranche et mordit dedans. C'était moelleux et croustillant à la fois ; la douceur du fromage de chèvre atténuait la saveur forte des tomates et de l'huile d'olive vierge.

Elle ferma un instant les yeux, repoussant toute culpabilité ; inutile de compter les calories.

– Art, dit-elle en s'essuyant les doigts avec une serviette en papier, cette affaire de Paris est vieille de douze ans. Le meurtrier s'est tué et la police n'a jamais eu le moindre doute sur ce qui s'est passé. Cet aspect de l'affaire ne nous concerne pas.

– Est-ce que Connely souhaite s'exprimer, s'il est remis en liberté ? demanda Liep. Je peux organiser un spécial sur lui, à une bonne heure d'écoute.

– Je ne suis pas pour, dit Judith, hésitant devant une deuxième tranche de pizza. Le procès aura lieu dans plusieurs mois et je ne veux pas de ce genre de publicité pour mon client.

– Une interview enregistrée, Judith, et je vous soumets les questions.

Elle se décida et prit un autre triangle avant que le fromage ne se fige. Manger lui donnait le temps de réfléchir.

Des questions communiquées à l'avance, des réponses soigneusement préparées ; c'était différent. Elle conserverait le contrôle de tout ce qui se dirait sur le plateau ; et si la prestation de Connely était convaincante, cela pèserait en faveur de son client. Parmi les futurs jurés, certains se souviendraient peut-être de l'émission. La présence de Linda serait une bonne chose. Un couple uni, face à une injustice et à un district attorney cherchant un coupable en vue de sa réélection.

– Je n'exclus pas votre proposition, Art. Attendons la décision de Neufeld.

Liep n'avait pas touché à la pizza. Il commanda un double espresso pour lui et un thé vert pour Judith.

– Mon papier de demain vous est entièrement consacré, dit-il. Vous serez bientôt aussi célèbre que les as du barreau new-yorkais.

Elle se sentit flattée. Vincent avait les moyens de s'offrir une défense de tout premier ordre, mais il l'avait choisie, elle. L'accusation n'ayant pas de témoin oculaire, tout se jouerait au niveau des circonstances, des indices, du mobile. Le district attorney aurait à convaincre le jury au-delà du doute raisonnable. Elle se battrait sur chaque point de détail.

Elle connaissait son métier et elle gagnerait ce procès. Madsen pourrait se servir de ce qui s'était passé à Paris ; mais l'affaire était close. Elle introduirait une motion dans ce sens. Il s'agissait d'événements trop éloignés dans le temps ; la police avait un coupable, et la jurisprudence à ce sujet était claire et abondante. Restait la similitude des messages entre Paris et LA ; là aussi, elle trouverait des arguments. Elle attendrait d'avoir communication du dossier.

Ils quittèrent le restaurant. Le soleil se figeait parmi les blocs de béton massifs et impénétrables.

– Je vous laisse, dit Art. À tout à l'heure.

– Merci pour la pizza.

Seule, je n'aurais pas osé, s'avoua-t-elle.

Il lui fit un petit signe de la main et disparut.

Juste avant de pénétrer dans le palais de justice, Judith remarqua une jeune femme rousse assise sur un muret de pierre. Elle était seule et fumait une cigarette. L'inconnue enleva ses lunettes noires et se mit à l'examiner avec soin.

La lumière se réfléchissait sur la façade vitrée et tombait, dure et abyssale, sur les deux femmes.

Mal à l'aise, Judith ne pouvait détacher ses yeux de ce visage au regard presque blanc.

Elle avait la sensation d'être envahie par quelque chose qu'elle ne cernait pas ; quelque chose qui faisait cogner son cœur dans sa poitrine et lui serrait le ventre. Elle se sentit frissonner.

Il n'y avait pas de protection contre ce qui emplissait l'espace autour de cette femme. Elle sécrétait, au milieu d'une poudre lumineuse, et dans une rumeur de solitude volontaire, le parfum indiscernable de la mort.

Judith comprit, sans équivoque possible, que ce ne pouvait être que Senda Barhi.

Troublée par ce que cette rencontre soulevait de secret, d'inconnu, et d'inaccessible, elle se trompa d'étage.

Quand elle sortit de l'ascenseur, le brouhaha des voix dans le couloir la ramena à la réalité.

III

Judith, après avoir montré sa carte, se faufila dans la salle du tribunal. Elle vit de loin le journaliste passer au détecteur de métaux avant de regagner sa place.

Vincent l'attendait. Elle se laissa tomber sur la chaise voisine et prit ses dossiers. Madsen et Nash, de l'autre côté de l'allée, affectaient une désinvolture de circonstance. Le district attorney avait changé de chemise, remarqua-t-elle avec satisfaction.

Quand Neufeld pénétra dans la pièce, un champ magnétique semblait faire pointer ses cheveux vers le plafond comme de la limaille de fer. Il tenait à la main plusieurs feuillets de papier jaune remplis d'une écriture manuscrite régulière. L'encre était d'une couleur passée de mode, un bleu des mers du Sud approprié peut-être au contenu de sa décision. C'est ainsi que Judith l'interpréta. Elle ne se trompait pas.

– Le meurtre de ces enfants est quelque chose d'horrible qui affecte la communauté tout entière, commença

Neufeld, et le coupable doit être retiré de la circulation. Cependant, la présomption d'innocence prévaut dans ce pays. La Constitution garantit la liberté sous caution, sauf dans les cas de crimes de sang, et sous l'expresse condition que l'accusation fournisse les preuves irréfutables de la culpabilité du suspect.

Le juge dirigea son regard vers le banc où se tenait le district attorney.

– Monsieur Madsen, vous avez fourni à la cour la preuve que ces enfants avaient été kidnappés, torturés et assassinés. Vous avez aussi apporté la preuve que leurs corps se trouvaient dans des locaux appartenant à M. Connely, et qu'il était en relation avec les familles des victimes.

Le juge marqua un temps d'arrêt et consulta ses notes.

– Qu'est-ce qu'il raconte ? murmura Vincent à l'oreille de Judith d'une voix faussement dégagée.

– En revanche, reprit Neufeld, vous n'avez fourni aucun élément reliant M. Connely aux meurtres. Pas de témoins oculaires ; aucun indice faisant état de sa présence au domicile des victimes ou sur le lieu des crimes. En aucune façon l'absence de preuves ne saurait constituer par elle-même une preuve. La présence de revues pornographiques dans le coffre d'un véhicule appartenant à M. Connely ne peut constituer à elle seule une preuve matérielle de sa culpabilité. La caution est fixée à deux millions de dollars. M. Connely sera relaxé contre remise d'une somme équivalente à dix pour cent de ce montant.

Le juge Neufeld se leva, sortit de la salle sans se retourner, ignorant l'interpellation de Madsen.

IV

À la sortie du tribunal, Judith consacra quelques minutes à répondre aux questions de la presse puis s'éclipsa. Linda était venue dans la salle pour le verdict ; une appréhension compréhensible, se dit Judith. Elle se promit de l'appeler dès son arrivée au bureau.

Elle gagna le parking adjacent au palais de justice où se trouvait garée sa vieille Honda. Adossée au côté gauche du véhicule, Senda, les bras croisés, la regardait venir.

– Vous êtes douée, lui dit-elle, quand Judith s'arrêta devant elle.

Le ton n'était pas sarcastique, et la barrière d'hostilité qu'auraient dû créer leurs positions respectives ne se manifesta pas.

– Pas vraiment, dit Judith. Vous êtes Senda Barhi ?

Elle fit un signe de tête affirmatif et s'inclina.

– Si vous étiez convaincue que votre client était l'auteur de ces meurtres, continueriez-vous à le défendre ?

Le regard surprit Judith. Quelque chose, dans la profondeur de ces yeux, avait chassé la flamme dure de tout à l'heure pour la remplacer par une certaine douceur.

– Chacun de nous, quels que soient ses crimes, a droit à un procès juste et équitable, répondit Judith. C'est un système qui fonctionne depuis deux cents ans, et nous n'en avons pas d'autre. Je suis une avocate spécialisée en droit criminel, miss Barhi, et c'est un choix que j'ai fait il y a bien longtemps.

– Vous croyez Connely coupable ?

D'une certaine façon, Judith comprit ce qui la rapprochait de Senda. Deux femmes seules, affrontant le monde avec les armes qu'elles avaient reçues. Leur intelligence et leur sincérité. Une même volonté de survivre en restant fidèle à une éthique. Les cicatrices étaient invisibles, mais toutes deux distinguaient leurs ombres sur les parois translucides dont elles s'entouraient.

– Je n'ai pas dit ça. Connely insiste sur son innocence, et je n'ai rien vu jusqu'à présent qui puisse me convaincre du contraire. Je ne sais toujours pas ce qui s'est passé à Paris.

Senda resta silencieuse. Elle se décolla de la portière pour laisser Judith introduire sa clef dans la serrure.

– Vous avez un fils ?

La question désarçonna Judith. Elle se redressa.

– Oui. Un fils de huit ans. Pourquoi me posez-vous la question ?

Senda remit ses lunettes noires.

– Tenez-le éloigné quelque temps.

Judith se força au calme. Son visage était livide.

– Il ne peut plus rien arriver maintenant.

– Croyez-vous ? dit Senda. Si Connely est coupable, vous venez de faire remettre un monstre en circulation. S'il est innocent, celui qui cherche à l'incriminer est là, dehors, parmi nous. Vous êtes celle qui risque de faire échouer ses projets.

Senda lui fit un petit signe de la main en guise d'adieu et s'éloigna.

Le monde parut à Judith un espace vide et sombre. Elle s'installa derrière le volant, laissant la chaleur s'échapper par la portière entrouverte.

Je n'y crois pas, se dit-elle, mais elle y croyait tout de même.

V

Tim rentrait le lendemain de San Francisco.

De sa voiture, Judith appela sa mère au téléphone. Au bout de la dixième sonnerie, elle raccrocha. Il n'y avait personne. Le répondeur n'était pas branché.

Elle luttait contre l'inquiétude qui la gagnait. Elle regarda sa montre. Il était trois heures de l'après-midi. Elle téléphona à sa secrétaire en lui demandant d'appeler sa mère toutes les cinq minutes, et de la prévenir si elle obtenait la communication.

Elle démarra et sortit du parking, cherchant inconsciemment la silhouette de la Française, mais cette dernière avait disparu.

Le téléphone sonna et elle décrocha à la première sonnerie.

– C'est Linda Connely. Judith, merci pour tout. Pouvez-vous passer ?

– Tout de suite ?

– S'il vous plaît.

La voix semblait désespérée.

– J'arrive, dit Judith.

Linda l'attendait sur la véranda, dans un état de trouble et d'agitation extrêmes. Judith eut du mal à la reconnaître. Vêtue d'un tee-shirt et d'un jean délavé, sans maquillage, elle la regardait avec des yeux pleins de larmes.

– Venez, dit Linda. Allons de l'autre côté.

Elles empruntèrent une allée qui contournait la maison, passant entre les rangées de fleurs tropicales et les arbres aux feuillages couleur de bronze qui parsemaient la pelouse. Judith se laissa conduire à l'intérieur d'un bungalow dissimulé en partie par un bougainvillier.

Linda s'assit à l'extrémité d'un sofa blanc. Par la baie vitrée, sur le deck, Judith vit deux chiots jouant avec une balle de tennis. Le yacht qu'elle avait entrevu la fois précédente avait disparu.

– Linda, demanda Judith, quelque chose ne va pas ?

Malgré la chaleur, Linda Connely s'était recroquevillée, comme frappée par une vague silencieuse et glacée. Dans un effort, elle se crispa et rejeta ses graciles épaules en arrière.

– J'ai peur, dit-elle. Je suis terrorisée à l'idée qu'on l'ait remis en liberté.

Elle prit sous l'un des coussins du sofa une télécommande, la tendit à Judith puis se ravisa.

– Vous ne le connaissez pas. C'est quelqu'un de foncièrement cruel et pervers. C'est...

Elle n'arrivait plus à trouver ses mots. Ses paupières et ses tempes étaient couvertes de sueur mais elle frissonnait, en transe, comme en proie à des souvenirs. Judith prit le boîtier de commande et mit en route la vidéo.

– Je n'ai plus de rapports sexuels normaux avec lui depuis de nombreuses années, reprit Linda d'une voix troublée, en fait je n'en ai jamais eu. J'ai essayé de le rejeter comme il le méritait mais le résultat a été pire que le mal. Il y a cette chose immonde à l'intérieur de lui qu'il ne dévoile que lorsqu'il est en rage.

Sur l'écran noir et blanc, des personnages, de toute évidence filmés à leur insu, s'agitaient.

Judith se sentit rougir et arrêta la projection. Elle voyait les toits de tuiles des maisons avoisinantes, les corniches de stuc rose, et la couleur du ciel qui semblait se jeter dans l'océan.

Il lui avait semblé que Linda avait tout ce qu'on pouvait désirer dans la vie : un mariage, une famille, une maison magnifique, et assez d'argent pour mener une vie oisive et heureuse.

Elle remit en marche la vidéo. Judith regardait les scènes qui se déroulaient. Elle se croyait préparée au pire. À présent, par-dessus l'écœurement et la pitié qu'elle ressentait pour Linda, montait un sentiment de colère.

Le cameraman, probablement dissimulé à l'extérieur de la pièce, derrière un miroir sans tain, avait saisi sur le vif la vraie sexualité de Connely. La bande sonore, parfois inaudible, donnait cependant un aperçu de la violence qui animait l'acteur principal.

Ses partenaires n'étaient encore que des adolescents, de jeunes prostitués mâles qu'il sodomisait avec un plaisir furieux proche de la démence.

Judith en avait assez vu. Ce film lui faisait froid dans le dos. Elle s'exhorta à ne pas céder à tout ce qui s'engouffrait par la porte qu'elle venait de voir s'ouvrir. Vincent était toujours son client, et ce spectacle montrait qu'il trouvait un exutoire à ses pulsions.

– Vous aviez droit à ce genre de traitement ? demanda-t-elle avec sympathie.

Linda hocha la tête, hésita un instant, sous l'emprise d'un refus obstiné qui tenait de la pudeur. Puis elle perdit toute honte, tout désir de dissimulation.

– C'était parfois pire.

Elle parlait, avec des cassures douloureuses et de longues pauses. Elle souleva son tee-shirt et montra l'extrémité de ses seins. Ils étaient couverts de marques bleuies.

– C'est mon enfer, le secret que je suis contrainte de dissimuler. Pour mon fils, pour mon père, et tous ceux qu'il a entraînés dans ses affaires. Je vais partout avec un visage de femme heureuse et comblée. Je mange, je dors parfois, et je parle à tout le monde de l'homme merveilleux que j'ai eu la chance d'épouser.

Judith écoutait, les yeux baissés, avec une grande gravité.

– Qui vous a remis cette cassette ? Votre mari ?

– Non ! Pourquoi ferait-il une chose pareille ?

– Pour vous faire souffrir davantage.

– J'ai trouvé ce film sur le siège avant de ma voiture, aujourd'hui, quand je suis sortie du palais.

Judith se rappela la mise en garde de Senda.

– Je ne crois pas que rester dans cette maison soit une bonne chose pour vous et votre fils.

– Je ne peux pas m'en aller. Pas maintenant. Les reporters sont partout. Cela nuirait à ses affaires et mon père ne comprendrait pas.

Judith resta un moment interdite, eut une brève hésitation, puis finalement se ravisa. Elle posa sa main sur le bras de Linda.

– Dites à votre mari de venir à mon bureau dès qu'il arrivera. J'ai des papiers à lui faire signer.

Elle se leva et éjecta la cassette du magnétoscope.

– Vous me la confiez ?

Il y avait étonnamment de conviction dans sa voix. Linda ne répondit pas. Judith sentit que le doute et la peur jetaient des ombres inquiètes sur son visage. Inconsciemment, Linda voulait se châtier des pires crimes possibles.

Les deux femmes restèrent silencieuses un moment puis leurs regards se croisèrent.

– Vous pensez qu'il a tué ces enfants ? demanda Linda brutalement.

– Je suis son avocate, répondit Judith ; même s'il est coupable mon devoir est de le défendre.

Linda alla vers la fenêtre et s'arrêta devant la vitre. Elle regardait le paysage comme si c'était un désert.

Elle cacha son visage dans ses mains et ses larmes coulèrent. Judith s'approcha et passa un bras autour de ses épaules.

– Je suis de votre côté, Linda, lui dit-elle.

– Merci, merci pour tout. Vous êtes la seule qui me donne un peu d'espoir.

La route en réfection était remplie d'ornières, et elle laissa échapper sa colère et sa frustration. Sur sa gauche, la masse brune de l'hôtel Marriott lui fit penser à la Française.

Était-ce elle qui suivait Connely ? Qui s'intéressait d'aussi près à son client ?

Le centre-ville se dressait sous le ciel lumineux. Elle conduisait de façon régulière, mécanique, et faillit rater la rue où se trouvait son cabinet.

Elle avait accompli le trajet avec des yeux aveugles ; ses pensées l'avaient entraînée vers des régions sans lumière où des desseins prémédités s'accomplissaient selon une logique qui lui échappait.

Ce qu'elle découvrait jouait-il pour ou contre son client ? Mettait-elle la vie de son fils en danger en défendant Connely ? Rien ne lui semblait avoir plus d'importance.

Elle n'était pas du genre à se caparaçonner de métal pour se préserver des atteintes ; aucune dureté éclatante ne se dégageait d'elle.

Pas comme Senda Barhi, se dit-elle.

Quand elle ouvrit la porte de son bureau, sa secrétaire était en ligne avec San Francisco.

– Votre mère, dit Gloria.

Judith eut un soupir de soulagement. Elle regarda Gloria avec affection ; on aime toujours les porteurs de bonnes nouvelles.

– Je la prends dans mon bureau.

Elle sortit la cassette de son sac.

– Gloria, faites-m'en faire une copie tout de suite. Sans la visionner.

Elle ferma la porte derrière elle et prit la communication. Elle eut beaucoup de mal à convaincre son fils qui n'avait aucune envie de prolonger son séjour chez sa grand-mère. L'école posait un problème, mais sa mère promit de tout arranger. Elle l'inscrirait provisoirement dans une école du quartier.

– Une bonne école, ne t'inquiète pas, répéta-t-elle plusieurs fois.

– N'oublie pas qu'il doit se coucher au plus tard à neuf heures et demie, insista Judith avant de raccrocher.

VI

Senda avait quitté le palais de justice en compagnie de Tony Perez. Ils empruntèrent un ascenseur de service, à l'arrière du bâtiment, qui les mena tout droit au sous-sol où se trouvaient les parkings officiels.

Madsen, sonné par la décision de Neufeld, s'était éclipsé après quelques brefs commentaires lancés au pas de course aux journalistes.

– Il faudrait être aveugle et sourd pour ne pas voir que ce type est coupable, dit Tony. Sa culpabilité explose comme un feu d'artifice.

Il détourna son attention du trafic et regarda Senda. Elle lui parlait.

– Vous évoquez ces journaux trouvés dans sa voiture ? Ils ne veulent rien dire. Rien dire du tout, lança-t-elle.

– Qu'en savez-vous ?

– Vous auriez pu les y placer.

Perez la foudroya du regard. Son visage avait la couleur de la craie. Il alluma une cigarette.

– Excusez-moi, Tony, je ne veux pas dire que je mets votre parole en doute. Simplement... ce genre d'oubli ne correspond pas à ce que je sais du personnage. On ne peut pas être aussi méticuleux dans son souci de faire disparaître toute trace, et oublier un détail aussi... grossier.

Cela sembla calmer Perez, quoiqu'il gardât encore une nuance d'orage dans les yeux.

– Tout criminel commet à un moment ou à un autre une erreur, c'est pour ça que nous arrivons à les coincer.

– Peut-être pas.

– Que voulez-vous dire ?

– Peut-être n'est-ce pas une erreur.

Cela le laissa songeur.

– Pouvez-vous m'obtenir la liste des familles qui travaillent pour lui ? demanda-t-elle, uniquement celles qui ont un fils entre dix et quatorze ans. Le prénom de l'enfant m'intéresse aussi.

– Pour quelle raison ?

– Une banale intuition. Le portrait psychologique du tueur... Vous savez cela, j'imagine.

Il y eut un silence puis Perez, le premier, reprit la parole :

– Je comptais sur vous. Nous comptions sur vous pour nous dire tout ce que vous saviez de lui.

– C'est ce que j'ai fait, Tony... Pour témoigner, je n'avais pas le choix.

– Il ne s'agit pas de cela. Nous comptions sur une collaboration spontanée de votre part, à défaut d'y mettre un zèle administratif. Vous souhaitez comme nous qu'il soit condamné, n'est-ce pas ?

Comme elle ne répondait pas, Perez poursuivit :

– C'est triste à dire mais j'ai l'impression que vous semblez fascinée par son comportement. D'habitude, c'est aux victimes qu'on s'attache.

Ils longeaient le bord de mer, loin du centre-ville.

Perez roulait sans but apparent. L'air humide s'engouffrait par la vitre ouverte avec une forte odeur tropicale. Senda alluma une cigarette et regarda la ville qui s'étendait de l'autre côté du boulevard.

– Rien n'est arrivé par hasard. Tout a été planifié, y compris la gosse que l'on n'a pas retrouvée. Elle est toujours vivante. C'est à elle que je pense. Pour les autres... C'est trop tard.

Les palmiers, alignés sur la bordure de la route, défilaient. Une étoile avait jailli dans le ciel ; on n'était encore que dans le milieu de l'après-midi.

– J'aurai la liste demain, dit Perez.

Il était tendu mais tranquille.

– Vous me cachez quelque chose, Senda.

Elle tira une dernière bouffée, jeta sa cigarette et s'éclaircit la gorge.

– C'est un peu plus compliqué que ça, dit-elle, le visage impassible.

10

I

– ENTREZ et asseyez-vous, monsieur Connely, dit-elle.

Il s'était changé à sa sortie de prison. Il portait un pantalon de lin de couleur havane et une chemise à manches courtes d'un ton plus clair. Il était chaussé de mocassins Gucci en toile. Ses cheveux blonds encore humides bouclaient sur ses épaules.

Il était conscient de ses meilleurs angles et de la façon dont ses dents brillaient quand il souriait ; cependant, malgré ses efforts, il n'était plus paré aux yeux de Judith Graham des traits d'un héros de roman.

La nuit était tombée. Les immeubles et les rues du centre-ville étaient à présent déserts. Quelques silhouettes immobiles se dissimulaient dans les encoignures ; sans-abri qui dormaient bruyamment sur des cartons étalés par terre ; dealers minables à l'allure furtive ; adolescents que le manque de drogue poussait dans une cruauté sans issue.

Manny Otero referma la porte.

– Vous avez besoin d'un garde du corps ? dit Vincent, examinant Otero avec attention.

– Manny est mon enquêteur. La confidentialité qui me lie à vous joue également pour lui.

– Je vous écoute, Graham.

– J'ai quelque chose à vous montrer.
Elle eut un geste du menton.
– Regardez l'écran de télévision, sur votre gauche.
Elle enclencha le magnétoscope. Le film durait une dizaine de minutes. Au bout de cinq minutes, Vincent se leva et arrêta l'appareil. Il ne paraissait éprouver ni gêne, ni malaise.
– Je croyais que nous avions un accord, Judith. Je croyais que vous me laisseriez tomber uniquement si vous aviez la certitude de ma culpabilité.
– Je l'ai.
– Non, vous ne l'avez pas ! cria-t-il. Ce que vous avez c'est ce film, et les jérémiades de ma femme. Je n'ai ni enlevé ni tué ces gosses, Graham. Ce film ne me dessert pas ; au contraire, il prouve que je libère ma haine et ma frustration. C'est ma soupape de sûreté, Graham ; celle par où s'échappe la vapeur quand la vision d'un monde parfait m'ennuie. J'aime baiser, j'aime dominer, j'aime hurler mon plaisir. J'aime être le maître. Cela ne fait pas de moi un assassin.
Judith se leva.
– Pour moi c'est terminé. J'en ai assez, dit-elle froidement.
– Je n'ai pas tué ces enfants ! Combien de fois devrai-je vous le répéter ! Si je suis reconnu coupable et condamné, cette affaire sera close et vous serez responsable des meurtres qui suivront.
Connely se cala au fond de sa chaise. Il avait senti la fêlure, encore invisible, dans la détermination de Judith.
– Je ne toucherai plus à Linda.
– Qu'entendez-vous par là ?
Judith lui lança un regard pénétrant.
– Ajoutez cette clause à votre contrat d'abandon et écoutez-moi !
Il se pencha en avant et posa ses avant-bras sur le bureau.
– Il s'agit d'un coup monté. Quelqu'un essaye de

m'incriminer, et il n'y a pas besoin de chercher bien loin pour comprendre qui c'est.

– Vous avez des preuves ? intervint Manny.

C'était la première fois qu'il prenait la parole. Il se tenait debout, légèrement en retrait. Vincent ne daigna pas tourner la tête pour répondre.

– La logique. Il suffit d'un peu de logique. Qui essaye de me mouiller depuis le début ?

Judith se rassit. Elle éprouvait des difficultés à faire la différence entre des soupçons justifiés et les symptômes d'une paranoïa.

– C'est ridicule ! Aucune femme ne serait capable de commettre un acte pareil. Et..., ces enfants ont été enlevés il y a plusieurs mois. Celle à qui vous songez ne se trouvait même pas là.

– Qu'en savez vous ? Vous allez penser que je suis fou, je suppose, dit-il. Mais où est la gamine, Graham ? Elle manque à l'appel.

Il la regarda froidement.

– Il y a quelque temps une femme a essayé de me faire chanter. Une grosse femme, vulgaire, avec une sale verrue sur la lèvre supérieure. Elle prétendait tout savoir de ce qui s'était passé à Paris. Elle n'a jamais repris contact avec moi. Trouvez-la ! Remontez la piste ! Faites votre boulot !

– Où étiez-vous ce fameux mercredi ? demanda Judith fermement.

Vincent se leva et regarda sa montre.

– Je ne sais pas. Peut-être cette femme pourra-t-elle vous le dire ?

Il prit une enveloppe dans la poche de sa chemise et la posa sur le bureau.

– Payez-vous un verre, Graham, et n'attendez pas qu'une autre victime fasse surface pour croire à mon innocence. Faites preuve de discernement.

Il s'immobilisa un instant, jetant un bref coup d'œil sur les diplômes de droit accrochés au mur.

– Vous en avez les moyens, lança-t-il avant de quitter la pièce.

Judith regarda le chèque qu'Otero lui tendait mais ne bougea pas.

– Laissez tomber Manny, je ne vais pas l'encaisser.

– Bien sûr que si vous allez l'encaisser.

– Et pourquoi le ferais-je ?

La question n'était pas de pure rhétorique. Judith avait l'air de désirer honnêtement une réponse.

– Parce que ce trou-du-cul a raison. Tout du moins sur ce point. Il vous paye pour que vous assuriez sa défense, Judith, pas pour que vous soyez sa meilleure amie.

Après un long moment de réflexion, Manny sentit que les scrupules de Judith cédaient petit à petit le pas à sa conscience professionnelle, puis elle partit d'un violent éclat de rire.

– Je cherchais justement un prétexte pour boire un verre, dit-elle.

Elle redevint grave.

– Il est toujours bon de ne pas perdre de vue la vérité, Manny.

– La vérité ! La vérité c'est ce chèque de cinquante mille dollars ! Laissez le reste au jury, Judith, l'État les paye pour ça.

II

Judith ouvrit les yeux et regarda fixement le mur sans bouger. La tequila l'avait plongée dans un sommeil sans rêves. Posant une main sur sa tête, elle entreprit de repousser à coups de pied l'enceinte fortifiée de coussins dont elle s'était entourée.

Elle était consciente que quelqu'un sonnait à sa porte. Pieds nus, elle traversa le carrelage glacé en regardant la lumière du jour par les fenêtres. Elle avait dormi sur son canapé. Elle sentait qu'elle devait faire quelque chose de précis, mais elle ne savait pas quoi.

De l'autre côté de la porte, son visiteur était calme et insistant. Elle finit par se passer un peu d'eau sur le visage, enleva sa robe et mit un peignoir.

Art se tenait sur le perron. Elle regarda sa montre. Il était dix heures passées.

– Entrez, dit-elle.

Il la suivit dans la cuisine. Elle brancha la cafetière, vacilla, et s'appuya au dossier d'une chaise.

– Vous avez tout l'air d'avoir fêté la libération de votre client.

Elle ne parut pas l'entendre et eut un haussement d'épaules. Liep déploya un journal sur la table et posa un sachet en papier blanc.

– Je fournis le journal et les doughnuts, ils viennent de chez Krispy Cream. Vous fournissez le café ?

Après quelques hoquets de vapeur, l'eau cessa de s'écouler à travers le marc qui ressemblait à du sable noir. Judith servit deux tasses, se refusant à ouvrir le sachet de doughnuts.

Art déplia le journal et le tourna vers Judith. L'affaire Connely, dans un papier signé de Liep faisait la une : L'ACCUSATION AU TAPIS. Au milieu de la page, une photo de Judith Graham s'étalait sur trois colonnes.

Le journaliste prit un beignet et mordit dedans. Une odeur de crème à la noisette, chaude et lumineuse, se répandit dans la pièce. Il lui suffisait d'étendre le bras pour toucher ces couronnes brunes et gonflées.

– Savez-vous que ces choses peuvent tuer ? dit-elle avec une conviction forcée.

La sonnerie du téléphone la fit redescendre de ses supputations sur la nocivité des écarts au régime qu'elle s'imposait.

Elle décrocha et écouta un moment.

– D'accord, j'arrive.

Elle raccrocha et respira en frissonnant.

– Des problèmes ?

Elle inclina la tête puis répondit en soupirant :

– J'ai laissé ma voiture au bureau. Pouvez-vous me déposer en ville ? Je serai prête dans cinq minutes, le temps de prendre une douche.

– Vous lirez l'article dans la voiture ! J'ai besoin de savoir ce que vous en pensez, dit Art en attaquant tranquillement un deuxième doughnut.

III

– La police va avoir un quatrième corps, dit Manny en s'asseyant d'un air dégagé.

Le soleil frappait la façade est du building, et Judith se leva pour changer l'orientation des stores. Son estomac gargouillait, rempli à l'excès de café. Elle n'avait pas les idées aussi claires qu'il aurait fallu. Elle jeta un regard à Otero ; il paraissait en meilleure forme qu'elle. Avec la pile de dossiers qui s'accumulait, elle devait faire ses choix entre la nourriture, le travail, la boisson, le sommeil, et le sexe. Ce dernier mot lui parut incongru. Son contenu commençait à dépérir et à dégager une odeur d'album de vieux souvenirs. Il fallait le remplacer par chasteté.

Pourquoi Manny se croyait-il obligé de lui dispenser ce genre de nouvelles avec un optimisme résolu ?

– On l'a identifié ?

– Le cadavre n'a pas encore été retrouvé. Il s'agit d'une femme.

– Une femme !

– Celle dont Connely parlait hier soir.

Judith s'assit derrière son bureau, feuilleta un instant les notes qui se trouvaient devant elle, puis les reposa pour réfléchir.

– Hier soir, commença Manny, après vous avoir raccompagnée, je suis retourné au bar.

Judith se souvenait être entrée dans un bar bruyant

pour accomplir une action précise : se lancer avec distinction à l'assaut d'une bouteille de tequila Gold.

Puis son regard s'était teinté de myopie et ses gestes étaient devenus exagérément méthodiques.

– Ce genre de femme passe inaperçue à LA, expliqua Otero avec le sourire, grosse, hargneuse, cupide. Il y en a des milliers. Heureusement nous avons la verrue ! J'ai fini par dénicher un gros type qui m'a renseigné. J'ai terminé au Queers, une boîte assez glauque.

Quand il était entré, le Queers était plongé dans l'obscurité, avec au programme Melissa Ethridge.

Otero s'était installé au bar. Sur une estrade, un couple de rouquines oscillait nonchalamment. La barmaid, une beauté glacée aux seins nus, avait renouvelé plusieurs fois sa consommation sans qu'il y touche. Il était resté à attendre, jusqu'à ce que la fille derrière le comptoir lui demande d'une voix rauque qui collait à l'endroit :

– Vous cherchez quelqu'un ?

Judith ne semblait pas fascinée par l'accumulation de détails sordides que Manny lui distillait. Il soupira.

– Bref, j'avais quasi atteint les limites de mon imagination, expliqua-t-il, quand elle a fini par me renseigner. La grosse est connue là-bas. La cinquantaine ; une féroce, paraît-il. Une ancienne gardienne de prison reconvertie dans des enquêtes minables. Elle s'appelle Gertrud Hallman. Elle vient picoler et lever des filles quand elle a du fric en poche.

– Comment savez-vous qu'elle est morte ?

Il hésita.

– J'ai vu le corps.

Judith sursauta.

– Rassurez-vous. Personne n'a trouvé le temps de me voir.

Manny raconta comment il avait roulé jusqu'à un motel du vieux quartier de West Hollywood.

– Les fenêtres donnaient sur un parking. Tout à fait le genre d'endroit où se réfugierait un hors-la-loi en fuite. J'ai garé ma voiture loin du halo miteux d'un néon, j'ai allumé un cigare et je me suis mis tranquillement à observer les lieux.

Judith était toujours figée dans une attitude plutôt crispée. Otero se cala davantage dans son fauteuil.

– J'ai repéré la vieille Buick noire à l'arrière enfoncé, poursuivit-il. Au bout d'un moment, je suis descendu et je me suis dirigé vers la porte qui se trouvait juste en face de la Buick : la chambre 220. Il n'y avait aucune lumière, à part une faible lueur qui venait d'un poste de télévision en marche. Par la fenêtre je ne pouvais voir qu'un verre vide posé sur une table. J'ai frappé à plusieurs reprises et, comme personne ne répondait, j'ai fini par ouvrir la porte.

Le regard de Judith était à présent franchement désapprobateur. Il était évident qu'elle détestait ce plan, mais elle était trop fatiguée pour livrer un combat d'arrière-garde. Le mal était fait.

Le calme de l'irrémédiable, de la chose accomplie sans qu'on ne puisse plus reculer, l'avait envahie.

– La grosse était affalée dans un fauteuil, la tête rejetée en arrière. J'ai cru tout d'abord qu'elle dormait. Une boîte de pizza, le modèle familial, était ouverte à ses pieds. Elle avait tout mangé, à part quelques morceaux de croûte. J'ai cru que cette masse était en train de digérer ; en fait aucune respiration ne s'en échappait. Elle était morte. On l'avait étranglée. Le visage était violacé, la corde encore autour du cou.

– Morte depuis longtemps ?

– À mon avis non. Quelques heures.

Judith l'écoutait, tête baissée comme une enfant triste. Il n'y avait rien d'enfantin dans son regard.

– La police va enquêter. Elle risque de remonter jusqu'à vous.

– Ils n'iront pas si loin.

– Pourquoi ?

Il sortit son calepin, déchira une feuille et la tendit à Judith.

– J'ai relevé le numéro inscrit sur le morceau de papier qu'elle tenait dans la main gauche. C'est le direct de Connely au Normandy. J'ai vérifié.

Le café continuait à faire des siennes. Elle grimaça.

– Un peu gros, non ?

– Cela dépend de la façon de voir les choses. Matériellement, depuis sa sortie de prison, il a eu la possibilité de le faire. Il avait aussi une bonne raison de s'en débarrasser ; elle le faisait chanter. Cela risque d'être embarrassant pour lui, étant donné les circonstances.

– S'il avait l'intention de la tuer, il ne nous en aurait pas parlé, fit remarquer Judith ; pas dans sa situation. Vous avez trouvé autre chose ?

– Un tas de choses. Le cinéaste amateur, c'est elle. Il y avait une caméra vidéo sur le lit, et un dossier plein de coupures de journaux sur l'affaire de Paris.

Judith lui adressa un sourire qui la rendit honteuse de ses pensées.

– Vous avez fouillé son sac, je suppose ?

– Hum ! Hum ! Il y avait plus de trois mille dollars, en billets de cent.

– Apparemment le vol n'est pas le mobile. Elle avait un carnet d'adresses ?

– Non.

Otero se leva et prit le petit magnétophone dont Judith se servait pour dicter son courrier. Il éjecta la cassette qui s'y trouvait et en introduisit une autre, tirée de sa poche.

– Écoutez, dit-il.

La voix de Connely était reconnaissable ; l'autre devait être celle de Gertrud Hallman.

– C'est l'entrevue où elle menace de tout révéler à la presse s'il ne paye pas, remarqua Judith.

– La suite est beaucoup plus intéressante.

Un bruit de circulation bourdonnait dans le haut-parleur. Il y eut une sonnerie et quelqu'un décrocha.

– C'est moi. Je vous écoute.

– ...

– Il est d’accord pour payer. Je lui ai donné une semaine.

– ...

– OK. Même jour, même heure.

Manny arrêta le magnétophone.

– Une cabine publique. On n’entend que la voix d’Hallman, pas celle de son correspondant, expliqua-t-il.

– Pourquoi ?

– Elle a dû essayer de coller une ventouse sur l’écouteur, mais ça n’a pas marché.

Il remit en marche l’appareil. Cette fois-ci, à la place de la voix du correspondant d’Hallman, ils entendirent un grésillement.

Judith lança un regard à Otero ; ce dernier haussa les épaules dans un geste d’ignorance.

– Vous vous foutez de moi ! hurlait Hallman. Il est en tôle, il pourra pas payer.

– ...

– Qu’est-ce qui me le garantit ?

– ...

– Si vous êtes sûr qu’il est coupable, je vois pas pourquoi les flics le relâcheraient !

– ...

– Il me faut une avance.

– ...

– Non. Quatre mille. Demain. Au motel.

Judith était désappointée et soulagée. Après tout, il existait maintenant une possibilité pour que Connely fût la victime d’un coup monté.

– On ne peut pas en tirer grand-chose, si ce n’est que quelqu’un s’intéresse de près à cette ordure, dit Manny avec une lenteur délibérée.

– À première vue pour lui soutirer de l’argent, mais je n’en suis pas sûre, dit-elle.

– Cela nous fait un deuxième suspect pour le meurtre d’Hallman.

– Dans combien de temps croyez-vous que le corps sera découvert ?

– Je ne sais pas.

Judith fit le tour de son bureau et retira la cassette du magnétophone. Elle la tournait et la retournait entre ses doigts comme si elle ne savait trop quoi en faire.

La bande audio posait un problème. La communiquer à Madsen mettrait Otero dans l'embarras. Elle tendit la cassette à Manny.

– Il faut essayer de la remettre en place, Manny. Je ne peux pas être complice de dissimulation de preuves, et... de tout le reste.

Un silence, puis :

– N'oubliez pas d'effacer les empreintes.

Elle lui tendit un mouchoir en tissu. Il éclata de rire.

– Pour qui me prenez-vous ! C'est une copie. L'original est toujours dans le sac de Hallman.

Elle secoua la tête puis lui sourit.

– Vous êtes un vrai pro, Manny.

– Je crois que c'est ce que vous attendez de moi, répondit-il sans fausse modestie.

Il étouffa un bâillement. Elle lui demanda :

– Vous avez dormi ?

– Aussi surprenant que ça puisse paraître, oui.

Il ajouta, sérieux :

– Qu'est-ce qu'il faut en déduire ?

Judith poussa un long soupir.

– On ne peut pas chercher dans cette direction avant que la police ne découvre le corps. C'est trop dangereux.

Elle demeura songeuse, et réfléchit quelques secondes avant de reprendre :

– Si Madsen arrête de nouveau Connely pour ce meurtre, la bande va lui poser un problème.

Après un silence, Manny demanda :

– Qu'est-ce qui ne colle pas ?

Il lisait dans ses pensées.

– Je ne sais pas. Quel est le point commun entre tous ces événements ? Connely. Exact ?

– Exact.

– Qu'est-ce qui pousse ce type à sortir d'une torpeur de plus de dix années ? Sa pulsion ? Il semble avoir trouvé un moyen de l'assouvir ; nous avons le film de la mère Hallman. Il n'y a aucune preuve matérielle contre lui, et voilà que d'un coup il perd les pédales, se précipite au motel, tue la bonne femme et laisse un tas d'indices qui pointent dans sa direction. Je me trompe ?

– J'ignore tout des perversions sexuelles, dit Manny. C'est votre rayon. Peut-être est-il en train de manipuler tout le monde ?

– C'est possible. Par contre, nous allons avoir bientôt de ses nouvelles. Ça, j'en mettrai ma main au feu.

11

I

LINDA fit couler l'eau dans la baignoire et en régla la température. Elle demeura assise sur le rebord de marbre, regardant l'huile parfumée s'étirer en filaments dorés avant de disparaître dans le tourbillon du jet. Lorsque le niveau acceptable fut atteint, elle ferma le mélangeur.

Elle descendit au rez-de-chaussée, remplit un grand verre avec des glaçons et de la vodka, et remonta se glisser dans son bain.

Pour la première fois, son sentiment de frustration s'atténuait. S'être confiée ainsi à cette avocate était l'acte le plus courageux et le plus excitant : son mari était un sadique qui la battait et la sodomisait.

Elle aurait aimé oublier jusqu'à son existence. Ce serait difficile. Elle ferma les yeux sous le double effet de la chaleur et de l'alcool.

Judith Graham avait certainement mis Vincent en garde ; Linda l'avait deviné à l'expression de son visage. Un masque glacé mais sans colère ; méprisant.

Linda se sentait un peu plus rassurée. Il n'habitait plus la maison. Il occupait une suite au Normandy. Il était passé chercher ses affaires et lui avait à peine adressé la parole.

Quand elle était rentrée chez elle, tôt dans la soirée, la Bentley noire n'était plus garée sur l'allée circulaire, près de la porte d'entrée.

Elle sentit un flot de rage l'envahir au souvenir de sa soumission totale envers lui ; sans parler de l'étalage de ses folies meurtrières dont elle ne s'était jamais doutée. Il l'avait salie et contaminée.

Par la baie vitrée, elle voyait les silhouettes familières des arbres agités par la brise, et l'éclat bleuté de la piscine qui se reflétait sur les troncs. Ces murs n'emprisonneraient pas son futur, se dit-elle.

Elle avait dû s'endormir. La tiédeur de l'eau la réveilla. Son front pourtant était couvert de sueur. Le verre de vodka était vide. Elle se rinça et enfila un peignoir.

Elle avait faim. Elle alla dans la cuisine et se prépara un sandwich. Elle prit une bière glacée et remonta dans sa chambre. Elle s'allongea sur son lit, et lissa ses longs cheveux noirs derrière ses oreilles.

Une vraie soirée de liberté. Pour elle. Elle avait donné congé à la gouvernante, et son fils dormait chez un ami.

Tout ce qu'elle avait accumulé il fallait le réduire en miettes, le balayer : cette maison, cette ville, cet homme, jusqu'à sa propre famille. Seul son fils comptait, et elle se sentait terrifiée à l'idée de le laisser grandir sous la poigne de son père.

II

Il émergea de la nuit. Sa combinaison de plongée brillait sous la lune. Il venait de traverser le canal : une cinquantaine de mètres dans une eau pas encore rafraîchie par le flux montant de la marée. La brise marine faisait clapoter la surface et dissimulait son sillage.

Cela ne lui avait pris que quelques minutes. Un terrain non construit, une clôture enveloppée par l'ombre des feuillages lui avaient permis de se glisser sans attirer l'attention.

Il s'allongea sur le rebord de la piscine. Il entendait le bruissement des palmiers au-dessus de sa tête et les murmures menaçants de cette créature en lui qui gonflait son esprit d'une densité tordue, ployée. Il sentait l'odeur chaude et douce, théâtre du sang.

Il se redressa et contourna la façade principale de la maison.

Mis à part la lumière au premier étage, et la cuisine éclairée, elle était plongée dans le noir. Le système d'alarme n'était sûrement pas branché car plusieurs fenêtres étaient entrouvertes.

Il repéra la boîte d'arrivée des fils téléphoniques, juste à côté des garages, près des groupes de climatisation qui tournaient à plein régime dans un sifflement qui emplissait le silence de la nuit. Il les déconnecta. Il hésita une seconde devant l'interrupteur général de courant, mais se ravisa. Il aurait besoin de lumière pour son spectacle.

Il retourna sur la terrasse et n'eut aucune difficulté à s'introduire dans le grand salon en forçant l'une des larges baies qui donnaient sur la piscine.

Il ouvrit la fermeture Éclair de sa veste et sortit une cagoule de cuir qu'il enfila. Il contempla quelques instants la lame du couteau qu'il venait d'extraire de son fourreau, une lame effilée, avec un bord cranté, pour les os.

Le besoin d'enfoncer cette lame, de fouiner et de fouiller ; le besoin de sentir le plaisir pur de la douleur jaillir sur lui quand il inciserait son ventre lisse ; le besoin de mordre et d'arracher ces ridicules attributs masculins.

Il ne pouvait plus contenir son envie.

Celui-là, il le percerait à mort, devant sa mère. Une nouvelle touche. Elle aurait la première du spectacle. Cela donnerait du piquant à son divertissement.

Il ne s'agissait pas là d'exprimer un quelconque instinct sauvage ou animal ; il s'agissait d'un acte de communication, d'une volonté consciente de défier l'ordre moral et le système. Il s'agissait d'un acte de cruauté situé bien au-delà de la bestialité. Il s'agissait un acte de foi. Mais elle ne comprendrait pas. Pour la satisfaction de son plaisir, rien, si ce n'est lui-même, n'avait de valeur à ses yeux.

Comme les fois précédentes, tout se rejoindrait dans une extase d'un paroxysme tel qu'une poigne invisible s'emparerait de lui et le secouerait jusqu'au dernier de ses nerfs, dans un bouleversement si intense que seuls la souffrance, le sexe et le sang, combinés dans ce sacrifice, seraient capables d'induire.

Cette vision, qui se glissait dans ses pensées, prenait le contrôle de ses sens. Il sentit son sexe se tendre et devenir dur, aussi dur que cette lame.

Cette sève le brûlait et le glaçait à la fois. Elle avait cette qualité particulière qu'il ne pouvait la garder longtemps prisonnière. Il devait libérer son effervescence pour recevoir le message de sublimation et le déchiffrer.

Le poids devenait de plus en plus lourd ; depuis quelque temps, les méthodes qu'il s'était inventées pour endormir ses penchants pervers étaient de moins en moins efficaces.

Après, il emporterait le corps de la femme et il l'égorgerait. Il apporta quelques retouches à ses visions, comme un artiste à l'affût d'un détail inattendu dont la beauté ne l'aurait pas encore frappé.

Il laisserait un message, comme il l'avait fait pour les trois trophées qu'il avait suspendus à la Delta. Au-delà des constituants, des apparences, personne n'avait décelé cette structure sous-jacente ; aucun n'avait été capable de réunir ces éléments disparates en un tout harmonieux, pour comprendre la signification profonde et les mécanismes de son inspiration.

Il commença à monter les escaliers. Lentement. Arrivé sur le palier, il vit au fond du couloir obscur la chambre éclairée. Il s'approcha. Ses bottillons de caoutchouc faisaient un léger bruit de succion sur le carrelage, mais il ne s'en soucia pas.

Un bruit bizarre l'alerta. Il se colla au mur et se glissa vers le panneau de lumière qui saillait tout au bout. Il était à quelques centimètres et des gémissements emplissaient maintenant la pièce. Ils devenaient de plus en plus incontrôlables. Il s'agenouilla et jeta un bref coup d'œil pour essayer d'en découvrir l'origine.

Assise sur une chaise, les jambes écartées, Linda se caressait avec un vibromasseur devant une glace murale qui lui renvoyait son image. Son bas-ventre était secoué par des soubresauts. Il vit les longues jambes se raidir, et les orteils laqués de vernis rouge se crisper. Elle fut prise d'un tremblement.

L'espace d'un instant il sentit un léger frisson d'excitation, qui fit immédiatement place à de la colère et de la fureur ; une fureur primitive.

De toute évidence, elle était seule !

Il recula en chancelant, sa vigueur l'ayant quitté brusquement. Il s'était imaginé être à la fois le scénariste, le producteur, le metteur en scène, et l'acteur principal de cette représentation unique ; il avait préfiguré les émotions qui le traverseraient ; les jeux de scène de l'autre acteur, et les sentiments de son unique spectateur : surprise, amour, espoir, haine, danger, mort.

Sa création s'écroulait. C'en était fini de cet instant magique où il se tiendrait au milieu du chaos, jouant avec les possibilités que la mère et le fils lui offriraient.

Une autre motivation, plus obscure, devait se substituer. Les lignes de son projet s'effaçaient pour laisser place à une angoisse inquiétante. Il se dit qu'il lui fallait improviser, créer un terrifiant monument de douleur, qui plaiderait sa propre cause vis-à-vis de lui-même, qui rachèterait son lamentable échec.

Il se déplaça rapidement ouvrant une à une les portes des chambres qui donnaient sur le couloir. Elles étaient toutes vides.

III

Les yeux mi-clos, avec un gémissement de soulagement, Linda se laissa aller contre le dossier de la chaise. Elle se sentait mieux. Elle aurait bien voulu laisser encore le plaisir la secouer, mais elle ne parvenait plus à se détendre complètement.

Bizarrement, avec une conscience aiguë, elle ressentait la présence de quelque chose qui attendait de surgir.

Vincent était-il de retour ? Le temps s'était arrêté et elle ne se souvenait pas d'avoir entendu le moteur de sa voiture, ni la portière claquer. Elle rangea le vibromasseur dans un tiroir, sous une pile de lingerie, et enfila un peignoir.

Soudain, elle entendit quelque chose bouger derrière elle et se retourna.

Une ombre se tenait dans l'embrasure de la porte. Un homme. Il était grand, vêtu d'une combinaison noire. Il portait une cagoule et des gants de caoutchouc. Il fit trois pas dans la pièce et lui adressa un signe de tête.

Elle crut reconnaître la silhouette.

– Vincent ? dit-elle, d'un air hésitant.

À la pensée qu'il avait peut-être assisté à la scène, elle se sentit rougir.

Il inclina la tête.

– Que fais-tu ici ? demanda-t-elle en s'éclaircissant la voix d'une toux nerveuse.

Elle distinguait mal son regard, mais sentait une odeur de caoutchouc mouillé.

– Depuis quand es-tu là ?

Il avança d'un pas. Pourquoi portait-il des gants ? Il ne voulait pas laisser d'empreintes. Il était venu pour la corriger et l'assassiner. Il ne lui pardonnait pas le fait d'avoir trahi son secret, de s'être confiée à cette avocate.

Elle recula jusqu'à ce que le montant du sommier heurte le creux de ses genoux. Elle ne le quittait pas des yeux. Elle fit quelques pas sur le côté, essayant de mettre le grand lit entre elle et lui.

Il eut un petit mouvement du bras. Elle aperçut qu'il tenait à la main quelque chose de brillant. Un couteau.

Elle avait cessé de reculer. Elle demeurait pétrifiée. Il continuait à avancer. Il posa une main sur sa poitrine, entrouvrit le peignoir, caressa l'un des mamelons puis le tordit sauvagement.

Malgré la douleur, elle se dégagea et chercha à le contourner pour s'enfuir dans le couloir.

Il fut plus rapide. Il se trouva de nouveau devant elle. Elle se heurta à lui. Il avait des muscles durs. Elle courut se réfugier à l'autre bout de la pièce. La salle de bains se trouvait malheureusement de l'autre côté. Elle aurait pu s'y enfermer. C'était trop tard. Elle vit à son regard qu'il avait deviné son intention. Il ferma la porte de la chambre et donna un tour de clé.

Peut-être cherchait-il seulement à l'effrayer, à lui donner une leçon. Ce devait être ça. Il fallait parlementer, s'excuser, s'abaisser. Il aimait la voir s'humilier.

Elle ne quittait pas des yeux le couteau. Il pouvait l'enfoncer dans sa chair, la mutiler, la défigurer. Sa vue se brouillait, et dans une réaction animale elle s'était mise à haleter. Elle était prise au piège.

Il fut sur elle sans qu'elle ait eu le temps d'esquisser le moindre geste, et lui porta un coup sur le côté de la tête. Elle ne s'effondra pas, mais se recroquevilla. Il la saisit alors par l'épaule et l'attira à lui. Elle n'essaya pas de se dégager mais se plaqua contre lui et tenta de lui donner un coup de genou dans le bas-ventre. Elle n'avait pas assez de recul, et n'obtint aucun résultat.

Elle devina son menaçant sourire. Les yeux étaient froids, sans trace de vie.

– Pour l'amour du ciel, cria-t-elle, arrête ! Je ferai ce que tu voudras.

Au même instant il la frappa violemment en plein visage avec le manche du couteau. Une vague blanche de douleur la fit tomber à genoux et une nausée lui souleva le cœur. Les débris d'os de son nez brisé obstruaient ses narines et l'empêchaient de respirer. Le sang ruisselait de son visage et coulait dans sa gorge. Elle tomba sur le sol, un bras replié sous elle. Elle était prise de tremblements et des mouvements convulsifs agitaient ses jambes.

Elle sentit qu'il glissait une main sous le peignoir. Elle essaya de lever le bras dans un geste de supplication, mais il ne faisait que la tirer doucement, par saccades, jusqu'à l'autre bout de la pièce. Au travers d'un brouillard de taches de couleur, comme une vague de conscience entre ses yeux, elle le vit s'asseoir sur le dessus-de-lit à motifs fleuris.

Alors qu'elle commençait à croire qu'il avait terminé de lui jeter sa haine et sa monstruosité au visage, il s'agenouilla sur elle, découpa son peignoir, et quelque chose pénétra en elle. Elle crut qu'il était en train de la violer, puis le froid et la douleur explosèrent dans son ventre et, malgré son désir de hurler, aucun son ne put sortir de sa gorge. La lumière se mit à disparaître comme celle d'un objectif qui se referme.

12

I

L'OFFICIER de police Juan Vargas, qui patrouillait sur Hollywood Boulevard, fit faire demi-tour à son véhicule et enclencha la sirène.

– Alerte à toutes les patrouilles, disait la voix dans l'émetteur. 911 signale un appel sur téléphone cellulaire à 22 h 10. Le numéro est enregistré au nom de Linda Connely habitant Venice Beach. Le correspondant reste muet.

Vargas traversa en trombe le boulevard et remonta vers le nord. Le trajet lui prit sept minutes. La grille du portail était ouverte, il s'engagea dans l'allée, arrêta la sirène et se gara devant une large véranda, sur l'aire nord de la résidence.

Il était le premier sur les lieux. Il laissa tourner les gyrophares, coupa l'allumage et descendit de voiture.

Il garda le contact avec le dispatcher par le moyen d'un micro épinglé à sa bretelle gauche et relié à un émetteur-récepteur fixé à sa ceinture.

Il éclaira les alentours de sa torche électrique ; aucune ombre suspecte ne se mouvait parmi les massifs de fleurs et les palmiers. Il attendit un moment, écoutant attentivement.

Un reflet métallique éclairait la façade sud de la maison. Probablement la piscine, se dit Vargas ; elle devait faire face au canal.

Il se remit en marche, et s'assura en premier lieu que la porte qui s'ouvrait sur la véranda n'avait pas été fracturée.

Aucune lumière ne brillait à l'intérieur de la maison, mais tout paraissait paisible. L'émetteur grésilla.

– La compagnie du téléphone signale que les lignes sont coupées, officier.

Les tacos et la salsa piquante commencèrent à peser dans son estomac. Vargas sortit une bouteille de Pepto-Bismol et en avala deux gorgées. Le liquide avait un goût de framboise chimique qui le fit frissonner.

Il repéra la boîte ; les fils étaient bien arrachés. Malgré la brise, l'atmosphère se fit soudain lourde et suffocante.

Vargas sortit son arme, et se dirigea vers la façade principale, cherchant à percevoir des signes de mouvement. Il fit un détour, pour ne pas s'exposer à un tir qui aurait pu provenir de l'intérieur.

Dans la piscine, deux fauteuils gonflables dérivaient. Au fond du jardin, il distingua les contours d'un bungalow.

La salle de séjour, dont il apercevait une partie, était obscure et silencieuse. L'une des baies coulissantes était ouverte. Il se ramassa sur lui-même, le revolver pointé à bout de bras, et d'un bond franchit l'ouverture, écartant brutalement les voilages qui ondulaient doucement sous l'effet de la différence de pression causée par l'air climatisé.

Les formes massives qu'il distinguait dans la pénombre n'étaient que des fauteuils, des chaises, des tables basses, et deux grands canapés. Des meubles coûteux, harmonieusement disposés.

Il s'identifia.

– Police !

Il n'y eut pas de réponse. Rien que le silence. Il n'entendait que sa propre respiration. Prudemment, il se redressa. Personne ne lui tira dessus.

Il vit une faible lueur orange scintiller sur le mur. Il tâtonna pour trouver l'interrupteur, gardant son arme braquée dans l'attente d'une cible potentielle.

Une rampe lumineuse, cachée par l'avancée d'un faux plafond, s'éclaira. Il n'y avait rien de suspect, pour autant qu'il pouvait en juger.

Il s'avança vers un coin de la pièce d'où l'on découvrait la salle à manger et une cuisine. Elles étaient vides. Il regagna l'entrée et se mit à ouvrir les portes : chambre à coucher, salle de bains, bureau, cabinet de toilette. Il ne décelait rien d'anormal.

Le haut-parleur grésilla à nouveau.

– Deux voitures seront sur les lieux dans moins de trois minutes.

Il se pencha vers le micro et murmura :

– Les fils du téléphone ont été arrachés. Je suis à l'intérieur de la maison. Pas d'activité suspecte au rez-de-chaussée. Je monte au premier. Il y a un bungalow dans le jardin. Je n'ai pas eu le temps de vérifier.

Il monta les marches une à une, le dos collé au mur, son bras droit tendu en avant, appuyant au fur et à mesure sur tous les interrupteurs qu'il rencontrait. Il gardait son revolver tendu à bout de bras, balayant l'espace devant lui.

Le couloir était sombre, il l'éclaira. Les portes, dont il apercevait les embrasures sombres, étaient entrebâillées.

Dans la troisième chambre, tout était saccagé. Les vêtements avaient été sortis des placards et lacérés ; le mobilier renversé et brisé ; la literie portait de longues estafilades et le matelas était éventré. Les jouets avaient été piétinés et les photos sorties des cadres et déchirées.

Celui qui s'était livré à ce carnage avait dû agir sous l'emprise de la fureur, mais avec méthode. Rien n'avait été négligé.

Vargas continua d'avancer. Il lui restait une dernière pièce à visiter. Il entendit les sirènes des voitures de renfort qui arrivaient. Elles remontaient l'allée, puis les sirènes cessèrent de hurler.

La porte de la chambre était fermée. Il hésita un instant, se demandant s'il allait attendre ses collègues dans le couloir avant d'ouvrir cette porte.

Il se plaça sur le côté, saisit le bouton et le tourna jusqu'à ce que le pêne fût complètement dégagé de la gâche. Il y eut un petit craquement étouffé. Il poussa la porte et se replia aussitôt pour se mettre à l'abri d'un éventuel assaut.

Aucun coup de feu. Aucun signe de vie. Derrière le halo de lumière du corridor, régnait une totale obscurité.

Puis Vargas sentit l'odeur. C'était la seule chose qui s'échappait de la pièce. Une odeur lourde, une odeur reconnaissable entre toutes.

Un bruit l'alerta. Il se retourna vivement, pointant son revolver vers l'autre extrémité du couloir.

Il reconnut Castillo, un autre officier en uniforme. Il baissa son arme. Vargas lui fit signe de s'approcher doucement. Ils gardèrent le silence un moment, l'oreille aux aguets.

– Nom de Dieu ! dit Castillo.

Il venait de remarquer l'odeur.

– On y va ! lança Vargas.

Il passa devant et pénétra le premier dans la pièce. Castillo la balaya de sa torche sans rien accrocher d'inquiétant. Puis Vargas trouva le commutateur.

– Madre de Dios, murmura Castillo, retrouvant instinctivement sa langue maternelle.

Après un rapide coup d'œil, les deux hommes ressortirent et s'adossèrent au mur. Ils remirent leurs armes en place. Vargas avait l'estomac crispé ; il but la moitié de la bouteille de Pepto-Bismol. Il s'essuya les lèvres, laissant une traînée rose sur le dos de sa main. Castillo était livide.

– J'y retourne, dit Vargas.

Castillo eut un hochement de tête.

– Nous avons un cadavre, déclara Vargas dans le

micro. Un cadavre de femme. Mort violente. Il y a du sang partout.

La femme était nue. Une traînée sanglante laissait supposer qu'elle avait rampé jusqu'au téléphone cellulaire pour appeler à l'aide ; l'appareil gisait à côté d'elle, hors de son support de recharge.

Vargas se pencha et écarta délicatement les cheveux qui masquaient le visage. Le nez et plusieurs dents étaient écrasés ; le sang s'était en partie coagulé en protubérances brunes ; la blessure continuait à suinter.

Les connaissances de Vargas en anatomie étaient primaires. Il n'osa pas retourner le corps.

En se penchant davantage, il distingua de petites bulles mousseuses sur les lèvres de la victime. Il posa deux doigts sur l'une des carotides, ferma les yeux, cherchant à saisir la plus faible pulsation. Il sentait quelque chose, presque imperceptible, mais le cœur battait toujours.

– Elle est toujours en vie, se mit-il à hurler dans son micro. Vite ! J'ai besoin d'une ambulance !

Castillo lui fit un signe, il désignait le montant du lit. Vargas se redressa. La femme avait tenté d'écrire quelque chose.

– La brigade criminelle ne va pas tarder à arriver. C'est leur boulot, fit-il remarquer à son collègue. Essayons de la maintenir en vie.

Il ne savait trop quoi faire. Il prit une couverture dans un placard et recouvrit délicatement le corps. Castillo et lui firent une prière.

Lorsque les premiers secours arrivèrent, Linda avait cessé de vivre.

II

Il était agenouillé sur le carrelage du bungalow, suivant du regard l'officier qui s'apprêtait à pénétrer dans la maison. C'était le premier arrivé.

Cinq minutes silencieuses s'étaient écoulées quand les fenêtres du premier étage s'éclairèrent.

Il se leva pour rétablir la circulation dans ses jambes. La vision de ce qu'il avait laissé en haut ne l'avait que médiocrement soulagé. Elle assaillait ce vertige enfoui dans la face cachée de son cerveau, le regard de ses jeunes victimes dans lequel il se plongeait, les marques bleutées de la souffrance ; ces moments lui permettaient de franchir ses propres limites, l'entraînaient « au-delà », dans une autre dimension où tout s'épanouissait, et où se découvrait brusquement un ciel de cristal couleur de sang.

Il sentit de nouveau la chose le torturer, lui tordre le ventre, s'emparer de son esprit.

Les sirènes déchirèrent le silence de la nuit. Il se dirigea vers la petite terrasse qui donnait sur le canal. Il se glissa dans l'eau. Il n'avait aucun mouvement à faire. Il flottait, se laissant dériver dans le courant, songeant à ce qui allait apaiser sa souffrance.

Un peu plus tard, à l'entrée de l'impasse où se trouvait la résidence de Connely, au milieu de la confusion des voitures officielles personne ne remarqua la Mercedes noire qui s'arrêta quelques instants, puis repartit.

13

I

Judith Graham bien qu'absorbée dans ses pensées, jeta un bref regard sur l'écran de télévision. Elle augmenta le son, le corps de Gertrud Hallman avait été découvert dans la nuit.

Une seconde avant que la sonnerie du téléphone ne résonne, elle eut le pressentiment qu'elle allait recevoir un appel. Elle décrocha sans grand enthousiasme.

– Madame Graham ?

Elle reconnut la voix. Derrière les mots, elle sentait arriver un front orageux. Elle décida de résumer ses répliques à des phrases courtes. Elle ferma les yeux.

– Oui.

– Peter Madsen à l'appareil.

Il paraissait en colère.

– Nous allons de nouveau arrêter votre client.

Ce n'était pas vraiment une surprise. Elle s'y attendait, après l'annonce de la découverte macabre du motel.

– Sur quelles bases ?

– Pour le meurtre de sa femme.

Judith fut décontenancée. C'était une avocate avisée, aux défenses éprouvées de longue date, mais Madsen la cueillait à froid.

– Mon Dieu ! Que s'est-il passé ?

– Votre client l'a étripée dans sa propre chambre à coucher.

– Oh, non !

Madsen répliqua d'un ton acide :

– Vous avez rendu un fameux service à cette femme en réussissant à convaincre le juge de libérer Connely sous caution.

– Ne libérez pas votre frustration sur moi, Peter. Je connaissais Linda certainement mieux que vous. C'est un choc, croyez-moi, répliqua-t-elle avec sécheresse.

Elle avait repris le dessus. Elle s'attendait à entendre Madsen lui parler du cadavre Hallman. Comment Connely avait-il pu assassiner sa femme ? Cela semblait impensable.

– Comment êtes-vous arrivé à cette conclusion ? Vous avez la preuve de sa présence sur les lieux du crime ? demanda-t-elle.

Elle retint sa respiration, se demandant si Madsen allait répondre.

– Vous l'apprendrez, de toute façon, Linda a désigné son agresseur avant de mourir... en lettres de sang.

– Qui vous a prévenu ?

– Je ne peux pas vous le dire. Pas encore.

– Où est mon client ?

– Je ne sais pas. Je vous laisse jusqu'à... aujourd'hui dix-sept heures pour le convaincre de se présenter au premier poste de police. Passé ce délai...

Madsen raccrocha sans lui avoir parlé du motel. Il gardait ce meurtre dans sa manche, mais l'acte d'accusation l'annoncerait. Judith n'avait aucun doute là-dessus.

Connely avait assassiné sa femme parce qu'elle avait engagé quelqu'un pour le surveiller et le faire chanter. Qui d'autre aurait pu charger Hallman d'une telle mission ? La caméra dans la chambre du motel, le film que Judith serait contrainte de remettre au district attorney, et enfin l'enregistrement dans le sac d'Hallman étaient les traits d'union dont se servirait Madsen pour établir le motif et relier les deux meurtres.

Judith nota sur son bloc les premiers éléments de contradiction qui lui venaient à l'esprit :

1) Le commanditaire d'Hallman n'était pas identifiable.

2) Linda n'avait aucune raison de faire chanter son mari. Elle aurait pu, si tel avait été le cas, se servir éventuellement de la bande vidéo pour appuyer un divorce et obtenir la garde de son enfant. Prendre le risque d'extorquer un demi-million de dollars à un homme que l'on craint, surtout si l'on dispose soi-même de plusieurs millions, représentait une motivation assez peu crédible.

3) Rien ne prouvait que Connely ait assassiné Hallman.

4) Enfin, pourquoi Connely laissait-il traîner derrière lui un tas d'indices qui pointaient dans sa direction ?

Tout s'élargissait en cercles concentriques, comme les ondes dans une mare où l'on a jeté un caillou. Ses doutes au sujet de la culpabilité de son client commençaient réellement à croître.

À présent il lui fallait trouver Vincent Connely et le convaincre de se rendre aux autorités.

II

Le même jour, à dix-huit heures, William Ingham, le chef de la police de LA, s'apprêtait à donner une conférence de presse.

Judith avait cherché sans succès à entrer en contact avec Vincent durant toute la journée. Il demeurait introuvable.

Dans son bureau du centre-ville, installée avec Manny Otero devant l'écran de télévision, elle attendait le début de la conférence.

Une bonne douzaine d'officiels, certains en grand uniforme de la police, se tenaient sur le podium.

La mort stimule les médias. Les rebondissements de cette affaire avaient rempli de journalistes la salle de presse de l'hôtel de police. On n'attendait plus que le chef Ingham.

Ce dernier était plutôt mal à l'aise. D'une certaine façon, ils avaient un coupable ; c'était déjà ça. Mais aussi deux cadavres de plus, dont celui de Linda.

Il s'agissait de la fille d'un des meilleurs amis du maire, un leader de la communauté mexicaine.

Eduardo Navarro, le maire, un Mexicain lui aussi, lui avait donné quarante-huit heures pour obtenir des résultats, et cela lui laissait un petit goût de cendre dans la bouche.

– Putain de chicanos de merde ! jura-t-il.

Ça lui avait échappé, mais c'était juste dans son cerveau. L'ordre n'avait pas été transmis aux cordes vocales, un mécanisme de sécurité avait tué le messager. L'assortiment de fusibles, l'arsenal de molécules, que développe tout esprit contraint de dissimuler en permanence sa véritable nature, avaient joué pour prévenir le déraillement, arrêter le geste révélateur et réduire le mot en image.

Ingham se jeta un dernier regard dans le miroir, s'efforça de rentrer son ventre et se tourna avec une lassitude résignée vers la porte.

Il régnait dans la salle climatisée une odeur de prédateurs. L'armistice ne durait jamais longtemps. La police en faisait trop ou pas assez. Les services étaient corrompus, les officiers incapables, et toute la corporation était engagée dans de vastes étendues où planaient le silence et l'information tronquée.

Ingham, dans son impeccable uniforme noir à boutons dorés, se dirigea vers la console qui occupait le centre de l'estrade, sortit le papier qui contenait sa déclaration, le posa devant lui, et mit ses mains de chaque côté du pupitre en bois verni.

Il jeta un regard en coin à son état-major, qui faisait cercle autour de lui.

Heureusement, dans la salle il y avait quelques journalistes favorables. Des lèche-culs, à qui l'on faisait sauter les contraventions.

Il prendrait leurs questions en dernier, le public resterait ainsi sur une bonne impression.

Il leva la main pour obtenir le silence, s'assurant que les caméras des chaînes de télévision étaient tournées vers son bon profil.

Il tapota sur les micros, puis se mit à lire d'une voix autoritaire la déclaration tapée à la machine qu'il avait devant lui.

– Depuis dix-sept heures ce jour, Vincent Connely est un fugitif recherché activement par toutes les polices de l'État. Il est suspecté du meurtre de Linda Connely, son épouse, meurtre survenu la nuit dernière à leur domicile de Venice Beach. L'État désire également interroger M. Connely sur un autre assassinat, celui d'un enquêteur privé, Gertrud Hallman.

Ingham marqua un temps d'arrêt, puis reprit :

– Vincent Connely est considéré comme armé et extrêmement dangereux. Par ailleurs, des éléments nouveaux nous ont permis d'établir un parallèle entre ces deux crimes et la série de meurtres particulièrement terribles qui a affecté notre communauté.

Il replia son papier et le mit dans sa poche. Il s'efforça de prendre un air à la fois dégagé et sérieux.

– Des questions ? dit-il promenant son bras tendu sur l'assemblée de journalistes, se donnant le temps de choisir les moins vénéneux.

– Comment est morte Mme Connely ?

– Mme Connely a été poignardée. Elle est décédée des suites de ses blessures.

– Où se trouve son mari ?

Ingham ne se donna pas la peine de répondre.

– Quand comptez-vous l'arrêter ?

– Incessamment, répondit-il.

Les questions fusaient sans ordre, et se faisaient de plus en plus serrées ; les visages devenaient de plus en plus anonymes. Il en oubliait sa stratégie.

– Pourquoi est-il soupçonné du meurtre de sa femme ?

– Cela relève du secret de l'instruction. Disons que nous avons de très sérieuses présomptions.

– Qu'est-ce que cette histoire d'enquêteur privé ? lui demanda l'un des chroniqueurs du *Herald*.

Ingham eut une grimace qui pouvait passer pour un sourire entendu.

– Désolé, Ron, mais l'enquête est en cours et je ne peux pas vous en dire plus.

– A-t-on une piste concernant le quatrième enfant disparu ? s'écria un autre.

Ingham fit comme s'il n'avait pas entendu.

– En quoi tous ces meurtres sont-ils liés ?

C'était une question pertinente. Il chercha celui qui l'avait posée. Il reconnut Art Liep. Il pouvait lâcher un peu de lest sans trop s'avancer.

– Selon les premières expertises, l'arme serait la même.

– Vous pouvez préciser ?

– C'est assez technique mais, en gros, les blessures comportent des marques identiques provoquées par le bord cranté d'une lame.

– Et le crime à Marina del Rey la semaine dernière ? Là aussi, c'était Connely ? hurla un reporter du fond de la salle.

On avait retrouvé une jeune femme dans un parking, au volant de sa voiture, poignardée. Le vol était apparemment le mobile.

– C'est à voir. Nous ne rejetons aucune possibilité. C'est très exactement ce que nous sommes en train de faire, au moment où je vous parle.

– Est-ce que la police a reçu l'ordre de tirer à vue ?

– Vincent Connely est un fugitif soupçonné de plusieurs meurtres. La police applique les procédures habituelles dans ce genre d'affaires.

– Quelles sont-elles ?

Ingham balaya la question d'un petit geste du poignet.

– Six victimes, et la police ne fait rien ! s'insurgea une jeune femme au premier rang.

Il haussa les épaules, agacé, ne se donnant pas la peine de relever. Il balayait au hasard de son doigt tendu la foule des reporters, ne s'arrêtant sur personne en particulier, s'efforçant de susciter plusieurs questions à la fois pour n'avoir à répondre à aucune. Une bonne stratégie.

– Avez-vous d'autres suspects ?

– Tous les éléments en notre possession pointent dans la direction d'une seule et même personne : Connely.

– On dit qu'il est l'un des principaux donateurs de la campagne de réélection du gouverneur ?

Ingham reconnut le correspondant de CBS. Il se tenait juste en face de lui et avait accroché son regard.

Ingham marchait sur des œufs. Il pouvait se permettre d'ignorer les questions posées par les merdeux locaux, mais pas celles des networks.

Il se força à répondre :

– Nous ne sommes pas concernés par ce problème, et personnellement je n'en sais rien. Mais si c'était le cas, cela ne place pas pour autant M. Connely au-dessus des lois.

Il était satisfait de sa propre réponse. Il fallait terminer là-dessus.

D'autres questions sur ce sujet fusèrent en même temps. Soudain la conférence prenait une autre direction. Une brèche était ouverte, on oubliait les victimes ; elles appartenaient au passé. Les implications politiques pouvaient se révéler plus juteuses ; rien ne serait plus agréable que la lacération sur cinq colonnes d'un politicien pris au filet. Les promotions passaient par là.

Ingham leva les bras.

– Ce sera tout pour aujourd'hui, fit-il.

Il salua, tourna le dos à l'assemblée et sortit de la salle entouré par ses collaborateurs.

– Amenez-moi l'enregistrement vidéo de la conférence, glissa-t-il à l'oreille de son assistant. Je vous attends dans mon bureau.

Tout avait relativement bien marché. Encore mieux qu'il ne l'avait espéré. Il ne lui restait plus qu'à mettre la main sur Vincent Connely, et sa propre réélection était dans la poche. Plus de la moitié des officiers qui servaient dans la police de LA étaient mexicains ; il pouvait compter sur leur acharnement pour mettre la main sur le fugitif.

Ingham aimait s'approprier le travail de ses subordonnés.

14

LES DEUX HOMMES étaient assis dans un salon, séparés par une table ronde chargée de flacons et de verres.

Charles Gallo éteignit sa cigarette et répondit du même ton courtois qui était le sien depuis le début de la conversation.

– Oui, Jean, elle est là-bas depuis trois semaines. Elle était bouleversée, mais je crois qu'elle se sent mieux à présent.

– C'est souvent comme ça, répondit le ministre de la Justice. Les affaires sont différentes pour nous à présent ; mais je peux imaginer à quel point elle est tendue. Enfin, si tout va mieux pour elle. Où en sommes-nous exactement ?

C'était sa manière à lui de demander si la loi du silence n'avait pas été rompue. Tous deux savaient que si tel était le cas, les témoignages afflueraient. Il était plus gratifiant d'être témoin que suspect.

Gallo continua :

– D'après ce que Senda m'a dit, et d'après les informations que j'ai recueillies, il semble que Schiller soit introuvable.

Le Premier ministre hocha la tête. Il évaluait le poids des conséquences si les événements prenaient une autre direction, au nom des apparences, de la carrière, et de l'image publique.

– Désirez-vous boire quelque chose ? proposa-t-il.

– Non, merci.

Les murs de plâtre blanc s'enjolivaient de moulures d'un bois sombre et ciré, de la même couleur que le mobilier et le parquet.

– Que proposez-vous comme mesure au cas où...

Gallo les lui énuméra.

– Quoi qu'il arrive, elle ne déposera pas, je le lui ai interdit. Dans tous les cas, ce n'est pas son intention. Mais, comme vous le savez, elle a toujours été un peu dépressive. C'est dans son dossier et...

Il laissa le silence engloutir les conjectures restées inexprimées.

– Bien. Je crois comprendre que les archives de l'époque...

– Oui, répondit Gallo. Pour être tout à fait franc, nous ne les avons pas détruites.

Le Premier ministre considéra Gallo avec attention.

– Elles sont toujours au ministère de la Justice, classées sous une fausse référence.

Il darda sur Gallo un regard incertain, l'air de se demander quelle était l'étendue de son amitié et s'il pouvait compter dessus.

– Ah, pourquoi cette demi-décision ? finit-il par demander.

– Nous pouvons toujours les modifier, au cas où nous serions contraints de les communiquer.

L'expression du Premier ministre témoignait de son désaccord.

– Est-ce mon jugement que vous mettez en cause, Jean, ou mes motivations ?

– Pas votre jugement, si vos motivations sont sincères, Charles. Ce sont vos motivations qui peuvent être en cause. Peut-être en savez-vous plus que vous n'en laissez paraître. Après tout, vous étiez le chef de la police, et je n'ai fait qu'entériner votre décision.

Gallo acquiesça d'un signe.

– Vous avez absolument raison. J'en assume l'entière

responsabilité. Je n'ai pas l'intention de vous compliquer la tâche. Vous pouvez compter sur moi... comme toujours.

Le ministre de la Justice se leva, mais indiqua à Gallo de demeurer assis. Il fit quelques pas dans la pièce, se retourna et scruta longuement le visage de son ami.

– Je vais vous demander une faveur.

– Oui ?

– Je voudrais que vous fassiez tout votre possible pour me laisser en dehors de cela.

15

I

CERTAINS SOMMEILS sont pires qu'une insomnie. Cette constatation frappa Judith Graham quand elle se réveilla, sur l'étroit canapé de son bureau, plus fatiguée qu'elle ne s'était couchée.

Il était sept heures du matin. La pluie striait les vitres par rafales.

Elle se remit à penser à cette disparition.

Une semaine s'était écoulée depuis la conférence de presse d'Ingham, et Connely ne lui avait pas donné le moindre signe de vie.

Peut-être avait-il déjà quitté le pays ? Cette idée l'inquiétait. Elle se sentait cernée, vulnérable. Pas responsable.

La disparition de son client était pour tous un aveu de culpabilité. Elle était convaincue du contraire.

Elle était capable de contrer le district attorney, de faire face à l'accusation, mais sans la présence de Vincent, cela ne la menait nulle part.

Sur les écrans de télévision, au journal de dix-huit heures, des groupes interviewés réclamaient la peine de mort. Devant la mairie et l'hôtel de police, des associations manifestaient et brandissaient des pancartes. La presse écrite se déchaînait sur l'incapacité de la police, ou le contraire ; des groupes de *vigilantes*, en mal d'action, menaçaient de faire justice eux-mêmes s'ils mettaient la main sur ce *cabron* de Connely.

Une récompense était promise par Carvajal pour toute information menant à la capture de son gendre.

Les autorités s'efforçaient de semer dans l'esprit du public l'éventualité que le fugitif soit abattu au cours des recherches. On économiserait l'argent des contribuables, les quelques millions de dollars nécessaires à l'instruction du procès.

Sans compter les lettres anonymes de toutes sortes que Judith recevait.

Elle alla dans le cabinet de toilette attenant à son bureau, se passa un peu d'eau sur le visage, et se brossa les dents. Elle se regarda dans le miroir ; son visage gardait les plis d'un mauvais sommeil.

Elle prit un casier de glaçons dans le réfrigérateur, le vida dans le lavabo rempli d'eau. Elle plongea sa tête dans le liquide glacé, retenant sa respiration. Elle renouvela plusieurs fois l'opération jusqu'à ce que la glace ne soit plus qu'une succession de petites choses blanchâtres qui ne refroidissaient plus rien.

Elle se sentait mieux. Elle s'essuya, enfila rapidement une robe qu'elle gardait en réserve au bureau, se recoiffa, et déclara en haussant les épaules :

– C'est comme ça !

Elle sortit, ferma la porte à clef, et prit l'ascenseur.

Le hall était vide. Brouillés par la pluie, les néons d'une cafétéria brillaient sur le trottoir d'en face.

Le ciel et la mer avaient une couleur noire. Les premières voitures commençaient à pénétrer dans les parkings des tours du centre-ville, dont les feux de signalisation, pareils à ceux des navires, clignotaient encore.

Judith attendit une accalmie, puis traversa la rue en courant. Elle pénétra dans l'établissement.

À l'intérieur il faisait froid, et une buée épaisse recouvrait les vitres. Une odeur de café, de jus d'orange et d'œufs frits emplissait la salle.

Elle prit le *Herald* dans un distributeur, et alla s'asseoir à une table pour deux personnes contre le mur.

Elle parcourut rapidement les titres. Un avion s'était crashé dans le Pacifique : cent trois morts. Les sauveteurs éprouvaient des difficultés en raison des requins. La serveuse interrompit sa lecture.

– Une colada pas trop sucrée, un yaourt maigre et deux toasts de pain complet, dit Judith.

Elle continua de feuilleter le journal.

– Je peux ?

Elle leva les yeux.

– Manny ! Asseyez-vous.

Elle jeta un regard à sa montre.

– Je ne vous attendais qu'à huit heures.

– J'ai l'habitude de prendre un café ici, avant de monter chez vous.

– Qu'avez-vous appris ?

La serveuse arrivait. Judith replia son journal. Manny commanda un café et une assiette de beignets. Il prit quelques serviettes en papier et tenta d'éponger les rigoles qui filaient le long de son cou vers sa poitrine.

– Et Tim ?

– Il passe son temps à se disputer avec ma mère, dit Judith en souriant. Il a hâte de revenir ; il est très possessif.

– Ne vous pressez pas, conseilla-t-il.

Bientôt toutes les tables furent occupées, et leur conversation se perdit dans le brouhaha général.

– Pour l'enquête, dit Manny, ils sont toujours au point mort. Manifestement, l'assassin ne laisse aucune trace. L'analyse des résidus recueillis dans le siphon de la douche, à la Delta, n'a rien donné. Les cheveux, les poils dans les cuvettes appartiennent aux trois victimes et seulement à elles. Ce qui laisse supposer que le quatrième gosse n'a jamais séjourné là-bas.

Judith hocha la tête.

– Vous avez reçu le rapport de Kenneth Maller ? demanda-t-il.

– Oui, je l'ai feuilleté. Il a examiné les blessures de Linda. Elles semblent identiques aux autres. Le même type d'arme, ou la même arme. Une similarité dans la manière de porter les coups. Il rejoint les conclusions du médecin légiste.

– Ce n'est pas très bon.

– Ce n'est qu'une supposition, pas un fait. Tout dépend de quel point de vue on se place.

Judith le considéra, secouant la tête.

– Il y a autre chose, continua-t-il, sortant un carnet de la poche arrière de son pantalon. Le FBI a procédé à une recherche dans ses bases de données.

Il se pencha vers Judith, lisant au fur et à mesure ce qu'il y avait d'inscrit sur la page du carnet.

– Leurs mots codes étaient : découpés, mutilations, morsures, peau, chair, enfants, violences, sexe ; et une combinaison de plusieurs de ces mots à la fois.

– Une recherche limitée à l'État de Californie ?

– Ils ont commencé par là, puis ils l'ont étendue à la côte Est, remontant jusqu'à cinq ans en arrière.

– Comment arrivez-vous à savoir des choses pareilles ? commenta Judith à moitié étonnée.

Il prit un air vague. Elle savait pertinemment que l'antenne du FBI à LA employait de nombreux agents d'origine mexicaine.

– Vous connaissez les résultats ?

Otero eut un sourire enchanté. Judith but une gorgée de son café. Il était froid. Elle fit signe à la serveuse de le lui changer. Deux policiers en uniforme, secouant leurs ponchos mouillés, venaient d'entrer ; ils promenèrent leur regard sur la salle avant de s'asseoir à une table voisine. L'un d'eux sortit un mouchoir et s'épongea le sommet du crâne.

Judith finissait ses toasts, attendant que la serveuse soit de retour.

Otero expliqua à voix basse :

– D'après mon contact, l'ordinateur a trouvé un recoupement.

– Un seul ?

Manny jeta un coup d'œil par-dessus l'épaule de Judith ; le café arrivait. Elle le goûta, esquissa un geste vers le sucrier puis se ravisa.

Manny enchaîna :

– Ils n'ont pas cherché à pousser les recherches, la police a déjà un coupable, votre client. Il y a quatre ans, à White Horse Beach, une petite station balnéaire dans le Massachusetts.

Il tendit à Judith une photocopie pliée en quatre.

– Je suis passé à la bibliothèque. C'est tout ce que j'ai pu trouver sur ce meurtre.

Judith déplia la feuille, la troisième page d'un hebdomadaire local.

Un garçon de douze ans avait été découvert sur la plage par des pêcheurs à la ligne. Les courants et les marées avaient gardé le corps pendant plus d'une semaine avant de le rejeter sur la grève.

Le cadavre présentait de nombreuses morsures, les organes sexuels manquaient. On mettait tout ça sur le compte des poissons. L'abdomen était ouvert, une large entaille, probablement due à une hélice de bateau, spéculait l'auteur.

– Le journal n'existe plus depuis deux ans, précisa Manny, anticipant la question que Judith s'apprêtait à poser. Je me suis renseigné.

Les deux flics discutaient en jetant des coups d'œil dans leur direction. Judith leur adressa un sourire, puis se tourna vers Manny.

– Cela ne m'aide pas beaucoup.

– Vous n'avez plus de client, Judith. Pourquoi vous donnez-vous tout ce mal ?

Elle ébaucha un sourire contraint qui cachait mal son embarras.

– Vous croyez à son innocence ? Hein ! C'est ça ?

– Oui, Manny. Je pense qu'il est innocent des crimes dont il est accusé.

– Alors vous feriez bien de commencer à recueillir des alibis, dit-il en rigolant. D'accord. Dans le fond, vous êtes mieux placée que moi. Que comptez-vous faire à présent ?

– Je ne sais pas. Peut-être lancer un appel à la télévision pour lui demander de se rendre. Le convaincre que c'est son unique porte de sortie.

Manny approuva.

– Espérons-le, ponctua-t-il.

Il réfléchit un instant.

– Vous savez, dit-il, il y a de ces coïncidences... De source tout à fait officieuse, Gertrud Hallman était en poste au pénitencier d'État du Massachusetts quand le gosse a été retrouvé sur la plage de White Horse.

II

Ce meurtre éveillait quelque chose dans l'esprit de Judith Graham, sans qu'elle sût vraiment quoi. Un parfum sombre qui flottait au fond d'une grotte si noire que...

C'est ce qu'elle avait trouvé de mieux pour définir l'impression qu'elle ressentait.

Le ciel paraissait plus amical, et la lumière perçait la grisaille comme le symbole rassurant de l'espérance humaine.

Otero était reparti, un sourire de circonstance aux lèvres, pas vraiment convaincu par ses arguments. Mais Otero était un sceptique, du genre de ceux qu'elle n'aurait pas aimé avoir dans un jury.

De retour dans son bureau, Judith chercha dans son Rolodex le téléphone d'Art Liep.

– Art, dit-elle après avoir patienté un moment, j'ai

besoin que vous m'accordiez un temps d'antenne sur la 7, ce soir ou demain, au journal de dix-huit heures.

– Du nouveau ?

– Pas vraiment. Je voudrais lancer un appel à Connely pour qu'il se constitue prisonnier.

– Notre accord tient toujours ?

Judith mit quelques secondes à se souvenir. Tout lui paraissait si lointain.

– Depuis la disparition de votre homme, mon programme a été plutôt chamboulé, lui fit remarquer Liep.

– Euh... oui.

– S'il entre en contact avec vous, s'il accepte, ai-je l'assurance que je serai le premier informé ?

– S'il se met à la disposition de la police, oui.

– Pour votre passage à l'antenne, je ne sais pas, nous sommes sur les dents avec un crash d'avion. Je dois obtenir l'accord de mon rédacteur en chef.

Il ne raccrocha pas immédiatement.

– Après tout, vous aurez peut-être plus de chance que la police et le FBI, admit-il. Entendu ! Je m'en occupe. Ne bougez pas, je vous rappelle.

Judith posa sur le bureau le texte qu'elle avait préparé et fixa la fenêtre. Le soleil s'était levé derrière les nuages. Dans le lointain, elle apercevait dans la trouée de ciel bleu la trace d'un avion ; elle imagina deux chaînes de montagnes traverser l'horizon du nord au sud. L'absence de vraies saisons finissait par lui peser. Elle pensa à son appel. Elle se demandait s'il aurait quelque influence sur Connely. La porte de son bureau s'ouvrit. Sa secrétaire se pencha par l'embrasure.

– Qu'est-ce qui se passe, Judith ! J'essaye de vous passer Art Liep depuis un moment, mais vous ne décrochez pas.

16

I

VINCENT craqua une allumette et ralluma son cigare. Il contempla la colonne de fumée bleue qui montait.

La pendule sur le mur indiquait dix heures du soir. Une pile de journaux s'amoncelait au pied du lit. Son portrait n'était plus en première page ni sur les écrans de télévision.

Après avoir été l'un des personnages puissants de cette ville, il en était aujourd'hui l'un des plus haïs.

Un district attorney plein d'ambition, qui mourait d'envie d'obtenir une condamnation impressionnante pour entrer un jour dans la course aux postes les plus élevés de la hiérarchie, lui réservait un avenir désagréable.

Il se rappelait le temps où les reporters adoraient le photographier en compagnie du maire, ou de quelque élu.

Il n'avait plus d'amis en haut lieu et cela ne le chagrinait pas. Il détestait les politiciens. Il les connaissait trop.

L'idée de disparaître ne l'inquiétait pas. Il lui faudrait de nouveau tout recommencer. Dans ce domaine, il était imbattable.

Il régnait dans la pièce, éclairée par une pâle lumière, une chaleur suffocante.

Il se leva et mit en route le ventilateur.

Une grande partie de sa fortune reposait dans une banque de Nassau, sous un nom d'emprunt.

Dans l'ensemble, la situation n'était pas intenable. Personne ne le découvrirait là où il était.

Coincée entre des usines et des entrepôts désaffectés, la bâtisse comportait deux étages. Il n'y avait jamais amené qui que ce soit, comme s'il avait eu la prémonition de ce qui pourrait un jour arriver.

Les fenêtres hautes et longues étaient murées, mis à part un vasistas qui ouvrait sur une cour intérieure invisible de la rue. Des provisions pour plusieurs mois s'entassaient dans deux immenses placards.

Il éteignit son cigare et se recoucha. Les mains croisées derrière la nuque, il repensait à ce que son avocate avait déclaré au journal de dix-huit heures.

Il n'avait pas la moindre intention de se livrer. Ce serait à elle de se débrouiller avec ce qu'il lui fournirait. Elle analyserait les renseignements et les ferait apparaître sous un jour nouveau, permettant de déceler des indices qu'on n'avait jamais remarqués. Elle savait y faire. Il l'avait payée pour ça.

La routine et la logique policières le laissaient de marbre.

De nouveau il pleuvait à verse. Il se redressa et se contempla dans le miroir. Ce fut ses cheveux qu'il vit en premier. Ils n'étaient plus blonds, mais courts et d'un noir bleuté. La moustache prenait forme ; elle serait parfaite dans une semaine.

Il enfila un vieux jean et un tee-shirt usé. Il s'approcha de la glace et s'attarda sur son visage. Son regard n'avait pas changé. L'iris luisait de la même manière.

Il se coiffa d'une casquette et enfila un trench-coat sombre. Il retourna près du lit, souleva l'oreiller et prit le revolver qui s'y trouvait ; un calibre 38, sans marque d'identification. Il le glissa dans sa ceinture.

Il descendit les marches le dos collé au mur, se guidant dans l'obscurité. L'escalier n'avait plus de rambarde.

Il sortit dans la cour. Un Hummer noir occupait tout l'espace. Il ne l'utiliserait qu'en cas d'absolue nécessité ; pour cette visite, qu'il préparait soigneusement.

Alors ses soucis s'envoleraient d'un coup.

À cette perspective, il éprouva une allégresse terrifiante. Mais là, tout de suite, juste pour donner ce coup de téléphone, il ne le prendrait pas.

Il courba les épaules et s'enfonça sous la pluie, évitant les cercles lumineux qui tombaient des réverbères. La route était longue jusqu'à une cabine téléphonique suffisamment éloignée.

II

Judith repoussa la pile de courrier, l'amoncellement de dossiers, et le fatras de feuilles sur lesquelles elle avait noté des conclusions. Son activité ne se résumait pas à l'affaire Connely ; d'autres procès étaient en vue. Des malchanceux ou des criminels, qui n'avaient qu'un seul tort : celui de se trouver au mauvais endroit au mauvais moment.

Le sénateur lui avait écrit. Il avait changé d'avis. Il ne souhaitait plus qu'elle le représente. Elle jeta sa lettre dans la corbeille à papier en esquissant un geste d'adieu. Sa sénile et tardive passion pour ses qualités professionnelles s'était envolée.

Elle était arrivée aux studios de télévision vers cinq heures de l'après-midi et avait enregistré son appel. Elle était ensuite tombée sur Art, à sa sortie du plateau. Elle avait assisté en direct au journal. Elle s'était trouvée un peu nerveuse à l'écran.

Elle se leva et s'étira. Elle avait le sentiment d'avoir su quelque chose qui lui avait échappé. Sa conscience l'avait chassé, mais il y avait bien eu quelque chose.

Elle ressentait les courbatures de la nuit passée sur le canapé de son bureau. Elle s'était décidée à s'offrir un bain avant de monter se coucher, quand le bipeur qu'elle avait posé sur la table de la salle à manger se mit à vibrer. Elle avait oublié jusqu'à son existence.

Elle saisit l'appareil. Dans la petite fenêtre s'inscrivait le numéro de celui qui cherchait à la joindre. Un numéro local, suivi des trois chiffres 911. Son cœur se mit à battre d'une manière désordonnée.

Elle s'assit sur le canapé et demeura immobile, cherchant à définir la façon dont elle allait s'y prendre, l'attitude qu'elle adopterait.

Elle décrocha le combiné et composa le numéro. À la cinquième sonnerie, quelqu'un décrocha.

– Graham ?

Elle avait réussi. Cela lui procura un effet curieux. Elle n'aurait su dire lequel. Le mot qui lui vint à l'esprit fut : stupéfaction.

– Vincent ?

– Oui.

– J'ai à vous parler...

– Écoutez-moi ! Vous me croyez à présent, Graham ? Vous comprenez ce qui se passe ?

– Où êtes-vous ?

– Vous marchez avec moi ?

– Je n'ai pas dit ça.

– Vous devez. Je n'ai tué personne. Ni ces gosses, ni ma femme, ni cette Hallman. Trouvez qui est derrière tout ça et vous aurez la certitude que je suis innocent. Les photos, Graham, examinez les photos.

– Lesquelles ?

– Celles de la Delta.

– Vincent, si vous voulez que je vous sorte de là, il faut vous rendre. Je peux arranger ça.

– Pas question. Je vous ferai parvenir des informations la semaine prochaine. Si vous avez besoin d'argent, faites passer une annonce dans le *Herald* le premier lundi du mois. Adieu, Graham.

– Vincent ! cria-t-elle, tout en sachant qu'il avait déjà raccroché.

À BOUT PORTANT

1

I

La disparition de Schiller-Connely établie, Senda changea d'hôtel. Elle quitta le Marriott pour s'installer dans un motel de Jefferson Avenue, entre la 6e et la 7e Rue. La chambre était fraîche et aérée ; les murs venaient d'être repeints en blanc crème et le chintz jaune du couvre-lit s'harmonisait avec la couleur des rideaux.

Elle était à un bloc de la mer.

Elle se levait tôt le matin, regardant les nuages changer de couleur sur l'horizon. De grands paquebots glissaient vers l'est.

Vers sept heures, elle allait à la plage. Elle s'abandonnait à la fraîcheur de l'eau qui dissipait sa tension nerveuse. Elle prenait ensuite un café sur l'une des terrasses du bord de mer et fumait quelques cigarettes. Sous l'effet du soleil et de l'eau de mer ses cheveux étaient d'un roux plus clair, mêlé d'or.

Perez était le seul à savoir où elle se trouvait. Il l'appelait tous les jours, tard le soir. Il avait la voix lasse et désabusée. Il avait fini par lui remettre la liste qu'elle avait demandée. Une quarantaine de noms et de prénoms, dont quatre étaient entourés au crayon rouge :

Brian Aviles, Richard Roth, Oscar Nasso, Sarah Madoone, ceux qu'il avait choisis.

Les trois premiers étaient morts. Pour chacun, figurait un rapport d'autopsie de huit pages. Le contenu d'une table de dissection. Un anonymat glacial à l'odeur de formol. Elle les avait lus maintes fois.

Elle balança un coussin sur le sol de sa chambre et s'allongea. Elle plongea sa main dans le petit sac de toile, mélangeant encore les lettres de Scrabble avec lesquelles elle avait formé les quatre noms, ou plutôt les trois. Elle avait exclu Sarah Madoone.

Elle murmura ces noms comme une litanie, jusqu'à ce qu'ils ne soient plus qu'un son qui finit par se perdre dans l'atmosphère.

Elle était pressée de rentrer à Paris. Elle manquait de moyens. Perez ne l'aurait pas autorisée à utiliser les ordinateurs du LA Police Department sans exiger des explications ; elle ne s'en serait pas tirée avec une pirouette.

– Ce n'est pas encore fini, lui avait dit Gallo lorsqu'elle avait manifesté le désir de revenir. Attendez. Officiellement, vous êtes en congé. Quel temps fait-il ?

– Beau, monsieur.

– Profitez-en, vous en avez besoin.

Elle regarda les noms qu'elle avait formés. Toujours les mêmes. Inconsciemment son esprit l'obligeait à assembler ces lettres ; les initiales des noms et prénoms des trois victimes, prises dans l'ordre de leur disparition. La facilité peut-être.

BA.RR.ON

C'était simple, mais cela ne voulait rien dire. Elle déplia la carte où elle avait marqué le lieu probable des disparitions. Elle prit la liste remise par Perez et s'efforça de pointer une à une les adresses des familles travaillant pour Connely et ayant au moins un enfant, entre dix et treize ans. Son travail terminé, il lui restait peu de temps avant la tombée de la nuit.

Elle était dans un état à la fois de surexcitation et d'indifférence, qu'elle mettait sur le compte du climat.

L'animal en elle s'assoupissait. Des désirs et des espoirs d'être humain tentaient de revenir à la conscience. Les crises de panique étaient moins douloureuses depuis qu'elle avait quitté le Marriott.

Plusieurs mois après la clôture de l'affaire, à Paris, ses malaises avaient commencé. Une sensation d'étouffement qui la prenait par surprise, avec une douleur qui paralysait son bras gauche. Elles survenaient surtout la nuit, en plein sommeil, et parfois dans le métro, au cinéma, dans l'escalier ou l'ascenseur.

Elle avait fini, avec le temps, par se décider à consulter un psychiatre privé qu'un ami lui avait recommandé.

Elle se souvenait de sa première visite. Un bureau, avec des tons couleur feuilles mortes ; un étrange fauteuil à bascule qui grinçait chaque fois qu'elle déplaçait son poids.

Une femme au visage austère lui parlait avec des intonations de prêtre donnant l'extrême-onction. Senda avait senti ses paupières s'alourdir. Elle avait brusquement sursauté, réalisant qu'un long silence s'était écoulé. Le psychiatre avait posé une question.

– Pardon ?

Elle n'avait pas paru étonnée du manque d'attention de sa patiente.

– Je disais que j'étais surprise que vous m'ayez choisie. J'étais convaincue que la police possédait ses propres psychiatres.

– C'est exact, mais j'ai préféré m'adresser à vous.

– Pourquoi ?

– J'ai suffisamment de problèmes dans l'exercice de mon métier. Je n'ai pas envie de m'en créer davantage. Pas au sein du service où je travaille.

Si elle devait sombrer dans la folie ou la dépression, autant que ce soit à l'extérieur.

– Vous m'avez dit tout à l'heure que vous songiez à donner votre démission.

– Cela résoudrait beaucoup de problèmes.

– Le vôtre aussi ?

– Non, pas le mien. Le leur.

– Cette idée de démissionner, comment la percevez-vous ?

– Elle me terrifie. Je ne saurais pas quoi faire de ma vie. Je n'ai pas de vie en dehors.

– Le mal vient peut-être de là. Vous accordez trop d'importance à votre travail.

– Je ne crois pas que quitter le service et avoir un petit ami résoudra ces angoisses, docteur.

– Je n'ai pas parlé de petit ami.

La psychiatre consulta ses notes pendant quelques secondes.

– Pourquoi ne pas vous faire muter dans une direction moins pénible, changer de mode de vie ? Une chance de réévaluer les choses.

Elle avait marqué un point. L'idée portait en elle un parfum d'exil, de mise sur la touche, pensa Senda.

– Quelles choses, docteur ? Mon job est d'arrêter les assassins. C'est ce que je fais ; le système les relâche. Comment puis-je vivre avec ça ?

– Vous me parlez de self-control.

– Oui, j'ai peur de le perdre.

– Que pensez-vous qu'il se passerait si vous perdiez ce contrôle, Senda ?

– Justement, je n'en sais rien.

– Cela vous effraie-t-il de ne pas savoir ?

– Oui.

Vous ne savez pas à quel point !

– Avez-vous songé à ce qui pourrait faire disparaître cette peur, effacer ces angoisses ?

Prendre un revolver et me faire sauter la cervelle.

– J'y ai songé. Cela m'effraie également.

– À quelles conclusions avez-vous abouti ?

– Aucune. Je ne vois pas d'avenir. Juste un trou au bord duquel je me tiens. La peur ou la chute, ajouta Senda avec un faible sourire.

– Vous avez encore suffisamment d'humour pour en plaisanter, remarqua la psychiatre, lui renvoyant son sourire.

– Le dernier rire en face de...

Il y eut un silence. Senda résista à l'idée stupide de se précipiter à l'extérieur de ce bureau.

– Quoi ? demanda la psychiatre d'une voix douce. Le dernier rire en face de quoi ?

– Je ne suis pas sûre.

Mensonge !

– Il y a autre chose à prendre en considération, bien sûr. Votre âge.

– J'ai à peine trente ans, docteur. C'est un peu tôt pour la crise des quarante, vous ne croyez pas ?

– C'est une chose à laquelle il faut penser. Un stress permanent peut produire le même effet sur une femme plus jeune.

La psychiatre avait consulté sa montre.

– Le temps de la visite est écoulé. Je suppose que vous n'avez pas l'intention de suivre une thérapie, et je ne vois vraiment pas ce que je peux faire, en dehors de vous donner un antidépresseur.

– Je ne veux pas de médication régulière. Je porte une arme. Le mélange n'est pas à conseiller.

– Je vois, dit la psychiatre en commençant à rédiger une ordonnance.

Elle ne voyait rien du tout, bien entendu, excepté le regard effrayé avec lequel elle détaillait Senda, se demandant où l'arme pouvait bien être dissimulée.

– Un comprimé sous la langue, au moment de la crise ; et appelez-moi... si vous en ressentez le besoin. Laissez les morts dormir en paix.

– Merci. Ça va aller.

Mensonge encore !

– Revenez, pour renouveler la prescription, rappela la psychiatre comme elle franchissait la porte.

Lorsqu'elle eut quitté le bureau, le 9 mm pesait d'un poids glacé contre son épine dorsale. Comme si les morts laissaient dormir en paix les vivants.

Elle se décida à faire un tour. Elle adorait les crépuscules.

Elle passa devant l'employé de la réception. Il lui fit un signe de tête. Il avait un corps sinueux et une figure haineuse, avec des mains aux doigts osseux. Il était comme un serpent à essayer de se faufiler dans sa chambre à l'heure de la sieste sous le moindre prétexte.

Il était six heures. Les rues étaient pleines de monde. Elle se mit à marcher tout en réfléchissant. Sur les terrasses des bistrots des bougies scintillaient.

Senda était trop perspicace pour ignorer les différences que présentaient les deux affaires, celles de Paris et de LA. À vrai dire, elle était la seule qui fût à même d'établir la comparaison.

C'était un peu plus complexe : des similitudes qui présentaient des différences.

1) Deux femmes, au domicile du même homme, avaient été assassinées ; la gouvernante de Schiller étranglée ; Linda poignardée.

2) Les victimes mâles, prises dans la même tranche d'âge, avaient été enlevées après la fin des cours, sexuellement abusées et torturées. Ici, le tueur infligeait une mutilation supplémentaire : il les châtrait après leur mort, par morsure, puis découpait grossièrement les bords de la blessure avec des ciseaux dentés.

3) Les murs présentaient des graffitis exécutés avec le sang des victimes. Ici apparaissait ce signe bizarre ; là-bas cette sentence : Le Premier est le Dernier.

4) Le message laissé aux domiciles des victimes était le même, pour autant qu'elle puisse en juger.

Deux ensembles, deux univers auxquels rien ne manquait si on considérait chacun comme un tout parfait.

La perfection dans l'absence d'indices.

Ils n'étaient pas totalement superposables, et de façon intuitive elle sentait un degré différent.

Tout se tenait sans se tenir.

Elle enfonça les mains dans les poches de son jogging. Elle marchait plus vite, regardant de temps à autre derrière elle, s'arrêtant devant une vitrine éclairée pour repartir dans la direction d'où elle venait.

Elle parcourut deux cents mètres puis s'adossa à un mur blanc, face à la mer.

Elle ne participait pas à l'animation générale. Elle restait à l'écart, avec une austérité qui faisait naître un malaise chez ceux qui croisaient son regard ou qui tentaient de l'aborder. Elle paraissait grave, insensible, mais si l'on avait percé le masque de son regard, on y aurait découvert l'ombre d'une angoisse attristée.

Elle prit conscience que les jours s'écoulaient comme les gouttes d'un robinet dans l'évier ; avec une régularité de métronome, une régularité qui pourrissait tout, insensiblement, comme un objet à moitié enfoncé dans la terre qui finit par se décomposer sous l'effet d'une moiteur corrosive.

Dans quel but Raphaël Schiller avait-il changé son rituel ?

Qui lui avait adressé cette revue, il y avait deux ans, pour qu'elle opère le rapprochement ?

Au-delà des victimes, le tueur s'adressait-il à quelqu'un en particulier ?

Elle reprit son chemin, suivant une allée bordée de chaises en osier et de tables rondes.

C'était éprouvant de veiller au chevet d'un tueur. Elle était en train de s'y confronter une seconde fois.

Tous deux vivaient dans la solitude. L'écran qui les séparait se délitait. Ils seraient bientôt sur un pied de compréhension réciproque. Plus de barrières. C'est degré par degré qu'il serait capable, à son insu, de la conduire vers ses désirs, jusqu'à ce qu'elle décèle, sous l'amas de précautions dont il s'entourait, son caractère unique et incomparable.

II

L'aube filtrait à travers les rideaux jaunes.

Un vent chaud se lamentait en rafales. Dans la rue, la sirène d'une ambulance, forte et brillante, découpait le silence.

Senda regarda la photo qu'elle tenait à la main.

Cela ressemblait à une gravure rupestre.

La trace de sang s'interrompait. On s'y était pris à plusieurs fois.

Une main hésitante ?

Avec une lenteur calculée, elle promena son index sur les lignes entrelacées. Enfantin ou magistralement subtil ?

Elle trouva une cigarette froissée, l'alluma et en tira une profonde bouffée, un rideau translucide et bleuté derrière lequel ondulaient les lignes imprimées. Elle posa la cigarette, expirant toujours la fumée.

Exaspérée, elle remit le cliché dans une enveloppe brune marquée : « Personnel et confidentiel », et la jeta sur la table.

Elle prit une douche, laissant l'eau froide calmer l'effervescence qu'elle ressentait.

Tony Perez l'avait appelée la veille pour l'inviter à dîner. Il passerait la chercher ce soir, vers sept heures. Ils ne pourraient s'arracher à quelque arrière-pensée, et la conversation serait malaisée.

Les seuls hommes dans sa vie étaient flics ou tueurs. C'était de là que venait le problème soupçonné par la psychiatre. Pas de gestes tendres, pas de plateau de petit déjeuner le matin au réveil. Pas de douceur. Nulle part.

Quoi qu'il en soit, cette investigation ne constituait

pas la toile de fond idéale pour une romance, même brève.

Elle augmenta le volume d'air frais, s'étendit sur le lit et ferma les yeux.

Cette sensation qu'elle avait eue un moment plus tôt revenait. Elle se leva, fit quelques pas dans la pièce, puis se pencha de nouveau sur la table et reprit la photographie.

Ses yeux se posèrent sur l'étrange signe et une image fugace et familière lui passa par la tête.

Elle s'assit sur le rebord du lit. Elle parvint à la fixer avant qu'elle ne s'évanouisse. L'image lui apparut avec une netteté parfaite.

C'était un paysage lointain, celui des étés de sa jeunesse. Avec quelle vivacité elle revivait ces vacances d'autrefois, sur une plage de Tunisie.

À Carthage, à marée basse. Elle marchait pieds nus sur la grève, impatiente de voir le ruban gris de la mer qui formait l'horizon revenir.

Un garçon d'une dizaine d'années la dépassait en courant, s'arrêtait, traçait quelque chose sur le sable humide avec un galet, et recommençait son manège, quelques mètres plus loin.

Elle suivait les signes qui s'estompaient. Les grains roulaient les uns sur les autres, s'écartaient, laissant l'eau s'infiltrer dans les petites dépressions, faisant disparaître peu à peu le relief.

Ses pieds étaient recouverts de débris d'algues. Des couleurs brillaient au soleil.

– Qu'est-ce que ce gribouillis a de si important, Moncef, pour que tu le refasses sans cesse ?

Elle s'était penchée. Une ombre s'interposait entre elle et le soleil. Moncef avait posé la main sur son épaule ; son teint reflétait une excitation passionnée.

– Mon nom, avait-il dit d'une voix essoufflée.

On frappa. Senda vérifia que la chaise dont elle se servait tous les soirs pour bloquer la poignée de la porte était bien en place. Elle devina la présence de l'employé de la réception.

– Oui ?

– Je suis allé vous chercher un café, miss, annonça-t-il fièrement.

Il attendait sa récompense. Il devait souffrir cruellement de sentir un obstacle dressé entre lui et son désir. Tous les jours Senda le frustrait de quelque chose.

– Posez-le, je ne peux pas ouvrir pour l'instant.

Elle l'observait à travers le store qui donnait sur la galerie extérieure. Il haussa les épaules avec une grimace haineuse, posa le plateau et partit en ricanant.

Elle repoussa la chaise, entrouvrit le battant et prit le plateau. Le café était chaud.

Elle regarda une nouvelle fois la photo. Tout cela semblait plus absurde que concret, tenait plus de l'imagination que de la réalité.

La confirmation était là, mais uniquement dans son souvenir.

Un lien étrange et confus.

Les trois victimes expirant dans d'atroces souffrances, tandis que le dernier était maintenu de force devant le spectacle, abusé, meurtri.

C'était comme un rai de lumière sous une porte.

Elle ferma les yeux. Elle écoutait mais ne percevait rien encore, si ce n'est le bruit de sa propre respiration.

Elle avançait dans un corridor, elle s'approchait du trait lumineux. La porte s'ouvrait et elle glissait un œil dans la chambre éclairée. Il faisait un pas sur le palier. Il ne la regardait pas. Il était préoccupé par ses fantasmes et sa certitude d'être au-dessus de tout, de jouer, de commettre impunément ses crimes.

Alors elle comprit, dans ce bref laps de temps qui sépare les confins de la perception et de la certitude, que le message ne s'adressait pas à elle mais à lui.

Elle demeura figée, pas tout à fait sûre de ne pas rêver,

puis rangea tous les éléments dans le coffre de la chambre, brouilla la combinaison, prit son sac de toile et sortit.

Elle avait conscience de sa propre présence, là, indistincte, avec devant elle les longues vagues étincelantes.

Les remous de l'eau fraîche emportèrent les images qui peuplaient ses yeux quelques instants plus tôt.

2

I

Le vent s'était calmé et la ville avait décidé de restituer la vapeur chaude emmagasinée, malgré une nuit où brillaient quelques étoiles.

Les rues, comme tous les vendredis soir, étaient encombrées et bruyantes. La circulation était dense ; ils avaient fini par trouver une place où garer la voiture à une centaine de mètres du restaurant.

Senda regardait le cousin de Tony se diriger vers leur table, les bras encombrés d'assiettes, souriant d'un air majestueux plein de promesses.

Ils avaient bu des Havana Club, un cocktail à base de cognac ; quelque chose de très secret paraissait ronger Tony. Il était vêtu d'une chemise beige, d'un pantalon de toile kaki et d'une veste qu'il n'avait pas enlevée.

Senda se sentait loin de lui. Il y avait trop de sous-entendus derrière ses questions, des provocations factices qui la mettaient mal à l'aise.

– Merci de votre aide.

Elle laissa passer. À l'expression de son visage, elle avait compris qu'il se trouvait dans une situation difficile. Il allait faire les frais de l'opération. La pression se transmettait de haut en bas, avec une intensité croissante. Au-dessous de Perez, il n'y avait plus rien ; rien que la masse anonyme des officiers de police ; intouchable.

Tous les plats étaient en sauce, mais Senda ne trouva pas un goût différent à chacun. Tout en parlant, elle l'observait soigneusement. Ses cheveux châtains bouclaient sur son front et se mariaient bien avec sa silhouette tendue.

– Détendez-vous, Senda. À quel jeu jouez-vous ?

– Je ne comprends pas.

– Qu'est-ce que vous faites encore à LA ? Vous devriez être rentrée depuis longtemps !

Il remplit leurs verres d'un vin rouge chilien à la mode.

– Vous essayez de me saouler ? dit Senda en souriant.

Il ne répondit pas.

– Je suis comme vous, dit-elle. J'obéis aux ordres. On m'a demandé d'attendre et j'attends. Je suis désolée de ne pouvoir me rendre utile.

– Pourquoi est-ce que je vous croirais ?

– Rien ne vous y oblige.

Autour d'elle, les femmes, d'une élégance voyante, riaient, parlaient fort, et portaient des bijoux d'or ; les hommes étaient bruns pour la plupart, avec des pantalons noirs ou bleu foncé, des chemises blanches, et de grosses bagues aux doigts ; l'air très macho.

Perez essaya une autre approche.

– Ce gars semble avoir le don de disparaître sans laisser de traces. C'est bien ce qui s'est passé là-bas ?

– La plus grande force du diable, c'est de nous faire croire qu'il n'existe pas.

Tony hocha la tête et but une gorgée de son verre.

– Vous ne mangez pas ? dit-il, remarquant qu'elle n'avait presque pas touché aux plats qui étaient devant elle.

– Je n'ai pas beaucoup d'appétit, mais c'est très bon.

– Vous savez, les dépressions font partie du lot quotidien, de même que la dépendance aux pilules délivrées sans ordonnance.

Elle leva de nouveau la tête. Il était capable de lire en elle à livre ouvert, et c'était là une qualité que les meilleurs flics qu'elle avait connus possédaient tous.

Il alluma une cigarette et repoussa son assiette.

– Moi non plus. Je pense à ces enfants, à ces familles... complètement détruites. Ma sœur a un fils du même âge ; j'adore ce gosse. Je peux comprendre ce que les parents doivent ressentir. Vous avez des enfants ?

Senda secoua la tête.

Il haussa les épaules avec une amertume rageuse.

– On le tenait et le juge l'a laissé filer. J'en suis malade.

Ses mâchoires se serrèrent. Il continua avec irritation, comme s'il rendait les victimes coupables ; comme on en veut à un enfant qui désobéit, ne se couvre pas, et finit par attraper froid.

– La première chose qu'on apprend aux gosses par ici c'est à ne pas suivre un étranger. Comment a-t-il pu les enlever ? Tous les quatre ! Sans se faire remarquer !

– Peut-être lui ont-ils fait tout simplement confiance. Il a une longue expérience dans ce domaine.

– Il a dû les menacer pour les obliger à monter avec lui, conclut-il en regardant Senda dans les yeux avec un intérêt tout professionnel.

– Et sa femme ? Une véritable exécution !

– Je ne la connaissais pas. Était-elle jolie ?

Il jeta un coup d'œil autour de lui, puis la regarda.

– Très jolie. Dommage qu'elle ne soit plus en vie pour en profiter.

Elle se pencha vers lui. En l'espace de quinze ou vingt minutes, sautant d'un sujet à l'autre, fumant plusieurs cigarettes, il avait cherché à tirer d'elle des informations. Perez avait un besoin vital d'informations.

– Pourquoi l'a-t-il tuée ? lui demanda-t-elle.

Il la regarda avec curiosité.

– Il s'est vengé.

– De quoi ?

– Elle le faisait chanter.

Elle n'avait pas l'air de partager son point de vue.

– Le comportement humain n'est pas gravé dans un bloc de granit, Tony, je ne vois pas ça de cette façon.

– Pourquoi ?

– Je pense qu'il s'est effectivement vengé de quelque chose. En plongeant son arme à plusieurs reprises dans la poitrine et le ventre de Linda, il a cherché un substitut à une véritable pénétration sexuelle, à ce qu'il venait prendre et qu'il n'a pas trouvé.

– La bande vidéo ?

– Quelle bande vidéo ? s'empressa-t-elle de remarquer doucement.

Perez, d'un geste, demanda qu'on leur resserve des Havana Club.

– Oubliez ça.

Il n'avait pas envie de s'étendre sur la question. Elle n'insista pas.

– De qui parlez-vous ? À qui faites-vous allusion ?

– À l'enfant.

Perez attendit que les boissons soient servies. Il se cala au fond de sa chaise et demanda d'une voix où perçaient l'incrédulité et le sarcasme :

– Vous pensez que c'était sa motivation ? Comment le savez-vous ?

– Ce n'est qu'une théorie.

– Connely aurait cherché à tuer son propre enfant ?

– Il l'a bien fait, à Paris, pour détourner les soupçons.

Perez ajouta avec zèle :

– Il n'y a pas de preuve à ce que vous avancez. D'ailleurs nous savons que...

Il s'arrêta un instant puis reprit ; après tout, il n'y avait rien là de compromettant.

– Linda a eu un orgasme juste avant d'être tuée. Le labo en est convaincu. Le mari passe une semaine en prison. Quoi de plus naturel qu'à sa sortie il s'en paye une tranche... puis il les liquide, elle et l'enquêteur qu'elle avait engagé ?

Senda semblait pétrifiée. Elle s'efforça de n'en rien

laisser paraître. Durant cinq minutes elle essaya de diriger la conversation vers des sujets sans importance, puis elle se leva avec un petit sourire gêné.

– Excusez-moi.

– Je vous en prie, dit Tony.

Elle se fit indiquer la direction des toilettes. Le téléphone était occupé par un homme aux cheveux noir de jais vêtu d'un costume bleu serré aux entournures et d'une cravate vert brillant. Il lui sourit avec un clin d'œil, lui indiquant d'un geste de la main qu'il n'en avait pas pour longtemps.

L'homme au complet bleu avait raccroché. Il n'était pas pressé de s'en aller. Il se colla au mur pour la laisser passer, tendant son ventre pour mieux la frôler. Il sentait l'eau de Cologne, le vin, et l'oignon en sauce.

Elle feuilleta l'annuaire du téléphone et trouva le numéro qu'elle cherchait. Elle glissa deux quarters, et appuya sur les touches. La ligne était libre. On décrocha à la troisième sonnerie.

– Judith Graham ? Senda Barhi à l'appareil.

– Oui ? répondit l'avocate.

Un soupçon flottait dans la voix. Senda décida de ne prendre aucun détour, et d'entrer dans le vif du sujet :

– Le sergent Perez est convaincu que Linda faisait chanter son mari à propos d'un enregistrement vidéo.

– Vous ne partagez pas son avis ?

– Pas tout à fait. J'aimerais savoir ce qu'il y a sur ce film.

– C'est une habitude chez vous d'enquêter sur les faits et gestes des personnes quand vous n'avez pas qualité pour le faire.

– Oui, quand j'ai l'impression que quelque chose ne va pas.

– Pourquoi ?

– La logique m'échappe. Qu'y a-t-il sur cette bande, Judith ?

– Une seconde...

Elle revint en ligne.

– J'ai été impressionnée par l'obstination avec laquelle vous vous accrochiez à cette affaire. Je commence à me demander si cette obstination n'est pas fondée sur quelque chose de plus... personnel qu'une simple conscience professionnelle.

– C'est à vous de décider.

Judith se rappela le parking de la cour de justice, et le conseil de cette femme : tenir Tim à l'écart.

Senda attendait. Elle éprouvait la pesanteur du silence, mais c'était à l'autre de parler. Elle pensait que Judith allait l'envoyer au diable.

Il n'en fut rien.

– Linda a trouvé la cassette sur le siège avant de son véhicule. Elle m'en a parlé, et nous l'avons visionnée ensemble. J'en ai fait une copie et j'ai remis l'original au district attorney.

Senda se taisait toujours, encourageant l'avocate à poursuivre.

– Les ébats extraconjugaux de Connely avec des hommes, jeunes, très jeunes... pas des mineurs. Voilà de quoi il était question.

Elle médita un instant cette nouvelle avant de demander :

– Comment se comportait-il ? Sexuellement, je veux dire.

– Comme un étalon. Brutal, féroce.

– Aucun de ses partenaires n'a été...

– Tué ? Pas à ma connaissance. Il a appelé cette... gymnastique sa soupape de sûreté.

– Juste avant qu'elle ne soit poignardée, la police pense que Linda a eu un orgasme, provoqué d'après eux par un rapport avec son mari.

– C'est ridicule. Pas besoin de mari pour en avoir un, constata Judith, exprimant tout haut la pensée de Senda. Et impossible. Connely ne faisait que sodomiser sa femme, et je ne crois pas qu'il ait été responsable d'un seul de ses orgasmes. Elle était terrifiée par ces séances.

Senda ne disait rien. Elle comprenait à quoi l'avocate faisait allusion.

Judith continua :

– Il est possible qu'elle ait été agressée par un désaxé de passage, attiré par toute cette publicité.

C'était au tour de l'avocate d'aller à la pêche aux renseignements.

– Les indices ne vont pas dans ce sens, Judith.

Elle raccrocha, et se fraya un chemin jusqu'à la table où l'attendait Perez.

Il reposa son verre et attendit qu'elle se trouve de nouveau en face de lui.

– Moi aussi j'ai fait ma petite enquête au moment où vous aviez les choses en main.

– Ah oui !

– Oui. Il y a plein de trucs bizarres.

– Vous avez dû vous donner beaucoup de mal.

– L'affaire Schiller ou Cassel terminée, votre équipe a été dissoute.

– C'est exact. Rien d'extraordinaire. C'est la même chose partout.

– Vos principaux collaborateurs, où sont-ils passés ?

– À la retraite.

– Trois mois après ! Étrange, non ?

– Qu'est-ce qui est étrange ? Qu'ils soient partis à la retraite ?

– Non, qu'ils aient disparu, qu'ils n'existent plus. Nulle part. Ils ne figurent sur aucune liste officielle : Sécurité sociale, pensions, chômage, état civil. *¡ Nada !*

Elle haussa les épaules d'un air indifférent.

– C'est déprimant votre histoire.

Perez soupira et posa sa main sur la sienne. Elle se rétracta à ce contact mais ne la repoussa pas.

– Vous bénéficiez d'une connerie de statut qui vous assure une certaine immunité... Qu'est-ce que vous pouvez me dire qui ne mette pas en jeu ceux que vous protégez ? J'ai besoin de votre aide.

Elle hésita, puis Perez sentit se pulvériser sa tactique d'approche au ralenti.

Pas complètement quand même.

– La piste de Connely est truffée d'un amas hétéroclite d'indices et de non-indices, dit-elle en le regardant droit dans les yeux, retirant sa main avec une lenteur délibérée. C'est comme l'histoire de l'éléphant dans le noir. Le premier qui touche sa queue dit que c'est un câble, le second qui touche une patte rugueuse dit que c'est un arbre, et le troisième qui touche la trompe dit que c'est un serpent.

– Et vous, qu'est ce que vous dites ?

– Moi je dis que c'est un éléphant.

II

Vincent vivait un instant de bonheur. Il se trouvait au volant d'un Hummer, et bientôt il serait totalement libre. Il alluma la radio, laissant la musique s'organiser en un fond sonore qui lui permettait de mieux réfléchir.

Il avait joué à un petit jeu de divination, ce qui, en termes simples, revenait à ceci : il accédait à un niveau de conscience plus élevé, et entrait dans une zone de très grand calme et d'excitation extrême.

Les lettres étaient toujours présentes, mais ne lui arrivaient plus qu'au ralenti, comme d'infimes molécules brillantes tombant au travers de liquides sombres et épais.

Il se sentait enfin lui-même. Il avait découvert la combinatoire. L'adrénaline qui l'avait sérieusement éperonné un peu plus tôt s'était dissipée. Ce sale petit connard l'avait appelé avec sa voix pleunicharde pour lui demander un rendez-vous. Il voulait le voir, quelque chose au sujet des meurtres, disait-il. Il n'allait pas être déçu du voyage. Vincent avait l'intention de s'amuser un peu avec lui, avant de le découper en morceaux.

Il tira une dernière bouffée de son cigare, puis le laissa

tomber par la vitre ouverte, suivant dans le rétroviseur le point rouge et la gerbe d'étincelles qui s'éteignirent dans le noir.

Dans ce quartier, les avenues étaient depuis longtemps désertes, ou plutôt abandonnées. De vieilles usines aux murs rongés par la pluie, la moisissure et les intempéries s'effondraient, préfigurant le Jugement dernier.

Il prenait garde de ne pas dépasser les quarante miles à l'heure.

Il était dix heures du soir, la bonne heure. Pas encore désert quand il entrerait dans les quartiers est, il y aurait moins de patrouilles.

Une voiture le doubla et tourna au coin d'une rue. Il n'y prêta pas attention. Il avait changé les plaques d'immatriculation du Hummer, et possédait un permis de conduire au nom de Freeman, Roger Freeman.

Un signe du destin.

Les phares d'une autre voiture lui collaient le train.

Le halo jaune des lumières de l'aéroport apparut. La ville s'étalait devant lui. Il baissa la fenêtre. Il faisait anormalement chaud pour la saison. L'air sentait le kérosène. Il allait emprunter la 39 puis la freeway jusqu'aux vagues sombres, jusqu'à lui.

Il eut un ricanement cynique. Il se redonnait la maîtrise de la situation. Il remarqua avec soulagement que le véhicule derrière lui avait disparu.

Chaque vision le transperçait de part en part.

Il sentit un étrange émoi lui serrer le bas-ventre. Une odeur animale emplissait le véhicule. Il ne savait pas l'analyser. C'était la première fois. Il avait beau fouiller dans ses souvenirs, cela ne suscitait rien en lui.

Il comprit brusquement que son incapacité à retrouver cette mémoire tenait à son origine. Elle était intimement mêlée à sa compulsion. C'était la peur.

Il était fort des vérités de son passé qui lui permettaient de poursuivre son chemin vers l'ultime destination.

Avant même de reprendre conscience de ce qui l'entourait, il s'aperçut dans un éveil automatique qu'il venait de franchir un croisement sans remarquer le panneau de stop planté sur sa droite, au bord de la chaussée, ni l'énorme camion-citerne.

III

La chaleur lui brûlait la peau, et elle percevait le bruissement des vagues qui venaient mourir au bord de la plage.

Perez posa sa veste sur le sable. Senda avait décidé de le laisser jouer jusqu'au bout sa petite comédie sentimentale.

Elle enleva ses sandales, se débarrassa de son jean et de son tee-shirt sans coquetterie ni indifférence, et marcha vers la grève.

La fraîcheur relative de l'océan dissipait la trop grande chaleur. Quand elle eut de l'eau jusqu'à la poitrine, elle se tourna pour regarder la plage. Elle distinguait l'ombre de Perez. Il s'était approché de la frange de sable humide qui luisait comme un miroir.

– Méfiez-vous, dit-il. Il y a des requins.

Elle lui fit un signe de la main, s'abandonna aux crêtes pâles qui venaient sur elle, luttant un instant contre la résistance des vagues, entourée de phosphorescences et de frôlements imaginaires. Quelque part, derrière la grande bande de sable clair, les gens dînaient sur les terrasses des cafés du bord de mer.

Lorsqu'elle ressortit, il l'attendait, l'examinant des pieds à la tête. Elle voyait qu'il la désirait, et c'est avec un parfait détachement qu'elle essaya d'envisager une reddition possible. La magie imperceptible et sournoise de la nuit et du ressac la mettait mal à l'aise ; elle n'était pas habituée aux scènes romantiques, et manquait de pratique dans ce genre de situation. Elle tordit ses cheveux trempés ; des gouttes s'écoulèrent le long de son cou et de ses épaules.

Elle sentit que le bras de Perez entourait sa taille et qu'il pressait son corps contre le sien, que ses lèvres sur sa peau cherchaient la douceur humide de sa bouche. Elle éprouva comme un élan vers lui. Tandis que ses baisers devenaient plus ardents et glissaient vers sa poitrine, elle ne réfléchissait plus. C'était un tel soulagement qu'il en devenait presque douloureux. Ils trébuchèrent sur une coulée de sable.

Elle était couchée sur le dos, nue, la tête renversée en arrière. Elle respirait doucement, la bouche entrouverte. Elle voyait son ombre au-dessus d'elle. Il l'admirait en silence. Il admirait, là où la peau était plus claire, ses petits seins dressés. Elle lui sourit. Elle prit sa main et l'attira vers son corps.

L'atmosphère était épaisse, et tout semblait tellement au-delà de leur conscience qu'il fallut que se produise un incident aussi infime que la sonnerie incongrue d'un téléphone à l'arrière-plan pour faner cette relation à peine éclose. Perez le premier succomba à la réalité.

– Mon portable, bredouilla-t-il.

Il roula sur le côté et disparut. Il revint quelques instants plus tard, sa veste sous le bras. Il lui tendit ses vêtements. D'abord ce fut une voix lointaine, un murmure qu'elle ne parvenait pas à identifier. Elle fit un effort, comprenant qu'il lui parlait. Elle n'avait pas envie d'ouvrir les yeux.

– Venez, dit-il en l'aidant à se relever. Connely est sorti de sa tanière.

3

I

TANDIS qu'ils se dirigeaient vers la voiture, Perez la mit au courant :

– Une voiture de patrouille se trouve sur le lieu de l'accident. Un Hummer et un camion-citerne. Il semblerait que Connely soit mort sur le coup. Le conducteur du camion s'est enfui au moment où le flic arrivait à sa hauteur.

Senda approuva d'un signe. Le sable humide lui grattait la peau.

Perez s'installa au volant, amorça un demi-tour et prit la 5e Rue en direction de l'autoroute. Ils roulaient à plus de soixante miles à l'heure. Sur le toit, les éclats bleutés d'un petit gyrophare signalaient qu'il s'agissait d'un véhicule banalisé de la police.

Perez regardait droit devant lui. Après avoir enfilé ses sandales, elle demanda :

– Ma présence vous pose un problème ?

Perez inspira, demeura songeur, avant de répondre :

– Aucun.

Le haut-parleur de la radio grésilla. Perez saisit le combiné.

Le bout de sa cigarette éclairait les doigts de Senda dans la pénombre. Elle retint la fumée dans ses poumons aussi longtemps qu'elle le put, puis l'expulsa d'un seul coup.

Du calme, se dit-elle. Du sang-froid, et surtout pas de panique, cette fois. Ils quittèrent l'Interstate, prirent la boucle et s'engagèrent dans un boulevard qui s'éloignait de la côte. Ils traversaient des faubourgs où des marginaux se retrouvaient dans des débits de boissons et des boîtes sordides de strip-tease. Sur une aire de parking violemment éclairée, des Noirs jouaient au basket-ball ; les paniers n'avaient plus de filets, les murs étaient couverts de tags. Plus loin, trois autres Noirs étaient vautrés sur la banquette d'une voiture défoncée, sur le bord de la route.

De temps à autre, des espaces vides, clôturés de grillages à moitié arrachés, débordaient de hautes herbes emmêlées.

Perez enclenchait la sirène un peu avant chaque intersection, ralentissant à peine, forçant les automobilistes à prendre le couloir central et ceux qui croisaient sa route à ralentir ou à s'arrêter.

La vitesse rendait Senda nerveuse.

Il lui apparut plus tard qu'elle était en fait submergée par l'émotion, et que ce sentiment n'avait pas sa place dans le métier qu'elle exerçait.

La mort de Connely n'était pas sa priorité pour l'instant. Sarah était sa priorité.

Elle savait que la jeune fille était toujours vivante. Elle en était certaine.

Ses tempes battaient lourdement, et la douleur familière lui serrait à présent la poitrine. Sa respiration devenait plus courte, haletante.

Dès ce moment, elle eut une de ces intuitions lugubres qui précèdent certains événements et les marquent, avant même qu'ils ne se produisent, un de ces signes d'inévitable désastre.

Perez, lui, était dans son domaine. Un travail classique de policier, comme au cinéma, pour coincer un fugitif. Sa chemise était mouillée de sueur ; ou peut-être était-ce les marques de son corps humide quand il l'avait tenue dans ses bras. Du sable restait collé à la base de ses cheveux et sur sa joue.

Ils arrivaient dans un quartier bordé de petites maisons ; elles semblaient vides, n'ayant rien à offrir sinon leurs toiles d'araignées, le silence, et cette chaleur qui stagnait au-dessus des pelouses à l'abandon.

Perez ralentit et se gara sur le côté. Juste devant eux, rampes de gyrophares allumées, une demi-douzaine de voitures de patrouille étaient garées en épi, fermant le passage.

II

Il regarda Perez descendre de voiture La Française était restée à l'intérieur. Tant mieux ! Il s'amuserait avec elle plus tard. Dans son uniforme de flic, personne ne faisait attention à lui. C'était vraiment trop facile. Un vrai jeu d'enfant. D'abord Connely, et maintenant Perez. Il ferma les yeux quelques secondes. Il voulait vivre la scène, sa scène. Au milieu des ambulances et des pompiers, il se glissa derrière Perez, et appuya trois fois sur son silencieux. Un moment après, le camion explosa. Lorsqu'il atteignit la zone d'ombre, il se retourna encore pour observer l'agitation qui régnait sur les lieux de l'accident. Il enleva ses lunettes, comme pour mieux jouir du spectacle. Ce que les flics peuvent être cons, songea-t-il, ils n'ont que ce qu'ils méritent. Ils avaient eu leur chance, mais ils l'avaient laissée filer. Tant pis pour eux ! Il s'occuperait de Senda bientôt. Pas tout de suite, mais bientôt.

Un soleil ardent l'éblouit au sortir du taxi. Devant l'église, une grosse bâtisse au style parfaitement adapté aux mariages, aux funérailles et aux baptêmes, le parking était comble. Certains se rangeaient sur la route ou sur l'herbe.

Senda pénétra dans la pénombre de la chapelle. Les rites qui accompagnaient l'arrivée du cercueil étaient achevés. La haie d'honneur, composée de policiers en uniforme, avait quitté les marches.

Une foule se pressait sur les bancs et conversait sur le ton chuchoté propre aux enterrements et aux conspirations. L'orgue jouait en sourdine. Senda s'arrêta dans l'allée centrale, hésitant à s'approcher du cercueil exposé au pied de l'autel.

Elle se décida enfin à remonter la travée. Elle s'immobilisa près du cercueil à demi ouvert, que recouvrait un drapeau, et contempla le mort.

Il avait l'air paisible. Sa tête reposait sur un coussin de soie crème. Il avait les mains jointes sur une petite croix en or.

Senda resta quelques secondes ; elle esquissa un signe de croix, contourna le cercueil et reprit l'allée en sens inverse. Les premiers rangs étaient occupés par la famille et les dignitaires de la police et de la ville. Elle reconnut le cousin de Perez, celui qui les avait accueillis au restaurant.

Elle trouva une place sur un banc, près de la sortie. Le prêtre monta en chaire, revêtu des ornements ecclésiastiques. Le silence se fit.

La cérémonie se déroula sur un fond de musique d'orgue, dans une succession de chants et de prières.

Après que le chef de la police eut prononcé l'éloge funèbre, l'orgue se remit à jouer, et le prêtre récita un psaume.

Six officiers de police en uniforme refermèrent le cercueil, le couvrirent du drapeau américain, puis le soulevèrent.

Senda n'attendit pas que le prêtre conduise la procession jusqu'au parvis et passe devant la haie d'honneur figée au garde-à-vous, elle se dirigea discrètement vers la sortie.

Dehors, sous le soleil caniculaire, les véhicules du cortège s'étaient rassemblés.

Elle aperçut à l'écart une silhouette vaguement familière. Une femme, vêtue d'un tailleur blanc et qui avait les cheveux courts. La silhouette se dirigea vers elle.

Judith Graham enleva ses lunettes de soleil.

– Je savais que je vous trouverais là, dit-elle.

Senda hocha la tête.

– C'était une belle cérémonie. Vous allez au cimetière ? demanda Judith.

La foule s'amenuisait au fur et à mesure que les gens regagnaient leurs véhicules. Le cortège s'était mis en mouvement, précédé d'une escorte de motards.

– Non. À vrai dire, je ne me sens pas très bien, avoua Senda d'une voix hésitante.

Judith la prit par le bras et agita un trousseau de clés.

– Venez, dit-elle. Je suis garée en face. L'air climatisé vous fera du bien.

Elles marchèrent vers le parking, côte à côte, sur l'asphalte brûlant, au milieu d'un ballet de voitures, comme deux voyageurs, deux pèlerins allant dans la même direction, ce qu'en fin de compte elles étaient.

LE CHEMIN DES ÂMES PERDUES

« Alors, par un sentier mystérieux, entre les murs de la ville et le tourment des martyrs, mon maître s'en est allé... »

DANTE

I

Judith Graham habitait une petite maison de style néo-espagnol au bord d'un canal dans un quartier tranquille. Elle arrêta sa voiture près de la porte d'entrée. Une allée en carreaux de terre cuite traversait une pelouse ; les fleurs éclatantes de deux hibiscus jaunes brillaient sur le vert sombre du feuillage. Judith s'effaça pour laisser passer Senda. Un parquet en lattes de pin foncé, des éléments du même bois avec des accessoires d'une blancheur immaculée. Elle désigna un canapé large et rembourré.

– Allongez-vous. N'hésitez pas à enlever vos chaussures.

Le silence et la fraîcheur montaient vers Senda et s'insinuaient jusqu'au plus secret de son corps. Elle ferma les yeux et s'y abandonna. Elle s'éveilla une heure plus tard.

– J'avais de toute façon l'intention de vous réveiller, dit Judith avec un sourire.

Elle reposa le dossier qu'elle tenait à la main. Elle se leva, alla dans la cuisine et revint avec un plateau qu'elle posa sur une petite table en annonçant :

– Sandwiches au fromage et bière.

Senda se redressa avec une infinie lassitude. Elle sentait, enfouis sous les bandages, les battements de son corps meurtri. Judith lui tendit une canette.

Elle demanda :

– Avez-vous l'heure ?

– Deux heures et demie.

Les deux femmes échangèrent un regard. Chacune semblait épier quelque chose dans ce passage secret ; puis, comme au sortir d'un tunnel, de petites lumières vinrent ponctuer ce chemin, pareilles à des signaux de reconnaissance. Senda fit un geste de la main, comme si, après cette épreuve d'initiation, elle invitait Judith à franchir une barrière invisible pour se rapprocher d'elle.

– Ce n'est pas une mauvaise heure, dit enfin Judith. Ce n'est pas une des plus mauvaises heures de la journée pour se confesser.

II

– Que s'est-il passé il y a douze ans, à Paris, après l'annonce officielle de la clôture de l'enquête ? demanda Judith.

Elle était allée poser le plateau dans l'évier. Elle revint, tendit une autre bière à son invitée, et but une gorgée de la sienne.

Senda chercha des comprimés dans sa poche. À ce souvenir, son corps s'éveillait plus vite que sa pensée ou sa mémoire.

– J'ai quitté mon bureau vers cinq heures pour aller au Zoo Club. Le cœur n'y était pas. Quand j'en suis ressortie, Raphaël Schiller était accoudé à ma voiture. Je savais qu'il serait là.

– J'ai écouté la conférence, me dit-il. Vous ne vous étiez pas trompée pour Cassel.

J'avais ouvert mon sac, je voulais lui rendre la photo de sa fille qu'il m'avait confiée.

– Vous devez vous sentir un petit peu soulagée, maintenant que l'assassin d'Élodie est mort. À un moment vous étiez mon suspect numéro un, monsieur Schiller. Le saviez-vous ?

Il paraissait choqué.

– Pourquoi ?

– Une intuition. Votre force physique aussi, et beaucoup de petits détails. Votre blessure à la tête ; le fait que vous n'ayez pas vu votre agresseur...

– Vous plaisantez ?

– Pouvez-vous me décrire celui qui vous a assommé ?

– Sur le moment, non ; j'en étais incapable. Maintenant, avec le recul, je ne sais pas...

Il avait marqué un temps d'arrêt.

– Suis-je toujours suspect ?

– L'affaire est terminée.

– Vous pensez que...

– Ce que je pense n'a aucun intérêt, monsieur Schiller.

– Pour moi, si. J'ai de l'admiration pour vous, pour ce que vous faites. Dans ma vie, j'ai rencontré peu de personnes qui m'aient autant impressionné... Comment pouvez-vous me croire capable d'horreurs pareilles... comme ce qu'a subi cet enfant chez Cassel ?

Il semblait ailleurs, comme s'il revivait un moment de son passé. Je sentais qu'il se dominait. Je me forçais au calme. Le rapport d'autopsie d'Alicia, les photos, rien de tout cela n'avait été communiqué. À personne. Je m'en étais assurée.

J'ai dit :

– Efforcez-vous de reprendre une vie normale, tout est fini.

Il a hoché la tête.

– Je suis fatiguée, monsieur Schiller, si vous voulez bien m'excuser je dois rentrer.

Je me suis obligée à sourire. J'ai ouvert la portière de ma voiture.

– Je vous téléphonerai. N'oubliez pas votre promesse de dîner ensemble.

J'espérais qu'il n'avait pas remarqué le tremblement qui m'avait saisie.

– Je n'oublierai pas, lui ai-je dit en démarrant.

Pour tout le monde l'affaire s'est arrêtée là, conclut Senda.

Judith hocha la tête avec une sorte de sympathie complice. Senda fit une courte pause, de prudence et de réserve, puis parut se tranquilliser. Judith continuait à lui faire bonne impression, et elle commençait à avoir une idée de sa rigueur et de sa personnalité. Elle reprit doucement, presque en chuchotant :

– Je suis retournée voir Gallo, le chef de la police, dans son bureau.

– Alors ? Comment-a-t-il réagi ? m'a-t-il demandé.

Il guettait ma réaction.

– Il va venir.

– Vous pensez que cela se produira chez vous ?

– J'en suis certaine.

Nous attendions sa visite pour la nuit même. Ce ne fut pas le cas ; ni la nuit suivante, ni celle d'après.

La veille, dans l'immeuble, nous avions pris possession de trois appartements, dont un sur mon palier, et relogé discrètement les locataires dans des hôtels à l'autre bout de la ville.

Des policiers de la brigade d'assaut, choisis parmi neuf volontaires, s'y étaient installés ; deux par appartement. Un interphone leur permettait d'entendre et d'enregistrer tout ce qui passait chez moi. L'entrée de service de l'immeuble avait été condamnée. Personne, en dehors de ceux qui prenaient part directement à l'opération, n'était au courant. J'avais laissé Garcia et Berthier, mes adjoints, dans l'ignorance.

J'étais à peu près certaine que Schiller n'utiliserait pas d'arme à feu. Nous avions chronométré le temps d'intervention des inspecteurs de l'appartement voisin : sept secondes. Sept secondes pour ouvrir avec un double la porte de l'appartement et y pénétrer. C'était le laps de temps dont je disposais pour ne pas me faire tuer, à partir du moment où il aurait décidé de passer à l'action. Les autres policiers occupaient un appartement au rez-de-chaussée et au dernier étage, pour empêcher Schiller de s'échapper au cas où les choses auraient mal tourné.

– Pourquoi prendre un tel risque ? interrompit Judith.

Senda alluma une cigarette, immobile, écoutant l'écho de sa propre respiration.

– J'avais trente ans. J'étais le point de mire de tous dans le service. On me considérait comme la protégée de Gallo, une espèce d'étudiante sans expérience. Prouver la culpabilité de Schiller était la seule chose qui m'importait. Une espèce d'angoisse désespérée m'habitait. J'étais indifférente à tout ce qui pouvait arriver d'autre.

– Au prix de votre vie ?

Judith secouait la tête, incrédule.

– C'était ma dernière chance, et j'avais une totale confiance dans Bazille, l'un des officiers de la brigade d'assaut. Il était dans l'appartement voisin. Je savais que je pouvais compter sur lui.

– Pourquoi soupçonniez-vous Schiller ?

– Je ne sais pas. Tout s'appuyait sur quelque chose d'autre que des indices concrets ; les contours se superposaient les uns aux autres, et finissaient par construire un personnage, à la limite de la réalité et de la fiction : c'était lui. Il éveillait une curieuse réaction en moi ; un lien étrange, et confus. Je ne saurais pas vous décrire quoi exactement.

La sonnerie du téléphone fit sursauter les deux femmes. Judith laissa le répondeur prendre la communication. C'était Art Liep.

– C'est encore moi, Judith. Je vous ai aperçue ce matin à l'enterrement de Perez, malheureusement j'étais occupé à faire une interview et je n'ai pas eu le temps de vous parler.

Il y eut quelques instants de silence, puis la voix reprit :

– J'ai un agent et un éditeur. Un bouquin sur Connely, signé de nos deux noms. Nous pouvons l'écrire en six semaines. Ce sera encore tout chaud. Rappelez-moi.

Senda observait Judith avec curiosité. Cette dernière ne paraissait éprouver aucune gêne.

– Je ne suis pas disposée à entrer dans son jeu. Je n'ai pas d'intérêt pécuniaire à élargir mes connaissances sur

Connely comme personnage de roman. Je suis avocate, pas écrivain.

Elle ne plaisantait pas avec ce genre de choses, semblait-elle dire.

Senda se renversa au fond du canapé. Elle éteignit sa cigarette, vida le reste de sa bouteille de bière, et continua avec une certaine réticence à parler d'elle-même.

– Je passais mes nuits sur le canapé du salon. Une image refusait de quitter mon esprit ; les yeux ouverts, je la voyais flotter dans le noir. Une ombre toute proche qui se penchait au-dessus de moi. Puis tout s'effaçait dans ma tête, et il y avait un vide. Un soir, l'ombre ne s'effaça pas, et le vide demeura rempli. Je n'avais rien entendu. Ni craquements ni grincements ; pas même ceux de la porte d'entrée.

Il portait une combinaison noire et une cagoule de ski. Il était sur moi, il m'écrasait de tout son poids. Il me serrait à la gorge pour m'empêcher de crier. Malgré ma préparation, j'étais à deux doigts de succomber à la panique, mais je savais qu'il me fallait garder mon sang-froid si je voulais rester en vie.

Il enleva sa cagoule, et je vis ses yeux froids épouvantablement vides.

– J'ai beaucoup de sympathie pour vous, mais je ne peux pas me permettre de vous laisser derrière moi. Qui sait, peut-être déciderez-vous un jour de rouvrir le dossier ?

Il avait desserré sa prise. Il attendait ma réponse. Je devais absolument obtenir, à son insu, une confession sans équivoque.

– Je ne vois pas de quoi vous voulez parler, Raphaël.

– Vous ne me laissez pas le choix. Vous êtes très intelligente ; vous avez compris que Cassel était innocent. Vous pourriez fouiller et trouver des preuves, convaincre un jury.

Il s'était redressé, et je sentais quelque chose sous le menton, comme une brûlure. Il me piquait avec un couteau.

– Levez-vous... lentement.

Il me guidait avec son arme, une lame épaisse au côté cranté, tel un animal qu'on dirige vers l'abattoir avec un aiguillon mortel.

Nous étions debout. Il se tenait derrière moi. Je sentais son érection, ou plutôt il s'arrangeait pour me la faire sentir. Il me murmurait à l'oreille :

– Enlevez votre pantalon, Barhi, et faites-le glisser sur vos chevilles. Je vais vous violer. Après, je vous attacherai et je vous bâillonnerai. Je veux qu'on croie à un viol, suivi d'un banal cambriolage La police vous trouvera morte, étouffée par un bâillon malencontreusement trop serré, au milieu de tiroirs renversés, de fauteuils étripés, et de papiers au sol.

J'avais commencé à défaire les premiers boutons de mon jean quand je lui ai demandé :

– Comment avez-vous pu tuer votre fille ?

Posso, le psychiatre qui avait établi le portrait psychologique du tueur, m'avait prévenue. Pour Schiller, ce serait quelque chose d'inespéré de pouvoir ainsi jouer son rôle, en toute impunité, devant celle qui le traquait, réduite à l'état de proie misérable. Il était indispensable de prendre le risque de le provoquer. J'attendais sa réaction. J'avais une chance sur deux. Son souffle était devenu plus court. Il me faisait face, j'avais perçu son déplacement. Je n'osais pas le regarder dans les yeux. Pour m'obliger à relever la tête, il avait enfoncé un peu plus la pointe du couteau. Un sourire sadique étirait ses lèvres.

– Vous ne pensez pas que c'était prémédité ? Je l'aimais. En rentrant chez moi ce soir-là, j'ai compris que la gouvernante avait trouvé les gravures. Elle avait fouillé mon bureau pour je ne sais quelle raison, et elle les avait dénichées. Je ne pouvais pas me permettre de la laisser en vie. Personne ne s'était rendu compte de ma présence. Je suis ressorti pour revenir un peu plus tard.

– C'est votre excuse ?

– Ma fille n'a pas vu la mort arriver. Je ne peux pas

en dire autant de l'autre. En fait... vous avez raison. Je suis revenu pour l'autre. Je ne pouvais pas ignorer le trésor qui s'offrait à moi.

Nous étions côte à côte, et il reniflait mon odeur. J'avais peur, et il aimait ça. Il était très excité, sa main tremblait.

Je ne disposais plus de beaucoup de temps. J'ai continué sur un autre terrain, espérant ne pas accélérer la montée de son fantasme.

– Revenons à Cassel ; c'était vraiment brillant.

– Pas de ça, Barhi !

Il restait sur la défensive. Sa voix n'était plus la même. Il comprenait à coup sûr mon besoin de gagner du temps, mais son habileté à tromper tout le monde avait besoin d'une reconnaissance historique, même de quelques instants, avant de graver une nouvelle entaille sur le manche de son poignard.

– Je vous en prie, j'ai besoin de savoir. Vous ferez ce que vous voudrez après.

Il lui fallut plusieurs secondes pour réagir ; manifestement il pesait le pour et le contre.

Il s'était mis à sourire d'un air condescendant. Puis il m'offrit le petit verre de rhum du condamné, il parla :

– C'est vous qui m'avez suggéré Cassel. J'utilisais une Rover de couleur foncée parce que c'était la voiture la plus courante dans le quartier, mais je ne pouvais pas prévoir que sa gamine se méprendrait. Je faisais d'une pierre deux coups. Je vous fournissais un enchaînement de circonstances qui conduisait logiquement à la solution de l'énigme, et j'annulais tout ce que vous aviez pu trouver à mon sujet.

– Ce que je ne comprends pas c'est que c'était bien la voix de Cassel, dans cet appel suicidaire au téléphone.

– Il n'était pas en mesure de refuser. Je venais de tuer sa femme, et je lui avais promis d'épargner Sophie.

– Et Alicia ?

– Une gentille petite proie, timide et sans défense.

En une fraction de seconde, il m'avait saisie de sa

main libre, et comprimait les artères de mon cou. Il étouffait dans ma gorge ce que je m'apprêtais à dire. J'avais les jambes empêtrées par mon jean, et de toute évidence sa technique était au point. Elle ne me laissait pas la possibilité de me défendre. J'étouffais silencieusement, et je ne comprenais pas pourquoi personne n'arrivait pour le neutraliser. Nous avions enregistré, de la bouche même de l'assassin, tout ce que nous voulions savoir.

Je comptai jusqu'à sept. Je sentais mes genoux fléchir sous mon propre poids. J'allais perdre connaissance quand mon bipeur se mit brusquement à sonner, et il s'arrêta.

J'entendis le fracas étouffé d'une porte qui se brisait, puis un bruit de lutte.

Je sentis qu'on me donnait quelques tapes sur les joues. Quelqu'un avait dû me poser un masque sur le visage ; l'oxygène me brûlait la gorge. Je distinguais au-dessus de moi un homme brun, avec une balafre sur la joue. Je fis un effort pour l'identifier. C'était Bazille.

Mes réflexes étaient engourdis, mais je parvins à m'adosser au canapé. Bazille expulsa avec un soulagement visible l'air qu'il retenait dans ses poumons.

– Où cst-il ? dis-jc cn cnlcvant lc masquc.

La douleur continuait à me vriller les tempes, mais elle se dissipait.

Schiller était à terre, les bras en croix. L'autre inspecteur avait un genou au sol et maintenait son arme sur le sommet de son crâne.

Bazille débrancha l'interphone, et fit signe à son collègue de couper son micro.

– Descends-le, Jim, ordonna-t-il.

Bazille continua d'une voix sèche :

– Il a essayé de récupérer son arme et tu lui as tiré dessus. Vite, les autres vont arriver.

– Ce n'est pas... protesta Jim.

Bazille s'était tourné vers moi.

– Ce salaud avait placé une barre d'acier pour bloquer la porte, et coupé les fils du téléphone ; heureusement nous avons pensé au bipeur.

– Personne ne saura la vérité, Jim. Bazille a raison.

C'était ma propre voix que j'entendais, un son faible et crissant qui me surprenait.

– Vous êtes des flics, putain de merde ! Vous allez le tuer de sang-froid. C'est un meurtre !

Jim semblait dépassé par notre détermination. Je m'adressai à lui :

– Ce type n'est pas un être humain. C'est un monstre. Son avocat plaidera la folie et convaincra le jury. Dans quelques années il sortira de l'hôpital et recommencera à découper des gosses en morceaux.

J'étais à bout de souffle, comme après une violente crise d'asthme.

Bazille était debout à côté de la table. Il poussa du pied le couteau. Le manche effleurait maintenant les doigts de Schiller.

– Va dans l'autre pièce. Tu n'as rien vu, ordonna-t-il à Jim.

Il se pencha et passa une menotte à Schiller, laissant le deuxième bracelet ouvert. Son arme était à une vingtaine de centimètres de la nuque de ce monstre.

Je compris qu'il allait tirer. Jim aussi. Il s'écarta, tournant la tête. Il semblait désarçonné et me regardait comme si j'étais la seule personne à pouvoir empêcher ça.

Puis la voix de Schiller s'éleva dans la pièce :

– Vous ne pouvez pas me tuer !

Il restait immobile, la respiration parfaitement égale. Un filet de sang coulait de sa bouche et de sa lèvre supérieure.

– Ferme-la ! dit Bazille.

Le bruit dans les étages se rapprochait. Nous ne disposions plus que de quelques secondes. Je vis le chien de son arme se relever.

– Les deux autres gosses ne sont pas morts ! lança Schiller.

Les paupières de Senda se fermèrent, comme si elle venait de tourner une page sur ses souvenirs, et qu'ils s'étaient brisés comme une vague lointaine sur une ligne flottante et glacée.

Quand elle les rouvrit, d'autres sensations se réveillaient, inquiètes. La douleur revenait avec cette impression de vide lancinant.

Judith hochait la tête comme si elle avait déjà su la réponse.

– Vous n'aviez pas le choix ?

Elle eut un geste affirmatif.

– Nous recherchions ces enfants depuis plusieurs semaines ; sans lui nous n'avions ni le temps ni les moyens de les retrouver vivants. Il le savait... les preneurs d'otages le savent.

Tout semblait figé autour des deux silhouettes ; même le bruit de la rue paraissait éteint et ne coulait plus sous les portes et par les fentes des fenêtres.

Le seul bruit que l'on entendait dans la pièce était la vibration de l'air climatisé.

Senda se mit à parler à voix basse ; un murmure.

– Gallo arriva à mon appartement peu après. Il n'y avait plus que nous trois dans la pièce. Schiller était menotté au radiateur. Il était à son aise, comme si nous nous étions retrouvés pour échanger de vieux souvenirs et prendre le thé sur son invitation.

– Je n'ai pas l'intention d'aller en prison, Gallo, et vous allez arranger ça.

Gallo s'était assis sur le canapé, le téléphone à portée de main. La ligne avait été rétablie.

– C'est impossible. Je crains de ne pouvoir faire grand-chose.

Schiller, avec un mauvais sourire, demanda :

– Dans ce cas, pourquoi êtes-vous ici ?

– Pour que vous me disiez où se trouvent les enfants encore vivants.

– Alors je crains de ne pouvoir vous répondre.

– Vous les laisseriez mourir ?

Schiller eut un geste d'assentiment.

– Quatre, six, huit, quelle différence ! Je ne vous envie pas, Gallo. D'ici peu ces gosses seront morts. Ils doivent crever de soif et de faim en ce moment.

Gallo revint à la charge :

– Nous pouvons intercéder pour que votre bonne volonté soit prise en compte. Votre peine sera atténuée. Vous avez ma parole.

– Pas de prison, pas un jour.

Gallo, après quelques instants de réflexion, parut comprendre l'essence du message. Il composa un numéro de téléphone, puis, ayant obtenu son correspondant, il brancha le haut-parleur et se tourna vers Schiller.

– Quelle est votre proposition ?

– Je veux un document écrit et signé par des autorités supérieures à la vôtre, politiques et judiciaires, garantissant qu'aucune poursuite directe ou indirecte ne pourra être engagée contre moi, ni ici ni ailleurs.

Schiller le regardait droit dans les yeux, attendant sa réaction. Puis il dit d'une voix assez forte pour être entendu à l'autre bout de la ligne :

– Dites, vous m'écoutez un peu ? Ce n'est pas des semaines que vous avez pour réussir, c'est moins de vingt-quatre heures. Ce ne sera pas la première fois que votre gouvernement pratique ce genre de choses. Combien de terroristes de l'ETA avez-vous laissés partir en échange d'informations ? Je vous conseille de vous dépêcher, ajouta-t-il.

Senda essaya d'allumer une cigarette. Quand la flamme crachota en s'éteignant entre ses doigts, elle laissa tomber l'allumette dans le cendrier et garda la cigarette à la bouche.

– Ça va ? s'inquiéta Judith.

C'était une question objective, mais Senda y décela de la sollicitude.

– Je voudrais faire quelques pas.

Judith lui tendit la main pour l'aider à se relever. Quand elle réussit à se mettre debout, ses os lui faisaient mal. Elle fit quelques pas dans la pièce ; ses sentiments se lisaient clairement sur son visage.

– Je voulais lui tordre le cou jusqu'à ce qu'il crache le dernier morceau de ce qu'il savait de cette affaire, mais j'étais trop faible pour me relever, et je n'étais pas sûre non plus que Gallo m'eût laissée faire.

– Pourquoi l'avez-vous laissé partir ?

– Comment pensez-vous que l'opinion publique aurait réagi en apprenant que nous avions délibérément laissé mourir ces deux enfants ? Nous ne pouvions plus rien pour les autres, mais ces deux-là justifiaient tous les compromis.

Senda avait de nouveau dans son regard cette froideur grise et glacée qui avait surpris Judith, la première fois où elle l'avait croisée.

– C'était une nuit lugubre. La pluie tombait avec force, les rafales de vent, d'eau, de feuilles arrachées aux arbres semblaient mettre une frontière entre les victimes et nous. Nous avions deux ambulances équipées comme un hôpital de campagne. Je me trouvais dans la voiture de tête, assise sur la banquette arrière, à côté de l'avocat de Schiller. Tous les documents réclamés avaient été remis à l'avocat. Dans la seconde voiture, il y avait Gallo. Une troisième voiture fermait le convoi. Le voyage ne dura pas longtemps, un peu moins de quarante-cinq minutes. Schiller avait communiqué un plan à son avocat. Au bout d'un chemin désertique en cul-de-sac, protégé par un bois, je distinguai dans les phares un toit en pente fait de tuiles d'ardoise. Un petit pavillon. Nous étions arrivés. Je pénétrai en premier. Lorsque j'ouvris la porte de la cave, je fus saisie par une odeur horrible. Je perdis quelques secondes à trouver l'interrupteur. Deux ombres couvertes de bleus et de meurtrissures étaient étendues sur des grabats. Le troisième grabat était vide. Ce devait être celui d'Alicia Molina dont nous avions retrouvé le corps chez Cassel.

Ils étaient nus, enchaînés, leurs côtes saillaient. Des capuchons masquaient leurs visages. Une écuelle d'eau et des trognons de pain rassis se trouvaient à la limite d'extension des longes. J'appelai doucement, mais je n'obtins aucune réponse. Leur immobilité me glaçait. Je n'osais pas vérifier par moi-même. Je m'écartai pour laisser l'équipe médicale faire son travail. Au bout d'une dizaine de secondes, l'un des médecins manifesta son émotion : « L'un d'eux est encore vivant. »

Nous avions sauvé Jason Dumas mais Didier Falque était mort étouffé. Je visitai la maison. Dans le garage, je trouvai la Rover. Les papiers étaient encore au nom de l'ancien propriétaire. Le pavillon contenait une pièce et une salle de bains réservées aux ébats. Les fenêtres étaient masquées de papier noir, les murs tapissés de scènes pornographiques. Un équipement de prise de vues et de projection était installé. Il y avait de nombreuses cassettes mais, après les avoir toutes visionnées, nous ne trouvâmes pas d'autres victimes à part les trois que nous connaissions déjà.

Cet acte d'accusation sorti du passé, ces longues colonnes dans les journaux qui suivaient la fin de Vincent Connely, tout cela donnait le frisson à Judith. Elle regardait les choses différemment. Aucun doute n'était plus permis. Elle s'était trompée en croyant à l'innocence de son client. Une fenêtre s'ouvrait sur ce qui lui paraissait un problème aigu de conscience ; la vue qu'elle en avait n'était guère encourageante et le meurtre de Linda restait omniprésent. Elle prit sur elle de refouler le remords qu'elle sentait surgir.

– Pourquoi n'avoir pas rendu l'affaire publique ? demanda Judith.

– Peu de personnes savaient ce qui s'était passé, et nous étions liés par les termes de l'accord.

– Quand les enfants ont été retrouvés, pourquoi ne

pas avoir quand même rendu l'affaire publique ? Vous ne risquiez plus rien. De surcroît, l'un d'eux était mort.

– Cette possibilité a été envisagée. Nous avions peur. Schiller avait menacé de recommencer si l'engagement était rompu.

Judith laissa cette dernière phrase flotter dans l'air, puis répondit avec une certaine colère :

– Pourtant c'est bien ce qui s'est produit. Vous avez préféré le silence et causé la mort de quatre innocents. Vous m'avez fait croire...

Pour la première fois depuis qu'elle était entrée dans cette pièce, Senda ressentait l'hostilité et la frustration qui se cachaient derrière ce propos.

Elle reprit sa place dans le canapé. Elle chercha le regard de Judith et leva la main pour mettre les choses au point.

– Vous vous trompez, Judith. Connely n'est pour rien dans ce qui s'est passé ici.

BARRON

« – Maître, parmi eux, ai-je l'espoir de reconnaître ceux qui se sont rendus coupables de tels crimes ?

– Ta pensée est creuse. Cette vie invisible et immonde qui les habite les rend indiscernables. »

DANTE

1

I

SENDA arriva à l'aéroport Charles-de-Gaulle à sept heures du matin. Elle n'avait prévenu personne de son retour. Elle prit un taxi et se fit conduire à son appartement.

Elle était enfin de retour chez elle. Un trois-pièces situé dans un immeuble de charme du Marais. Les prix dans ce quartier étaient exorbitants, mais elle bénéficiait d'un loyer bloqué. C'était aussi valable que d'avoir investi dans IBM ou Microsoft.

De la fenêtre du living-room, au printemps, les grandes fleurs blanches des magnolias, pareilles à des étoiles, constellaient le vert du feuillage.

Elle habitait ici depuis six ans. Elle avait meublé les pièces une à une, achetant la plupart des meubles et des objets au marché aux puces, ou en répondant à des annonces de particuliers.

Il n'y avait pas de souvenirs sur les murs ; aucun ancrage établi par instinct avec sa mémoire ou son passé. Des rayonnages de livres, un grand tapis oriental, un divan, des chaises regroupées autour d'une table en teck verni qui n'avait pas connu l'animation d'un dîner de fête, d'un dernier verre en son honneur, et des éclats de rire qui se seraient envolés dans une atmosphère surchauffée.

L'une des deux chambres à coucher lui servait de pièce de travail : d'autres rayonnages, d'autres livres, un ordinateur. Un petit couloir conduisait à la cuisine et à une salle de bains.

L'appartement sentait le renfermé après plus d'un mois d'absence. Pauline, sa voisine du dessous, avait oublié d'arroser les plantes et de vider le réfrigérateur, mais elle s'y attendait. Pauline était trop occupée par le flot ininterrompu de boyfriends, et par sa recherche quasi désespérée d'y puiser un mari.

Senda feuilleta son courrier ; aucune lettre ni carte personnelle. Chacune des enveloppes renfermait une facture ou un prospectus publicitaire. Elle fit le tour des pièces, ouvrant une à une les fenêtres. Quand elle eut terminé, elle alla dans la salle de bains et se déshabilla complètement. Elle se sentait oppressée. Elle resta le plus longtemps possible dans la baignoire, puis elle s'observa face au miroir fixé à l'arrière de la porte.

Elle avait maigri ; ses bleus viraient au jaune. Elle haussa les épaules, retourna dans le living-room, et sortit sur le balcon.

Sa nudité ne la gênait pas, et si quelque tordu l'observait à la jumelle et en profitait pour se masturber, il était le bienvenu. Elle referma vitres et persiennes, s'allongea sur le divan et mit un CD de Cold Play, un groupe qui lui semblait évoluer dans un univers aussi perdu que le sien.

I was just guessing
The numbers and figures
Pulling the puzzles apart

Elle ferma les yeux, écoutant les paroles. Elle retrouvait enfin quelques recoins d'elle-même ; elle éprouvait sa solitude mais plus sa blessure. D'aiguë, la douleur devenait sourde.

Vincent Connely, pas plus que Raphaël Schiller, n'avait conservé de visage. Ils ne reviendraient plus.

Elle revoyait Tony Perez comme un chaînon qui s'étire à travers toutes ces années pour la mener à son premier baiser, avec Karim, un été sur la plage de La Marsa. Elle n'était qu'une gamine de quatorze ans, petite, plate, que personne ne prenait au sérieux. Les baisers de Tony avaient la même musique lointaine ; des images projetées sur un écran où elle retrouverait de loin en loin ses propres émotions.

Senda pressa sa main sur sa poitrine. Son sang irradiait une bonne chaleur. Elle ne souffrait presque plus. Des élancements réguliers, une pesanteur dans les os, un début de migraine. Comme chaque jour depuis douze ans.

Elle se mit à réfléchir dans le noir. Puis la musique et les paroles finirent par s'emparer de sa vigilance, et il n'y eut plus qu'un bleu éclatant, rassurant, qui alla en s'estompant.

Elle se sentait l'esprit complètement vide et brillant comme la surface d'un lac vers le fond duquel elle glissa.

II

Elle dormit vingt-quatre heures. La sonnerie du téléphone fit éruption, pareille à une île volcanique qui sort de la masse sombre de l'océan. Senda s'éveilla, et demeura étendue, le regard embué.

Quelles que soient l'heure et les circonstances, Charles Gallo s'exprimait toujours avec une extrême courtoisie. Inutile de se creuser la tête pour se demander comment il était au courant de son retour ; c'était son métier de savoir ce qu'on s'efforçait de lui cacher.

– Désolé de vous tirer du lit.

Elle eut droit à un discours emperlé d'une fausse candeur naïve. Elle avait traversé toutes les épreuves, triomphé du méchant, et rejoint la famille en gardant le silence. Il l'assurait de son amitié et de son affection.

– Monsieur...

– Oui ?

– Je voudrais avoir accès aux dossiers de l'affaire Schiller.

Après un silence étonné, Gallo répondit :

– Je ne suis pas sûr que ce soit possible. Nous les avons détruits. Vous éprouvez encore de l'intérêt pour cette histoire ?

– Non. C'est sans importance. Une simple curiosité.

– Vous avez besoin de repos. Il doit bien vous rester quelques jours de congé. Prenez-les. Allez voir vos parents et oubliez tout ça.

« Compte là-dessus », maugréa Senda après qu'il eut raccroché. Elle n'avait pas la moindre intention de faire cadeau à l'administration d'un seul de ses jours de congé.

Elle s'habilla, avala en vitesse un espresso sur le comptoir d'un café italien, et alla récupérer sa voiture au parking de la police. Une Jeep noire, confisquée par son service au cours d'un raid sur une bande de racketteurs. Sièges en cuir, compact-disque stéréo, climatisation. Rien ne manquait.

Elle avait quelque difficulté à conduire ; tourner rapidement le volant lui faisait mal, et son épaule n'était pas encore vraiment fonctionnelle. Heureusement la Jeep était pourvue d'un changement de vitesse automatique.

Elle se rendit au centre médical et social de la police, patienta une heure avant d'être reçue par le médecin de service.

Après avoir examiné ses plaies, il retira les agrafes et prit plusieurs radios.

Il s'assit derrière son bureau.

– Je ne sais pas vraiment ce qui vous est arrivé, mais on vous a pas trop mal soignée là où vous étiez.

Il se mit à remplir des formulaires.

– Une semaine d'indisponibilité, dit-il en levant la tête.

– Six.

Il esquissa un sourire.

– Mademoiselle, vous n'avez pas besoin de revenir pour changer vos pansements. Votre genou se ressoude normalement. Deux semaines devraient vous suffire.

– Je suppose que oui, conclut-elle pensivement.

III

– Salut professeur, dit Senda en ouvrant la porte de son appartement.

Elle lui indiqua un siège.

Ce con n'a pas changé, songea-t-elle.

– J'ai besoin de vous.

– Comme tout le monde, ma belle. C'est fou ce que je peux être populaire, grogna-t-il. Allez le dire à ma femme, sinon elle ne me croira jamais ! Bon, qu'est-ce que je peux faire pour vous, terreur ?

– J'ai un autre Schiller à LA.

– Encore ? Vous les collectionnez !

Senda ouvrit son tiroir, et lui montra les photos des victimes de la Delta, plus une carte de la ville de Los Angeles.

– J'ai mis une croix avec une petite légende pour chacun des meurtres, lui fit-elle remarquer.

Il se leva et fixa la carte et les photographies sur un pan de mur du living-room resté vierge, entre deux bibliothèques.

– Nouveau territoire. Allez, dites-moi tout.

– Est-ce que le FBI a travaillé sur le profil ?

– Pas à ma connaissance. La police de LA avait déjà un coupable. Ils ont vérifié si d'autres crimes commis précédemment recoupaient ceux-là. Un seul cas. Tenez, il y a un article à ce sujet dans ces papiers.

– À l'évidence, vous n'approuvez pas les conclusions de vos collègues américains.

– Non. Mais j'ai une impression de déjà-vu.

Elle alluma une cigarette, et posa ses pieds sur le bureau.

– Dites-moi tout, grand sorcier.

Posso la regardait en souriant. Il avait toujours eu un faible pour elle. Il lui suffisait de regarder les photos pour comprendre comment cette affaire avait pu ébranler et hanter la jeune femme.

– On parle du même homme ?

– Plutôt un *copycat*, pour employer le jargon américain. Il veut faire croire...

– À qui ?

– À vous, et sans équivoque, à tous ceux qui ont été mêlés à l'affaire Cassel, y compris ce... Connely. La femme étranglée dans le motel, la mort de cette Linda : des ruses destinées à remettre la meute sur la fausse piste qu'il a préparée. Cependant...

– Quoi, professeur ?

Il sembla remettre de l'ordre dans ses pensées avant de répondre :

– Il y a ici quelque chose qui dépasse la recherche d'un simple plan. Cet homme s'exprime comme un artiste ; il soumet son œuvre, il cherche une inspiration. Souvenez-vous de la petite Alicia ; le corps se trouvait dissimulé entre le mur du garage et la voiture. Ces trois-là sont exposés comme des trophées, des peintures, une fresque même. Mon impression est que toute cette mise en scène dépasse le cadre de ce que vous avez perçu ; à savoir, faire accuser Connely.

– Sa mort ne va pas le calmer.

C'était une affirmation plus qu'une question.

– Certainement pas. Dans le futur, il fera disparaître les corps pour éviter les rapprochements.

Il examina attentivement une nouvelle fois les photos prises à la Delta.

– Il y a cette inscription étrange sur le mur, je...

– Une signature ? intervint Senda

Il prit son temps avant de répondre :

– Je dirais : plus que ça. Un label... je suppose qu'il s'agit exactement de cela, un label. Une marque. Peut-être quelque chose derrière quoi il se cache. Un masque.

– Je veux comprendre. Et ensuite, je pourrai enterrer l'affaire. Qui est-il, Posso ?

– Bonne question. Mais le succès qu'il a rencontré dans l'accomplissement de ses crimes et les efforts qu'il a déployés pour échapper à la police vont certainement le conduire à exécuter d'autres crimes de nature similaire. Cette créature n'a qu'une apparence humaine. Son cerveau utilise des connexions qui vous sont inconnues. Il a franchi une étape difficile, celle de commettre plusieurs crimes et de demeurer impuni. C'est un imitateur qui veut impressionner. Il est jeune, vigoureux, en pleine forme, et sexuellement actif. Certainement très éduqué aussi ; des bases scientifiques, une bonne connaissance des enquêtes policières. Cela ne le rend que plus dangereux. C'est un psychopathe, un modèle du genre. Il n'est jamais que lui-même ; aucune voix en lui ne l'appelle à la raison. Il veut entrer en communion avec quelque chose de plus vaste, d'intemporel. Il est large d'esprit, convivial, et en même temps solitaire et secret. Il aime communiquer ses sensations mais en gardant l'anonymat. Il a un grand dessein pour lui-même, une quête, structurée en plusieurs phases. Nous venons d'assister à la première. Je la qualifierais de test. Pour lui, elle est très positive.

– Et la seconde ? demanda Senda avec réticence.

– Je pense que la seconde est de poursuivre, de faire connaître sa marque, sa signature.

– Vous voulez dire...

Senda s'arrêta, laissant sa phrase en suspens.

– Progresser dans ses triomphes, faire des adeptes, être accepté comme un maître par ceux de sa race, termina Posso.

Elle avait envie de vomir.

– Que dois-je faire ? Vous êtes bien un spécialiste de la mort, non ?

Sa remarque lui cloua le bec pendant plusieurs secondes. Cela eut également pour effet, apparemment, de lézarder la carapace dont il s'était entouré.

– Votre homme est un assassin, et de la pire sorte, mais il a besoin de s'exprimer. Ce n'est pas un *serial killer* ordinaire. Des tueurs comme Bundy et Dahmer raffolaient de parler de leurs exploits aux policiers, aux psychiatres ; ils ne pouvaient s'exprimer que dans un monde réel. La nouvelle génération de monstres a plus de chances ; nous leur offrons le monde virtuel. Un ordinateur, un modem, un pseudonyme : ils communiquent entre eux dans le plus total anonymat. Il a fallu deux ans au FBI pour démanteler un groupe de pédophiles amateurs qui utilisaient un bulletin électronique pour parler de leurs conquêtes et échanger leurs impressions. Essayez l'Internet, dit-il. C'est l'endroit à la mode pour ce genre de confidences. Il y a des millions d'ordinateurs qui voyagent sur l'Internet rien qu'aux États-Unis, et personne n'a la moindre idée de l'endroit où ils se trouvent. Vous allez y retourner, n'est-ce pas ? Pourquoi ?

Il fut surpris de la fermeté de sa réponse :

– Essayer de retrouver ce que j'ai perdu.

Les feuilles mortes tombaient quand elle traversa la petite place pour gagner la Jeep. Elle avait besoin de faire un tour, le temps que l'odeur de Posso se dissipe de son appartement. Des angelots en pierre laissaient couler des filets d'eau dans des bassins recouverts de plantes aquatiques.

Il était clair que Posso avait vu s'agiter devant lui des reflets familiers.

La nuit était glacée, et Senda dut mettre le chauffage. Rouler lui fit du bien. Elle prit la flasque de cognac qu'elle conservait dans la boîte à gants, en cas d'urgence. Depuis des années elle était en état d'urgence !

Conneries, tout ça ! Soudain, elle eut comme une révélation.

Hélène Wang ! Il lui fallait voir Hélène Wang... Elle avala un petit comprimé.

Elle sourit en pensant qu'elle n'était plus à ça près.

De retour chez elle fit un feu de bois dans la cheminée et sortit quelques pilules qu'elle disposa sur la table basse. Elle prit un verre de rhum et tira d'un petit sac en velours grenat de quoi se préparer quelques joints : ce soir elle n'aurait pas de cauchemars.

Il neigerait peut-être à Noël. Mais elle s'en foutait complètement ! La mort, Senda la connaissait à présent mieux que la loi, et sa mémoire était fidèle.

2

DANS LE SOUS-SOL aménagé de sa villa, il revoyait les bandes vidéo qu'il avait tournées à la Delta. Il était nu, étendu dans le noir, la chose à ses pieds.

Il se faisait caresser. Il voyait le numéro un se débattre faiblement contre une force bien supérieure à la sienne. Il voyait les spasmes incontrôlables dus au manque d'air et à la mauvaise irrigation du cerveau.

Il voyait son propre visage dévoré de désir. Il imaginait ses pensées à cet instant. Il se revoyait dans l'attente du sang qui s'épanouirait, pareil à trois fleurs sauvages. Le couteau restait en suspens pendant une éternité, puis commençait à descendre, se glissait sous le ventre, le tranchant reposant sur la peau fine. Puis l'extase !

Il les avait ensuite dressés, les organes à l'air, parés en offrandes.

Des statues !

Maintenant il était prêt. La chaleur éclatait dans son sexe. Il imaginait la pression de la semence laiteuse qui jaillirait de son pénis pour aller au plus profond de la chose docile. Il tendit la main.

Dans un coin de la pièce, la faible lueur d'un pouls électronique s'inscrivait dans le coin supérieur gauche d'un écran d'ordinateur.

3

I

En fin d'après-midi, Senda Barhi rencontra Helène Wang au Tea Caddy, un salon de thé cossu, à deux pas de l'église Saint-Julien-le-Pauvre. Elle était déjà installée quand elle arriva. Elle se glissa sur la banquette libre. Hélène était chinoise et, une fois de plus, Senda fut frappée par sa ressemblance avec Gong Li. La jeune femme était superbe, et comme toujours une aura de mystère et de tragédie lui collait à la peau. Elles s'étaient rencontrées lors de l'affaire du Renard, et depuis elles se voyaient une fois par mois au même endroit. Elles commandèrent du thé fumé et des scones. Hélène était une romancière réputée connaissant le tout-Paris branché, mais aussi l'autre Paris, plus glauque, mais tellement plus intéressant, d'après elle.

– Tu n'as pas l'air très fraîche, Sendoussa. J'ai des cachets magiques si tu veux, dit-elle en plongeant la tête dans son sac.

Depuis des années, Hélène était une véritable pharmacie ambulante, et avait la réputation d'avaler n'importe quoi, à n'importe qu'elle heure.

Senda sourit, et s'abstint de tout commentaire. Elle comprenait les frayeurs d'Hélène, pour les avoir partagées, ainsi que sa dépendance aux médicaments.

– Non merci, pas maintenant. Par contre, chuchota-t-elle, il me faut une adresse

Senda lui glissa un papier sur la table. Hélène la dévisagea quelques secondes.

– Je t'appelle demain.

Puis elle se leva, et glissa vers la sortie, lui adressa un clin d'œil complice, et disparut comme une reine de l'écran.

Senda, les mains dans les poches de son manteau, le col relevé jusqu'aux oreilles, sortit du salon de thé et traversa la ville à pied. Cette marche lui fit du bien. À peine arrivée chez elle, elle consulta les messages sur son répondeur. Elle aurait aimé avoir un numéro listé, mais cela n'avait pas été possible. Les services de police et du ministère de l'Intérieur avaient des raisons légitimes de la joindre après la fermeture des bureaux. Pour lutter contre ce manque d'intimité, elle usait de son répondeur pour filtrer ses appels, et quiconque laissait un message de menace ou d'obscénités courait le risque d'être identifié par un **caller ID**.

Senda pressa le bouton de la petite boîte branchée au répondeur, faisant défiler les numéros sur l'écran. Trois appels de son bureau, et un de ses parents.

Quelques minutes après, elle avait sa mère en ligne.

– Vous avez reçu mes cartes de LA ?

– Oui, ma chérie. Quand es-tu rentrée ?

– Avant-hier.

– Pourquoi ne viens-tu pas nous voir ce week-end ? La météo prévoit du soleil.

– Je ne peux pas, maman. Je suis vraiment désolée.

– Tu travailles toujours autant ? Ton père dit qu'il n'a jamais vu quelqu'un travailler autant que toi. Tu viendras à Noël alors ?

– Je ne sais pas encore.

– Qu'est-ce que nous sommes supposés faire, ton père et moi ? Manger la dinde en tête à tête ?

– J'essaierai, maman. Papa est là ?

– Non, il est sorti faire sa promenade, comme tous les jours. Le docteur dit que c'est indispensable.

– Comment va-t-il ?

– Beaucoup mieux. Il est au régime et ne fume plus. Il a très envie de te voir. Enfin, j'espère que tu pourras venir.

Il y eut un silence, et Senda se rendit compte que sa mère était sur le point de pleurer.

– J'espère être là, maman. Je te le promets.

– Sendoussa ?

– Oui, maman.

– Nourris-toi d'autre chose que de café et de cigarettes !

II

L'homme qui se tenait devant la porte avait tout du poète romantique. Cheveux châtains qui bouclaient sur les épaules, grands yeux noirs dans un visage intelligent, barbe d'une semaine, et surtout, une bouche à mourir ! Il était vêtu d'une chemise blanche à manches longues, d'un jean et pieds nus. Il fumait un cigare, et ne devait pas avoir plus de quarante-cinq ans.

– Hugo ? Je suis une amie d'Hélène, elle a dû vous...

– Senda, oui, je vous attendais.

– Vous voulez boire quelque chose ?

– Tequila, s'il vous plaît.

Il déposa devant elle un verre, une soucoupe avec une petite salière et une tranche de citron vert.

– Qu'est-ce que je peux faire pour vous ?

Il avait une voix douce et rassurante. Senda prit un air grave, protocolaire, attendant de le jauger avant de satisfaire complètement sa curiosité. Elle fouilla dans son sac et sortit son badge qu'elle posa sur le comptoir de chêne poli. Elle but une gorgée de son verre, tout en l'observant.

Il jeta un coup d'œil sur l'insigne.

– Une espèce de super-flic ? avança-t-il d'un ton amusé.
– Pas tout à fait. J'appartiens à une division spéciale de la brigade criminelle. En fait, j'en suis le patron.
– Vous semblez plutôt... en vacances.
– C'est à peu près ça.
– Pourquoi désirez-vous me voir ?
– Vous me plaisez.
Hugo se contenta d'une grimace qui n'aurait passé que fort difficilement pour un sourire.
– C'est ridicule. Vous ne me connaissez pas.
Senda le regarda, pensive.
– Pour un mec considéré comme l'un des plus dangereux hackers du monde, vous avez l'air bien inoffensif.
– Si je touche un ordinateur, je vais en cabane pour vingt ans.
– Vous êtes recherché pour quarante-neuf crimes informatiques, mais il n'y a aucune preuve. Vous ne risquez rien, croyez-moi !
Hugo restait bouche bée, complètement perdu.
– C'est ce que vous faites qui me plaît. Vous êtes une sorte d'artiste... Si vous êtes aussi prestigieux que le nom que vous portez... J'ai besoin de quelqu'un qui voyage dans le monde virtuel, et j'ai besoin d'y faire des rencontres, plutôt une rencontre, ajouta-t-elle en souriant.
Elle avait formulé la dernière partie de sa phrase avec beaucoup plus de conviction.
Elle avait terminé son verre et l'observait avec curiosité. Hugo semblait vaguement inquiet.
– Ce que je comprends moins, c'est pourquoi vous faites appel à un type comme moi ?
– Vous êtes mon dernier espoir. Il s'agit d'un monstre. J'ai besoin de vous. Je veux retrouver un monstre qui torture des gamins à mort. Ce que nous fantasmons, il le réalise. Il est impitoyable. Il prend ce qu'il veut, quand il veut, et ensuite il disparaît.
– Et comment on le trouve ?
– C'est vous qui allez le trouver !

III

Le décalage horaire réveilla Senda qui roula sur sa droite et regarda la pendule lumineuse sur la table de nuit. Quatre heures du matin.

Avec une extrême lenteur elle se glissa hors du lit. L'intérieur de ses cuisses encore collant lui rappela qu'ils n'avaient pas pris de précautions. Elle s'en foutait.

Hugo, le visage enfoui sous un oreiller, dormait. Sa respiration était régulière, et sa poitrine se soulevait doucement.

Elle enfila un tee-shirt, chercha ses cigarettes et alla s'asseoir sur une chaise près de la fenêtre.

Cette expérience laissait Senda physiquement et émotionnellement sans force. Le nombre et l'intensité de ses orgasmes l'avaient ébranlée. Elle n'avait jamais connu ça, même avec son vibromasseur. En plus du plaisir physique, elle avait éprouvé autre chose, assez difficile à définir.

Elle se demandait comment elle réagirait s'il se révélait incapable de l'aider ; ou, plus simplement, ce qu'elle ferait une fois qu'elle aurait obtenu de lui ce qu'elle cherchait.

Elle chassa ces idées. Elle n'avait pas envie de penser à ça. C'était un problème pour lequel elle n'avait pas de solution toute faite. Son seul désir était de se griser de l'instant présent.

– Tu penses à ces gosses ?

Elle se tourna vers lui. Il se frottait les yeux. Elle vint s'asseoir sur le bord du lit. Il alluma la lampe de chevet et la prit dans ses bras. Senda murmura tout bas quelque chose d'inintelligible et de petites étincelles éclairèrent son regard. Ils restèrent enlacés un moment, sans prononcer une parole.

– Je veux juste coincer ce monstre, dit-elle. Je ne sais pas comment. Il n'a pas fait une seule erreur jusqu'à présent.

Elle se libéra doucement de leur étreinte. Jamais Hugo n'avait vu de regard aussi pénétrant.

– Mettons-nous au travail, proposa-t-il.

IV

Senda lui présenta un morceau de papier froissé.

– C'est tout ? BA.RR.ON ! Ah, il y a aussi un dessin. Ça représente quoi ?

– Sa signature. C'était sur le mur, au-dessus des victimes.

Hugo procéda à un étrange rituel ; il se frotta les mains, tourna deux fois sur lui-même, et fit mine de cracher, avant de s'asseoir devant son ordinateur. Elle eut du mal à conserver son sérieux.

– J'ai vu ça dans *Shakespeare In Love.* Bon, on y va. Ce n'est pas seulement un système multi-écrans, expliqua-t-il, il a aussi une connection DS3 qui permet l'accès simultané à sept réseaux différents. À la fin de mes études, j'ai créé le code-source du ver dont je me sers maintenant depuis des années. C'est au sous-sol d'un local d'archives que se trouve le seul PD10 qui existe encore sur Internet, mais presque personne n'en connaît l'existence. C'est une machine ITS maintenue en ligne pour des raisons historiques. J'y ai caché mon ver parce que personne n'ira le chercher à cet endroit.

Il se leva avec précaution, alluma une cigarette et resta accoudé quelques instants au mur. Avant de retourner à la console, il embrassa Senda dans le cou et sur la bouche, en un long baiser qu'elle lui rendit. Elle se voyait de très loin, incrédule, presque incapable de se reconnaître.

Soudain, « Decrypting Data » s'afficha sur l'écran. Quelques secondes plus tard, le ver lumineux était là. Hugo tapa à toute vitesse sur le clavier une suite de numéros incompréhensible, puis se tourna vers la jeune femme.

– Mon ver est parti.

Senda vint s'asseoir sur ses genoux, solidaire et complice.

– Qu'est-ce qui nous reste à faire ?

– Baiser. J'ai déjà modifié le code pour faire diversion. On a douze heures pour trouver l'hydre. Viens, on va se recoucher.

4

ASSIS dans l'obscurité, éclairé par la phosphorescence des écrans, il redéfinissait le jeu, changeant les stratégies, encore et encore.

Au début, le paysage et l'environnement étaient simples, attirant des joueurs sans imagination ; des pédophiles minables ou des violeurs de petites filles. Le temps passant, la technologie progressant, son impatience avait tourné à l'obsession.

En fait, il avait perfectionné le jeu avant de laisser sa profonde nature s'exprimer. Il avait la puissance, aujourd'hui. Il était le Maître incontesté d'un nouveau monde. Il était la loi, la vérité. Schiller n'avait fait que soulever un pan du voile.

Le monde, bientôt, considérerait ses goûts et ses instincts comme normaux.

« C'est avoir tort que d'avoir raison trop tôt. » Il ne se souvenait plus de l'auteur de cette réflexion, mais il en ressentait la logique et la puissance.

Pour finir, tout tournait autour de la même chose. Il n'y avait qu'un nanomètre de différence entre la puissance, le sexe et l'accomplissement du désir quand on approchait des infimes synapses dissimulées dans les replis grisâtres du cerveau. Tout revenait à la même chose. Lui le savait.

Il contempla l'univers exceptionnel qu'il avait créé, les répliques exactes des deux châteaux du Maître.

Il y avait trois vrais candidats, à présent. Trois pour qui ce paysage était de loin plus excitant que le monde injuste dans lequel ils vivaient, et tuaient.

Chacun était libre de raconter ses crimes, d'être lui-même, de partager sans crainte ses émotions ; d'annoncer aussi le nom des futures victimes, leurs adresses, et la manière dont elles seraient prises dans le filet. Hannibal Lecter n'était qu'un amateur. Il eut un petit rire.

Il rédigea son message électronique pour activer le serveur, se demandant en souriant si de nouveaux membres arriveraient à percer le secret des codes, et demanderaient à franchir la dernière porte, celle du véritable jeu. Il était un bon Élève.

5

I

Senda ouvrit les yeux. La lumière grise du petit jour filtrait à travers les rideaux. Trop tôt, pensa-t-elle. Non sans peine, elle parvint à fixer les yeux sur les objets qui l'entouraient. Elle n'était pas dans sa chambre. Elle se souvint. Elle étendit la main. La place à côté d'elle était vide, les draps tièdes. Elle respirait sans aucune angoisse.

Elle alla dans la salle de bains, se passa un peu d'eau sur le visage et se brossa les dents.

Hugo était dans le couloir quand elle ouvrit la porte de la chambre. Il était nu-pieds, en jean et tee-shirt, et tenait un plateau avec deux tasses de café et des tranches de Panettone qu'ils avaient acheté la veille dans une épicerie italienne.

– Salut, dit-il. J'espère que tu n'as pas l'intention de rester au lit toute la matinée.

Elle fronça les sourcils, surprise par cette entrée en matière.

– J'ai envie de toi, dit-elle à mi-voix.

Elle était la première surprise de s'entendre dire une chose pareille. Très calmement, prenant garde à ne pas renverser le plateau, il passa un bras autour de ses épaules, et la regarda de nouveau pendant un moment. Elle se retrouvait enlacée comme une petite fille. Hugo souriait. Une lueur d'excitation brillait dans ses yeux.

– Mon ver est de retour.

Lorsqu'elle fut certaine de contrôler sa voix, Senda demanda :

– Les mains vides ?

Il eut un signe de dénégation.

– Bingo !

Ce signe qui avait flotté à la dérive, imprécis, sans clé, prenait tout à coup un sens : entrecroisées, maladroitement inscrites par la main de la dernière victime du Disciple, les initiales de leur guide, FP, pour Francesco Prelati. Hugo alluma un joint, et après quelques bouffées se mit à taper comme un forcené sur le clavier. L'écran disparut pour revenir à nouveau avec le nombre de participants. Il n'y avait qu'une seule personne sur le forum électronique : FP.JD.AL.

Hugo continuait à frapper sur une série de touches à toute allure.

– J'essaye de le localiser ! Ça y est ! Je l'ai !

Il se tourna vers Senda.

– Embrasse-moi !

II

L'Élève contempla la chose étendue à quelques mètres derrière lui. Depuis deux semaines, il avait changé son régime. Le Yohimbe n'ayant produit aucun effet, il utilisait un mélange de PCP et de diacétylmorphine, en faibles quantités. Les résultats étaient saisissants ; les effets psychotiques remarquables, avec à chaque fois des visions et des suggestions plus audacieuses, et même des bouffées d'amour. Un potentiel se libérait.

Il avait eu la main heureuse et gardé le bon spécimen.

La totale dépendance était proche. Il s'habituait aux

pratiques sexuelles, aux fantasmes, à voir violer son intimité la plus secrète.

Maintenant, il en redemandait !

Au-dehors, d'autres choses aux boucles soyeuses s'agitaient. Elles seraient à leur tour prisonnières du labyrinthe. Il les écraserait au sol. Il sentirait sous lui les jeunes corps lisses agités de soubresauts, tandis que son propre corps se tétaniserait en entier.

Quelque chose passait de son cerveau à son sexe, qui se dressait à présent comme un pieu pointu. Il s'ébroua pour chasser le fantasme, mais il était toujours là. Les cris. Ces cris doux, tendus, perçants...

Plongé dans sa stimulation, il se masturba violemment, les perçant et les éventrant, les massacrant et les découpant, jusqu'à ce que la vibration soit telle qu'elle l'empêche de respirer. Des giclées de sperme s'étirèrent sur son ventre et sur ses cuisses.

Les milliers d'images de ce monde qu'il créait pour lui-même disparurent de son cerveau.

En face de lui, deux écrans s'affichaient, l'un montrant le niveau auquel le nouveau participant se trouvait, l'autre les coordonnées du point d'émission : la côte Ouest.

Il s'efforça de se concentrer, impressionné par l'incursion à laquelle il assistait cette nuit-là.

Le joueur se trouvait devant la porte du monastère. C'était plus qu'inhabituel, en si peu de temps. Était-il là par hasard ?

Un hacker ?

Une future recrue assoiffée de jérémiades et de confidences ?

Il n'avait aucune inquiétude. Les portes du Jeu ne s'ouvriraient pas. Les autres membres avaient attendu des jours. Il les avait sondés, testés ; il avait vérifié leurs prétendus exploits, examiné les photos, les films vus et revus, tous les indices avant de les accepter ; jusqu'à ce que leurs façades se décolorent, que les taches et les coulures apparaissent.

Il ne voulait pas d'inquiétants parasites qui se seraient glissés sous une fausse identité pour satisfaire une simple curiosité.

Soudain il vacilla sur sa chaise. Quelque chose traversait rapidement son champ de vision, sans qu'il arrive à fixer son attention. Cela s'affichait trop vite. Les six chiffres de la combinaison : 2.1.18.18.15.14 et BA.RR.ON.

Il y avait un intrus dans son royaume.

III

– Voilà pourquoi le ver nous a guidés jusque-là, s'exclama Hugo. La combinaison n'est rien d'autre que le rang de ces lettres dans l'alphabet.

L'incrédulité d'avoir découvert cette signification morbide s'accompagnait d'un sentiment de tension plus que de victoire.

L'expression dans le regard de Hugo était inquiète.

– Il veut savoir qui tu es.

Senda ferma les yeux. Elle avait envie de hurler, mais la raison lui conseillait de garder son calme. Pas de faux mouvements.

– La Mort. Dis-lui que la Mort arrive.

Elle retourna dans le « plateau », là où se trouvait la console informatique, et relut la liste que Hugo avait notée. Il avait été impossible de transférer le jeu sur un autre support ; il ne leur restait qu'une série de noms :

BA.RR.ON.

Francesco Prelati.

Ces noms n'étaient pas réunis sans raison. Elle les lut et les relut. Un conte moyenâgeux ?

Elle se versa un verre de rhum, alluma une cigarette. Sa nuque la faisait souffrir ; l'humidité, pensa-t-elle, ou la vieillesse. Cette idée la fit sourire.

Cela lui rappela la nuit où Connely avait explosé dans sa voiture. Les laboratoires de police n'avaient rien retrouvé indiquant qu'il s'apprêtait à quitter le pays. Ni bagages ni argent ; aucun élément ne pointant dans cette direction.

Si Vincent Connely ne cherchait pas à quitter le pays, où allait-il ? Pourquoi courait-il le risque de se faire prendre ?

Il n'y avait qu'une réponse : cette nuit-là, Connely était en route pour retrouver l'Élève. Un compte qu'il cherchait à régler à sa manière ; brutale et violente.

Il n'avait fourni aucun élément précis à son avocate pour lui permettre de l'innocenter aux yeux de la justice américaine ; il savait qu'en tout état de cause sa carrière financière était ruinée.

Il ne cherchait qu'à satisfaire une vengeance.

6

DES GOUTTES de sueur perlaient sur son corps et sur son front. Hugo était sorti. Chaque fois qu'elle fermait les yeux, elle voyait l'étendue de l'imagination du monstre, pareille au mufle d'un animal cherchant une charogne. Malgré ses efforts pour essayer de percer le message, rien ne sortait du brouillard. Elle ouvrit les yeux pour de bon et regarda le plafond.

Elle se leva. Elle entendait la pluie s'égoutter des toits et l'eau dévaler les caniveaux de la rue.

Qui avait eu accès au dossier de Raphaël Schiller ?

Elle inscrivit sur une feuille blanche des noms, des visages dont elle se souvenait plus ou moins nettement, et dont elle repassait mentalement le rôle.

Au fur et à mesure, elle se mit à cocher ces noms, pesant à chaque fois la possibilité ou l'impossibilité de la chose.

Elle fixa le papier dans un dernier regard, comme si le ridicule de sa démarche pénétrait son âme. Elle avait éliminé tous les noms.

La porte du Jeu était plus que jamais une porte fermée ; elle ne s'entrouvrirait plus. L'Élève y veillerait.

D'une certaine manière, à l'opposé de Schiller, le tueur éprouvait le besoin de confesser ses crimes à travers des jeux, des devinettes, des labyrinthes.

Une combinaison de lettres, effroyable, maléfique, suffisait à le faire apparaître à ceux qu'il estimait initiés.

L'un comme l'autre avaient eu soin de ne laisser aucun indice utilisable. Mais l'un venait avant l'autre.

C'est alors qu'elle les vit. La machine à remonter le temps faisait défiler des ombres analogues, assoiffées par la même tourmente.

La chose qui n'avait apparemment pas de sens se révéla soudain ordonnée dans une bonne perspective. Elle résonna en elle comme un cœur qui se brise ; une volée qui explose. Elle lâcha son verre.

– Non, pas ça ! cria-t-elle soudain. Pas lui !

Il lui sembla que la case noire de l'immense échiquier sur laquelle elle se trouvait se repliait sur elle. Elle tremblait. Il n'y avait pas d'Élève, juste une abomination. Posso s'était trompé. Elle courut à la salle de bains et se précipita sous le jet d'eau froide pendant quelque temps. L'eau contractait ses muscles et lui coupait le souffle, l'empêchant de crier son angoisse dans le froid humide qui l'asphyxiait. Elle restait là, tremblante ; l'eau avait une odeur de détergent. Elle posa sa tête contre les carreaux blancs qui lui firent penser au revêtement d'une morgue. Elle finit par sortir de la douche, s'habilla rapidement et déchira ce qu'elle avait noté sur sa liste. Elle prit les documents, les relevés informatiques d'Hugo, et lui laissa un mot : « Serai de retour dans huit jours. Je t'aime. »

Dehors, une brume s'élevait de la Seine ; dans les arbres, aucun oiseau ne chantait bruyamment et gaiement pour exprimer sa joie de voir la lumière chasser les ténèbres.

7

I

DEUX JOURS plus tard, Senda Barhi au volant d'une voiture de location franchissait la frontière canadienne à Blaine, et entrait dans l'État de Washington. Elle avait atterri quelques heures auparavant à l'aéroport de Vancouver.

Sa première remarque avait été de noter l'absence totale de panneaux de signalisation. Elle avait fini par aboutir au Deas Tunnel qui passait sous la Fraser River, puis à l'autoroute à six voies qui filait vers les États-Unis.

Elle franchit la frontière sans avoir à présenter ses papiers. Elle mit un peu plus d'une heure pour couvrir la distance qui la séparait de Seattle. Il était onze heures du matin sur la côte Ouest.

Elle n'avait plus le choix. Ce serait lui ou elle. Elle n'avait aucune preuve à fournir à la justice, qu'une suite de noms et une théorie qui prêteraient à sourire. C'était quasi un jeu de divination.

Elle traîna une partie de l'après-midi dans les bars de l'aéroport, fut tentée d'appeler Hugo, composa le numéro, puis raccrocha à la première sonnerie.

Elle finit son verre. À vrai dire elle ne ressentait aucun sentiment de triomphe, pas même une simple satisfaction. Juste un calme froid et lucide, insensible à la lumière et aux bruits qui l'entouraient.

On appelait son vol. Elle laissa quelques pièces sur la table, mit son sac à l'épaule et se dirigea vers la porte d'embarquement.

II

Il était minuit passé à Atlanta. Il se tenait au pied des escaliers conduisant au petit appartement qu'il louait sous un nom d'emprunt. Au-dessus de lui, rien que le silence. Les ordinateurs, le modem, les supports, tout cela avait été déconnecté, remis dans les cartons d'origine et rangés dans son Hammer.

Il était temps de changer l'emplacement de son relais. L'intrus qui s'appelait la Mort pouvait être n'importe qui. Peut-être le FBI. Comment avait-il eu si rapidement accès à la combinaison ? Tout était resté en suspens des deux côtés de l'écran.

De la Géorgie, il avait opté pour le Texas, pour Dallas. La nouvelle installation serait prête d'ici la fin de la nuit prochaine. Un nouveau bureau, une société fictive, dans un de ces immeubles des faubourgs aux trois quarts vides depuis la crise immobilière, et le jeu recommencerait avec de nouveaux paramètres.

Il ferma la malle du véhicule, s'installa au volant et démarra. Il prit l'Interstate 20, attentif à ne pas dépasser la vitesse maximale. Il était excité, mais tout cela n'était-il pas le but de l'opération ? Au retour il prendrait la 7, pour admirer la lune sur le désert. Il traverserait le Nevada, un nouveau territoire où il pourrait aisément faire disparaître les corps. Son cœur suintait de joie à la pensée de ce qu'il entreprendrait bientôt. LA était loin. Quel chemin parcouru depuis cette plage du Massachusetts, il y a quatre ans, une nuit d'été... Le mal, il le savait, n'était jamais vaincu. Il ne faisait que passer d'un endroit à l'autre, attendant le bon moment.

Il sourit. La vie était excellente, mais la mort était meilleure encore. Pourtant, quelque chose d'irrationnel persistait à battre au fond de sa tête. La Mort ? Curieux pseudonyme.

III

Le « Red Eye », surnommé ainsi pour la couleur des yeux des passagers à leur descente d'avion, se posa à Los Angeles à six heures du matin. Senda changea de terminal. Elle s'arrêta devant une rangée de casiers en métal brillant, et chercha le numéro mille trente-huit. Elle se décida enfin. Elle sortit de son sac une clef plate et ouvrit le casier. Ce qu'elle avait laissé à son départ quelques semaines plus tôt s'y trouvait toujours. Elle jeta un bref regard circulaire et fit glisser le paquet dans son sac. Un paquet lourd, informe, entouré d'un chiffon huilé.

Le calibre 38 de Perez.

Elle prit ensuite un taxi et se fit conduire dans un petit hôtel modeste d'Hollywood. Elle s'inscrivit sous le nom d'Alexandra Reid et paya deux journées d'avance en liquide.

Dans le couloir, elle enfila une paire de gants en plastique, puis s'enferma dans la pièce minuscule sans oublier de mettre la chaîne de sûreté. Elle posa son sac sur la table, l'ouvrit et sortit ce qu'elle avait acheté à Paris dans un supermarché.

Elle passa plus d'une heure à s'activer dans la salle de bains, puis s'examina dans la glace.

Elle était brune, les cheveux courts ; un rouge à lèvres violent accentuait crûment le maquillage vulgaire de ses yeux. Son visage avait épaissi. Elle s'exerça plusieurs minutes ; les tampons de cire remplissaient leur office. Sa voix était devenue aiguë, sifflante, méconnaissable. Elle prononça son nom plusieurs fois, avec une gravité forcée, s'étonnant du personnage qui se trouvait en face d'elle.

Elle ferait illusion, mais il lui faudrait agir rapidement.

Elle enfila un tee-shirt, un jean, saisit le 38, vérifia le barillet chargé d'ogives demi-blindées, et fixa le revolver à l'intérieur de l'une de ses boots. Elle ramassa son sac, laissa la clef sur la porte et sortit.

Elle donna ensuite trois coups de téléphone d'une cabine publique.

Elle déjeuna d'un hamburger et d'un smoothie à la fraise dans un McDo, se forçant à faire un tas de petits gestes inutiles pour coordonner sa volonté.

Vers quatre heures de l'après-midi, elle arrêta un taxi et se fit conduire au centre commercial Baywatch. Elle longea ensuite le bord de mer à pied jusqu'à Hermosa Beach.

Le crépuscule tombait, et le ciel était couleur de citrouille mûre, zébré d'un rose phosphorescent. La villa de crépi beige qu'elle surveillait glissait dans la nuit.

Les joggeurs allongeaient leur foulée dans la fraîcheur relative du soir ; les bandes phosphorescentes de leurs chaussures de sport à semelles emplies d'air luisaient de temps à autre.

Le long de l'avenue, les appartements brillaient ; une nuit comme les autres, dont la magie tiède et paisible donnait l'illusion de minimiser tout ce qui avait pu se passer dans la journée. Une vapeur rose traînait sur la plage, large et tranquille.

Senda reconnut la voiture à l'autre bout de la rue. Elle vit les phares décrire une courbe sur l'asphalte, puis s'immobiliser dans le driveway, et disparaître dans le garage. Peu après le vestibule et le rez-de-chaussée s'éclairèrent.

La tension de l'attente cédait le pas à une terrible lucidité, puis ses idées, quelques secondes, s'emmêlèrent. Sa bouche était sèche et elle entendait les battements de son cœur. Elle se rendit compte que le dégoût lui coupait la respiration.

Mon Dieu ! Trente secondes, laissez-moi encore trente secondes.

Puis quelque meurtrière puissance l'obligea à ramasser son sac, et sans hésiter elle se dirigea vers les portes-fenêtres à la française qu'elle apercevait au travers des taillis et des massifs méticuleusement taillés.

La nuit revêtait une nouvelle dimension.

8

I

La lumière extérieure s'alluma, la porte se déverrouilla, comme à contrecœur. Il apparut. Un homme jeune, en pantalon de toile délavée, à la carrure sportive. Ses cheveux blonds étaient coupés en brosse, et derrière des verres sans monture ses yeux vitreux ne cillaient pas.

Il portait une chemise en soie et des mocassins italiens faits sur mesure.

– Puis-je entrer ? demanda Senda. Votre secrétaire a dû vous communiquer mon message.

Il lança un regard dans la rue, puis s'appuya négligemment d'une main au montant de la porte. Ses doigts étaient longs, élégants, et parfaitement soignés.

– Je ne suis au courant de rien. C'est comment... votre nom ?

Sa voix était posée, calme, avec le ton de celui qui cherche poliment à se débarrasser d'un vendeur à domicile.

– Alexandra Reid. Je suis une... je viens de la part de... Enfin, c'est comme ça que j'ai eu votre nom.

Elle fouilla dans son sac, ne sembla pas trouver ce qu'elle cherchait, eut un sourire désolé, puis finit par découvrir une carte de visite froissée qu'elle lui tendit avec hésitation. Il y jeta un bref coup d'œil ; quelque chose comme un éclat d'intérêt vint affleurer dans son regard.

Il regarda sa montre et eut un sourire de circonstance.

– Entrez, dit-il. Je n'ai pas beaucoup de temps à vous consacrer.

Autant il semblait détendu à l'arrêt, autant il lui parut vif dans son mouvement qu'il fit pour s'écarter et la laisser passer.

Senda franchit timidement la porte d'entrée.

Une immense pièce faisait face à la baie. On avait certainement abattu plusieurs cloisons pour créer ce volume. De nombreux objets d'art, figurines égyptiennes, vases mayas, masques incas, étaient mis en valeur par de minuscules projecteurs dissimulés dans le plafond.

Les murs étaient couverts de tableaux naïfs très colorés ; ils portaient tous la même signature : Mac Knight ; un peintre à la mode.

Senda s'arrêta devant une table basse faite d'un chapiteau et d'une large plaque de verre où était disposée une collection de tabatières en argent d'époques différentes. De nombreuses armes anciennes, aux formes curieuses, étaient rassemblées en panoplies dans des vitrines.

– Vous devez être un collectionneur, murmura-t-elle en découvrant le spectacle qui s'offrait à elle.

Il la dépassa, et eut un geste désabusé de la main.

– J'en suis un. Mes parents également. Je suppose qu'il s'agit d'une manie familiale.

– Ils ont toujours cette passion ? demanda Senda.

– Ils sont morts.

– Oh ! je suis désolée.

– Ne le soyez pas. C'était il y a très longtemps.

Elle se fit l'effet d'être une pièce rapportée, quelque chose à l'aspect vulgaire dans cet univers raffiné et harmonieux. Un cafard dans une assiette de sandwichs que l'on présente à un cocktail élégant, pensa-t-elle.

Allait-il l'inviter à s'asseoir ?

Plusieurs portes donnaient sur cet immense salon ; elles étaient toutes fermées.

– Vous avez quelque chose à me montrer ? dit la voix derrière elle.

Elle s'assit quand même, de manière inconfortable, sur le rebord d'un canapé de couleur claire et se tourna vers lui. Une grossièreté calculée.

Il ne parut pas s'en formaliser. Il la regardait curieusement.

L'avait-il reconnue ?

– Alors, ces papiers confidentiels sur le gouverneur, je suppose que vous les avez avec vous, miss... ?

Il avait formulé cette suggestion d'une voix neutre. Son visage était un masque imperturbable.

– Reid, Alexandra Reid.

Il était différent de l'autre, et...

– Vous m'avez l'air plutôt intimidée, dit-il. Je vous sers à boire pendant que vous les cherchez.

– Juste un peu d'eau, s'il vous plaît.

Il hocha la tête avec compréhension et disparut.

Elle résista à la tentation de le suivre des yeux.

Était-il possible que derrière cette surface se cache tant de haine et de monstruosité frémissante devant la chair et le sang ?

Une bouffée de chaleur lui monta à la tête. Malgré la climatisation, l'air se faisait de plus en plus épais et chaud. Personne ne savait qu'elle était là. Elle arrivait au bout du chemin. Elle devait conserver le sang-froid nécessaire. Elle voulut avaler sa salive. Elle n'en avait plus.

Il était de nouveau devant elle. Il se baissa en lui présentant un verre à bord droit, très haut, rempli d'eau glacée, posé sur un plateau. Il y avait aussi une petite serviette en tissu avec un monogramme brodé.

Elle prit le verre de la main droite, la serviette de la gauche, et composa un faible sourire de remerciement.

C'est alors qu'elle entendit un sifflement et sentit le déplacement d'air, pareil au son d'une détonation qui parvient après que la fumée s'est échappée du canon.

Il l'avait frappée. Avec le plateau. Sur le côté gauche du visage.

Elle se sentit rouler à bas du canapé. Il était penché sur elle ; elle entendait sa respiration. Elle essaya de bouger la tête, mais il avait déjà disparu de son champ de vision. Elle entendit un cri, étouffé, lointain ; il venait de sa propre gorge. Une douleur terrible lui perçait la poitrine, tel un éclat de métal dur et coupant. Il lui avait décoché un coup de pied dans les seins.

Elle était inerte et brûlante. Elle sentit qu'on la tirait sur le sol. Quelque chose battait dans sa poitrine ; quelque chose qui la maintenait en vie et qui l'étouffait en même temps.

Elle entrevoyait tout sous un angle étrange, tordu, obscur.

Il allait la découper en morceaux, comme Linda. Ce fut l'unique pensée qu'elle parvint à peu près à formuler au milieu de la houle noire qui venait à intervalles de plus en plus rapides se briser sur ce qui lui restait de conscience.

II

Assise sur une chaise, menottes aux poignets, dans une pièce sans fenêtres qui sentait le désinfectant, Senda essayait de trouver dans la fumée de cigarette qui lui brûlait la gorge et les poumons un semblant de maîtrise.

– Vous pouvez jeter la cendre par terre.

Il était installé dans un fauteuil en cuir, d'aspect confortable, à trois ou quatre mètres de distance. Sur l'accoudoir, un grand couteau était posé, la pointe tournée vers elle.

Le revêtement de sol était en plastique, et posé sans joints. Une grille chromée, au centre, devait masquer un regard d'évacuation.

– Votre visage me dit quelque chose. Nous nous sommes déjà rencontrés. Voyons... Où était-ce ?

Il faisait semblant de chercher dans une brume lointaine le souvenir d'une tache lumineuse.

– Un autre verre ?

Il est en train de s'exciter, pensa-t-elle. Il se branle avec sa putain de pulsion. Elle sentait toujours, pesant dans sa boots droite, le poids du 38.

Il fit mine de se frapper le front.

– Paris, dit-il en claquant des doigts. Ça y est ! Je me souviens. Paris !

Va te faire foutre ! pensa-t-elle.

– Et votre Maître ?

C'était comme si elle attendait de sa part une réponse tout en la connaissant déjà.

Il se mit à réfléchir, l'air faussement troublé.

– Vous êtes merveilleusement informée, Alexandra ! Pourquoi ne pas m'en dire davantage sur ce Maître, ou plutôt sur son Élève ? Que savez-vous de lui ?

Une sombre torsade, noire et visqueuse, devait commencer à enfler dans son cerveau.

– Il s'appelle Prelati. Celui qui invoquait BA.RR.ON pour les plaisirs de Gilles de Rais.

Il se redressa, les sourcils froncés. Son regard glissa autour de lui sur cette pièce toute nue puis revint se poser sur elle. Il laissa ses doigts errer un moment sur son sexe. Son autre main caressait la lame du couteau.

Les veines s'étaient gonflées. Son sang circulait plus rapidement. Il devait être en érection.

– Comment avez-vous dit que cet Élève s'appelait ?

Elle tira une dernière bouffée et laissa tomber la cigarette entre ses jambes.

– Je ne sais plus très bien. Prelati, ou... peut-être devrions-nous l'appeler par son anagramme, Art Liep.

Il hocha plusieurs fois la tête, perplexe, avant de la fixer à nouveau.

– Que faites-vous ici, Senda ? fit-il en français.

Il se leva et s'approcha d'elle.

C'était trop tôt. Il fallait le stopper.

– Je suis venue pour vous tuer, Jason, annonça-t-elle calmement.

Elle tentait de se remémorer le décor : ce pavillon dans la campagne proche de Paris ; le sous-sol sordide ; l'odeur d'urine, et l'un des deux adolescents qui gisait sur un grabat.

Jason Dumas, le dernier à avoir été kidnappé.

La troisième proie de Raphaël Schiller.

Il fit demi-tour et retourna s'asseoir. Il mit longtemps avant de répondre.

– Quand avez-vous su ?

Senda ne le quittait pas des yeux.

Son expression avait changé. Ses mains tremblaient. Son visage était livide. Il fixait le sol comme si tout était contenu dans ce qu'il allait dire.

– Schiller se prenait pour Gilles de Rais. Ni vous ni personne ne comprendrez jamais ce qu'a été cette expérience.

– Je crois...

– Vous croyez ? Non. J'ai vécu une agonie. J'ai cru devenir fou. Après une année de traitement, mes parents m'ont envoyé à Boston dans un collège privé. Je suppose que, pour eux, il n'y avait pas d'autre solution que celle qu'on leur avait conseillée. Mettre le maximum de distance entre le lieu du drame et la victime, et continuer la thérapie. Elle n'avait aucune chance de réussir.

– Pourquoi ?

Il sourit sans dissimuler la joie qu'il éprouvait à révéler enfin ce qui se tapissait dans les recoins les plus malsains de son esprit.

– Elle fonctionnait à l'envers. Ils n'avaient rien compris. Je les dupais. Je ne souffrais pas d'avoir été violé et torturé, je souffrais de ne plus l'être. Toutes les nuits, je voulais revivre ces scènes, réécrire ces pages à l'infini. J'étais son préféré. Je savais qu'il m'aimait, mais il ne s'apercevait pas que je prenais autant de plaisir que lui. Peut-être même plus que lui. Je tirais autant de force de sa rage qu'il en tirait de ma soumission, de mes hurlements, de mes gémissements. La nuit où il est revenu chercher l'un d'entre nous pour le placer dans le garage de Cassel, il s'est penché vers moi et m'a demandé de choisir. Je détestais Alicia, je n'ai pas eu à réfléchir. Avant de partir pour les États-Unis, je suis retourné au pavillon pour prendre son journal. Je savais où il le dissimulait. Je l'ai lu et relu des centaines de fois. Le message était clair. Je savais d'où Schiller tirait son pouvoir et sa virilité : de la cruauté, de la terreur, et du sang. Il atteignait l'extase. Je suis allé plus loin que lui.

Sans le savoir, par pur hasard, Schiller avait bien choisi. Il avait trouvé la matière psychique qui prendrait sa forme ; l'esprit sans conscience, sans remords, sans honte ; l'esprit manipulateur, préoccupé uniquement par la satisfaction d'un plaisir sauvage, sanguinaire, dans le simple but de satisfaire son insatiable appétit de puissance sexuelle.

C'était ce monstre qu'elle avait tiré des griffes de Schiller au péril de sa vie.

– Et ce garçon sur la plage de White Horse Beach ? demanda Senda.

– Mon premier... en fait mon second. Le premier était Didier Falque, dans la maison, mais les raisons étaient différentes. Je ne voulais plus rien partager avec lui. Bref, à Boston je fréquentais des clubs de pédophiles, mais tous ces jeux étaient sans intérêt pour moi. Je n'arrivais pas à calmer ma faim. À ma sortie de l'université, je travaillais pour un petit journal de la région pour passer l'été, avant de descendre m'installer en Californie. J'avais repéré ce gosse, qui la plupart du temps traînait seul sur un parking près de chez moi J'avais très envie de m'occuper de lui. Un moment unique. Pour lui aussi, j'imagine...

Ses yeux s'étaient de nouveau chargés d'une fixité obsessionnelle. Quelque chose de singulier y palpitait.

Il recommence à imaginer le bon temps qu'il va prendre avec moi, pensa Senda. Je suis son sujet d'inspiration.

– Vous avez même rédigé l'article de presse lorsque le corps a été retrouvé.

Il sourit avec arrogance.
– Puis-je avoir une dernière cigarette ?
Lui donner l'impression que j'accepte mon sort. Ne pas lui faire sentir mon angoisse. J'ai besoin de quelques minutes encore.
Il acquiesça à sa demande. Elle tirait de courtes bouffées, reposant ses mains sur sa cuisse droite. Centimètre par centimètre elle remontait la toile de son jean le long de sa jambe pour avoir accès au 38 sans faire cliqueter la chaîne des menottes.
Elle ne quittait pas Jason des yeux.
– Et Schiller ?
Continue de parler !
– Je l'ai retrouvé par hasard, au cours d'une réception, quelques mois après mon arrivée à LA. J'avais changé mon nom, lui aussi, et après toutes ces années comment pouvait-il faire le rapport entre Jason, un gamin de treize ans, et Art Liep ? Je l'ai reconnu au premier regard, et j'ai vu aussi qu'il était fini. Je n'avais plus en face de moi qu'un vulgaire animal domestique. Le prédateur était mort. Son destin était que je le mette en pièces. C'est moi qui vous ai adressé le magazine.
– Pour quelle raison ?
Il parut surpris, comme si sa question était stupide.
– Mais pour ajouter une nouvelle dimension au jeu.
– Et Hallman ?
– Elle me fournissait de la chair fraîche, à Boston. Je l'ai fait venir à LA pour quelques enquêtes. Une sale gouine, mais efficace.
– Pourquoi avoir tenté d'extorquer cinq cent mille dollars à Connely ?
– C'était l'idée d'Hallman. Elle avait toujours besoin de fric pour satisfaire ses envies. Je m'en suis débarrassé quand elle n'a plus servi à rien.
Il effleurait de nouveau le renflement qui saillait, juste entre ses cuisses.
– Schiller pissait dans son froc. Les coups venaient de partout. Je l'ai achevé. Ma seule déception a été de ne

pas trouver son fils. J'ai dû me contenter de sa bonne femme. Elle se branlait quand je suis arrivé.

Et toi, qu'est-ce que tu fais en ce moment ?

Il eut un sourire factice qui disparut aussitôt.

– Je pensais qu'il comprendrait ma charade. C'était tellement évident.

– Quelle charade ?

– BA.RR.ON. Barron était le démon avec qui Prelati était en rapport. Schiller le savait bien. Il pensait être la réincarnation de Gilles de Rais.

Encore une fois, le ton sur lequel il faisait cette déclaration sous-entendait qu'il y avait là quelque chose de plus lointain encore.

– Je sais qui est Gilles de Rais. Et que BA.RR.ON correspond également aux initiales des gosses que vous avez tués. Et vous, que pensiez-vous ?

– Que nous sommes tous des fils d'Abraham. Le personnage de Prelati me séduisait. Ce prêtre italien beau comme un ange suggérant à son bienfaiteur et amant l'absolue nécessité du sacrifice d'un sang jeune pour communiquer avec le Démon. Prelati, sans l'avoir éprouvé lui-même, savait de quoi il parlait. Je vous le garantis.

Il ne lui restait plus que quelques bouffées. La fumée, malgré le filtre, était chaude.

– Il savait, dit Senda.

– Qui savait quoi ?

Il y avait une ombre de menace dans sa voix.

– Connely. Il savait, pour vous. La nuit où la police l'a coincé, c'est vous qu'il venait voir.

Sa bouche dessinait une étrange moue, presque enfantine. Il avait l'air de s'amuser.

Il fallait y aller. Maintenant !

– Il venait vous arracher les tripes. Vous n'étiez que sa chose. Il me l'a dit.

Il était en nage. La vision s'était glissée dans ses pensées.

– C'est moi qui l'ai eu, Jason, pas vous. Je l'ai fait cramer dans sa voiture cette nuit-là. Ce n'était pas un accident.

– Non, madame la Fouille-merde, c'était moi, dans le camion. Le rendez-vous, c'était moi, Schiller, c'était moi. Perez c'était moi aussi tandis que vous restiez le cul bien au chaud dans sa voiture. Que c'est drôle ! Vous vous êtes plantée sur toute la ligne ! Toute la ligne, petit flicaillon ! Je vous ai bien baisée, hein ? Toute la ligne ! Maintenant, je pense que je vais vous tuer.

Une lueur sauvage se lisait dans son regard. Sa peau était devenue écarlate. Les veines et les tendons saillaient sur son cou et sur ses avant-bras. Il était prêt. Il ne pouvait plus tenir. Quelque chose à l'intérieur venait de céder en lui. La folie le fit jaillir de son fauteuil. C'était ce qu'elle voulait.

D'une pichenette elle lui expédia le mégot au visage, et il fut stoppé au moment exact où il décollait de son siège. Dans un réflexe, il leva les bras pour se protéger, et perdit quelques secondes à rétablir son équilibre.

Elle n'avait qu'à se baisser pour glisser sa main et saisir le colt. Elle se mit debout, les deux bras tendus, et arma le chien.

Il regarda le revolver. Ses yeux étaient redevenus fixes.

– J'ai risqué ma peau pour te sortir des griffes de Schiller, hurla-t-elle. Tu es pire que lui, misérable tas de merde. Va retrouver ton Maître.

Le bruit de la détonation se répercuta sur les murs.

Il demeurait toujours debout, les bras le long du corps, se balançant. Un voile recouvrait son regard. Elle l'avait touché au-dessus de l'arcade sourcilière.

Elle ne tira pas une seconde fois.

Elle posa le revolver sur la chaise et s'approcha de lui. Une sorte de faiblesse s'emparait d'elle.

Il était mort. Une fibrillation nerveuse le maintenait dans une position verticale, et brusquement il s'écroula.

Elle l'observa pendant une minute. Finalement, elle s'approcha de lui. Elle trouva les clés des menottes et s'en défit. Elle prit son paquet de cigarettes sur l'accoudoir du fauteuil. La première bouffée la fit tousser.

Elle ouvrit la porte. Elle se trouvait au sous-sol. Elle s'arrêta un long moment, attentive au moindre bruit.

La fillette, où était la gosse ?

Un long couloir menait au garage. Une buanderie, une pièce remplie de caisses d'emballage vides, et celle où se trouvait le corps de Jason. Il n'y avait rien d'autre.

Si, sur l'un des murs une rangée de placards.

Il avait diminué la profondeur et la largeur du garage pour se ménager une tanière. C'était la seule option.

Elle ne s'était pas trompée. Le fond du placard le plus proche du garage coulissait.

Le regard de Senda s'attarda sur la première chose que ses yeux rencontrèrent : l'écran d'un ordinateur sur lequel clignotait un logo signalant la réception des messages.

En pressant sur l'interrupteur, elle éclaira la pièce. Elle avait la forme d'un L renversé. Un vidéo-projecteur était fixé au plafond. Un équipement neuf et sophistiqué.

C'est alors qu'elle vit cette chose couchée sur le dos se réveiller. Elle commençait à sortir du lit avec précaution, délicatement, en silence.

Ce ne pouvait être qu'elle. Elle voyait son corps fragile d'adolescente, sa pâleur nue de cadavre, sa chair ramollie par le manque d'exercice et les drogues, et marquée par les sévices et les tortures.

Une cagoule de cuir, pourvue d'une mince ouverture, qui lui permettait de respirer mais pas de voir, lui enserrait la tête. Un épais collier de cuir relié à une laisse fixée au mur limitait ses mouvements.

Elle attendait une réaction.

– C'est fini. Il est mort. Le FBI sera ici dans quelques minutes.

Elle s'assit sur le bord du lit. Elle paraissait calme. Senda s'approcha doucement d'elle, défit la fermeture Éclair qui maintenait la cagoule et la retira.

Son visage enflé ne reflétait que la surprise et une certaine hébétude. Senda ouvrit avec des gestes très doux le mousqueton d'acier de la laisse.

Sarah triturait le masque entre ses mains, et semblait réfléchir.

Ce n'est pas normal, pensa Senda. Elle sentit la panique l'envahir mais le temps de prendre un cachet dans sa poche, la pièce était vide. Le drap gisait au pied du lit.

Elle ressortit dans le couloir. Aucun bruit. Elle jeta un bref coup d'œil dans le garage et crut apercevoir une ombre derrière la voiture.

C'est alors qu'elle entendit un cri prolongé et déchirant, un son venu d'ailleurs, qui lui fit froid dans le dos. Ce n'était pas de la souffrance ou de la peur, mais quelque chose d'inconnu. Elle sentit son ventre se nouer.

Elle courut jusqu'à la pièce où se trouvait le corps de Jason. Il était toujours dans la position où elle l'avait laissé. Ses yeux avaient perdu de leur éclat. Ils étaient ouverts, mais ternes, recouverts d'un voile laiteux.

Un petit bruit métallique la fit se retourner.

Elle se tenait derrière elle, le revolver pointé dans sa direction. Leurs yeux se rencontrèrent.

Ses pupilles étaient dilatées le blanc de la cornée strié de rouge. Elle respirait pesamment.

Senda ne se souvenait plus du nom de la fille. Un bref instant, elle fut incapable de bouger ou de parler, sentant une vague de terreur absolue hurler en elle. Puis elle vit la plaque métallique sur le collier qu'elle portait et l'inscription en lettres majuscules : SARAH.

Elle calcula la distance qui la séparait du revolver et le temps qu'il lui faudrait pour la franchir.

Elle fit un pas en avant, leva lentement les deux bras.

– Pose ce revolver, Sarah. Je ne te veux pas de mal. Les secours arrivent, c'est terminé.

Mon Dieu, encore un pas. Je vous en prie !

– Sarah, pose ce revolver s'il te plaît, répéta-t-elle d'une voix blanche.

Elle vit qu'elle ne l'écoutait plus. Sarah émit à nouveau un cri sourd, un gémissement, puis le silence.

Puis une voix, avec un timbre bizarre, épais et embrouillé, sortit du plus profond de sa gorge :

– Salope ! Tu l'as tué ! Je l'aimais plus que tout au monde. Va te faire foutre, toi et tes putains de secours ! Tu l'as tué, tu l'as tué...

Le tonnerre emplit d'un seul coup la pièce. Senda sentit l'odeur de la cordite.

Sarah avait tiré !

Senda crut une fraction de seconde que l'adolescente l'avait manquée.

Mais elle s'aperçut qu'elle ne pouvait plus se tenir debout. Ses jambes, molles et glacées, ne la portaient plus.

Dans sa poitrine, à une vitesse vertigineuse, elle sentait croître la pression d'un étau qui lui écrasait le cœur. Elle tomba sur un genou, puis de tout son long sur le sol.

Le plastique brillait comme la surface d'un lac, d'un grand lac qui rétrécissait ou qui s'éloignait, elle ne savait pas très bien.

Bientôt il ne fut plus qu'un minuscule point rougeoyant. Elle fit un effort pour s'accrocher, et soudain, dans une pluie d'étoiles, avant que tout disparaisse, elle vit le visage d'Hugo qui lui souriait.

« SPÉCIAL SUSPENSE »

MATT ALEXANDER
Requiem pour les artistes

STEPHEN AMIDON
Sortie de route

RICHARD BACHMAN
La Peau sur les os
Chantier
Rage
Marche ou crève

CLIVE BARKER
Le Jeu de la Damnation

INGRID BLACK
Sept jours pour mourir

GILES BLUNT
Le Témoin privilégié

GERALD A. BROWNE
19 Purchase Street
Stone 588
Adieu Sibérie

ROBERT BUCHARD
Parole d'homme
Meurtres à Missoula

JOHN CAMP
Trajectoire de fou

CAROLINE CARVER
Carrefour sanglant

JOHN CASE
Genesis

PATRICK CAUVIN
Le Sang des roses
Jardin fatal

JEAN-FRANÇOIS COATMEUR
La Nuit rouge
Yesterday
Narcose
La Danse des masques
Des feux sous la cendre
La Porte de l'enfer
Tous nos soleils sont morts
La Fille de Baal

CAROLINE B. COONEY
Une femme traquée

HUBERT CORBIN
Week-end sauvage
Nécropsie
Droit de traque

PHILIPPE COUSIN
Le Pacte Pretorius

DEBORAH CROMBIE
Le passé ne meurt jamais
Une affaire très personnelle

VINCENT CROUZET
Rouge intense

JAMES CRUMLEY
La Danse de l'ours

JACK CURTIS
Le Parlement des corbeaux

ROBERT DALEY
La nuit tombe sur Manhattan

GARY DEVON
Désirs inavouables
Nuit de noces

WILLIAM DICKINSON
Des diamants pour Mrs Clark
Mrs Clark et les enfants du diable
De l'autre côté de la nuit

MARJORIE DORNER
Plan fixe

FRÉDÉRIC H. FAJARDIE
Le Loup d'écume

FROMENTAL/LANDON
Le Système de l'homme-mort

STEPHEN GALLAGHER
Mort sur catalogue

CHRISTIAN GERNIGON
La Queue du Scorpion
(Grand Prix de littérature policière 1985)
Le Sommeil de l'ours
Berlinstrasse
Les Yeux du soupçon

MICHELE GIUTTARI
Souviens-toi que tu dois mourir

JOHN GILSTRAP
Nathan

JEAN-CHRISTOPHE GRANGÉ
Le Vol des cigognes
Les Rivières pourpres
(Prix RTL-LIRE 1998)
Le Concile de pierre

SYLVIE GRANOTIER
Double Je
Le passé n'oublie jamais
Cette fille est dangereuse
Belle à tuer

AMY GUTMAN
Anniversaire fatal

JAMES W. HALL
En plein jour
Bleu Floride
Marée rouge
Court-circuit

JEAN-CLAUDE HÉBERLÉ
La Deuxième Vie de Ray Sullivan

CARL HIAASEN
Cousu main

JACK HIGGINS
Confessionnal

MARY HIGGINS CLARK
La Nuit du Renard
(Grand Prix de littérature policière 1980)
La Clinique du Docteur H.
Un cri dans la nuit
La Maison du guet
Le Démon du passé
Ne pleure pas, ma belle
Dors ma jolie
Le Fantôme de Lady Margaret
Recherche jeune femme aimant danser
Nous n'irons plus au bois
Un jour tu verras...
Souviens-toi
Ce que vivent les roses
La Maison du clair de lune
Ni vue ni connue
Tu m'appartiens
Et nous nous reverrons...
Avant de te dire adieu
Dans la rue où vit celle que j'aime
Toi que j'aimais tant
Le Billet gagnant
Une seconde chance
La nuit est mon royaume
Rien ne vaut la douceur du foyer

CHUCK HOGAN
Face à face

KAY HOOPER
Ombres volées

PHILIPPE HUET
La Nuit des docks

GWEN HUNTER
La Malédiction des bayous

PETER JAMES
Vérité

TOM KAKONIS
Chicane au Michigan
Double Mise

MICHAEL KIMBALL
Un cercueil pour les Caïmans

LAURIE R. KING
Un talent mortel

STEPHEN KING
Cujo
Charlie

JOSEPH KLEMPNER
Le Grand Chelem
Un hiver à Flat Lake
Mon nom est Jillian Gray

DEAN R. KOONTZ
Chasse à mort
Les Étrangers

ANDREW LYONS
La tentation des ténèbres

NOËLLE LORIOT
Le tueur est parmi nous
Le Domaine du Prince
L'Inculpé
Prière d'insérer
Meurtrière bourgeoisie

PATRICIA MACDONALD
Un étranger dans la maison
Petite Sœur
Sans retour
La Double Mort de Linda
Une femme sous surveillance
Expiation
Personnes disparues
Dernier refuge
Un coupable trop parfait
Origine suspecte
La Fille sans visage

PHILLIP M. MARGOLIN
La Rose noire
Les Heures noires
Le Dernier Homme innocent
Justice barbare
L'Avocat de Portland
Un lien très compromettant

DAVID MARTIN
Un si beau mensonge

LISA MISCIONE
L'Ange de feu

MIKAËL OLLIVIER
Trois souris aveugles
L'inhumaine nuit des nuits

ALAIN PARIS
Impact
Opération Gomorrhe

DAVID PASCOE
Fugitive

RICHARD NORTH PATTERSON
Projection privée

THOMAS PERRY
Une fille de rêve
Chien qui dort

STEPHEN PETERS
Central Park

JOHN PHILPIN/PATRICIA SIERRA
Plumes de sang
Tunnel de nuit

NICHOLAS PROFFITT
L'Exécuteur du Mékong

PETER ROBINSON
Qui sème la violence...
Saison sèche
Froid comme la tombe
Beau monstre
L'été qui ne s'achève jamais
Ne jouez pas avec le feu

FRANCIS RYCK
Le Nuage et la Foudre
Le Piège

RYCK EDO
Mauvais sort

LEONARD SANDERS
Dans la vallée des ombres

TOM SAVAGE
Le Meurtre de la Saint-Valentin

JOYCE ANNE SCHNEIDER
Baignade interdite

THIERRY SERFATY
Le Gène de la révolte

JENNY SILER
Argent facile

BROOKS STANWOOD
Jogging

WHITLEY STRIEBER
Billy
Feu d'enfer

MAUD TABACHNIK
Le Cinquième Jour
Mauvais Frère
Douze heures pour mourir
J'ai regardé le diable en face

THE ADAMS ROUND TABLE PRÉSENTE
Meurtres en cavale
Meurtres entre amis
Meurtres en famille

Composition Nord Compo
Impression Bussière, mars 2006
Editions Albin Michel
22, rue Huyghens, 75014 Paris
www.albin-michel.fr
ISBN 2-226-17230-0
ISSN 0290-3326
N° d'édition : 24235. – N° d'impression : 060983/4.
Dépôt légal : avril 2006
Imprimé en France.